SINA BLACKWOOD

AF199243

Kara

-

Blume der Urzeit

Bibliografische Informationen der Deutschen Nationalbibliothek:
Die Deutsche Nationalbibliothek verzeichnet diese Publikation in der Deutschen Nationalbibliografie; detaillierte bibliografische Daten sind im Internet über http://dnb.de abrufbar.

Coverbild: Fantasy drawing of a bear © eranda
                        AdobeStock 84022014
Layout: Sina Blackwood

www.reni-dammrich-geschichtenzauber.de

Herstellung und Verlag:
BoD – Books on Demand, Norderstedt

ISBN: 9783749497218

Inhaltsverzeichnis

Das Zeittor

Andreas packte die Thermosflasche zurück in den Rucksack, schaute auf den Kompass und entschied sich spontan, die rechte Abzweigung zu nehmen, weil sich der Weg plötzlich in vier Richtungen gabelte. Mit ein bisschen Glück werde er in zwei Tagen das Basislager am Rande des Hochwaldes erreichen, wo sich nach und nach auch die anderen Biologen und Botaniker einfinden sollten.

Nun war er schon drei volle Tage allein unterwegs, um die Blütenpflanzen in seinem Sektor zu katalogisieren, nachdem sein Kollege Tim, der die Insekten fotografieren sollte, wegen eines Beinbruches ausgeflogen werden musste.

Nach rund einhundert Metern blieb Andreas abrupt stehen. Vier Wege? Er schaute beunruhigt zurück, dann kramte er die Satellitenfotos heraus. „Da stimmt doch was nicht", murmelte er. An der Stelle, wo er die Vierergabelung passiert hatte, war auf allen Bildern deutlich eine exakte Kreuzung zweier Wege zu sehen. Er nahm das Handy und versuchte, mit GPS seinen Standort zu bestimmen. Um nicht die volle Sonneneinstrahlung auf dem kleinen Display zu haben, machte er zwei Schritte auf einen dicht belaubten Strauch am Wegesrand zu, der ihm Schatten spenden sollte.

Im selben Augenblick erlosch das Bild auf dem Gerät. Verblüfft wechselte Andreas den Akku, der eigentlich noch bis zum nächsten Tag hätte halten müssen. Aber auch mit dem neuen Akku sagte das Handy keinen Mucks. Es ließ sich nicht einmal einschalten. Kopfschüttelnd zog er seinen Kompass hervor und erstarrte

– die kleine Nadel drehte sich rasend schnell und sah wie eine flirrende Silberscheibe aus. „Was soll das?" Andreas erschrak vor seiner eigenen Stimme. Irritiert wollte er wenigstens nach der Uhrzeit schauen, aber auch die digitale Armbanduhr gab keine Lebenszeichen mehr von sich. „Scheiß Magnetfeld", brummte Andreas verstimmt und studierte noch einmal die Satellitenbilder und handschriftlichen Aufzeichnungen.

Von irgendwelchen ungewöhnlichen Phänomenen war keine Rede. Selbst Erzlagerstätten waren nicht verzeichnet – die ganze Situation eigentlich völlig unmöglich. Andreas roch vorsichtshalber sogar am Inhalt seiner Trinkflasche – nichts deutete auf Alkohol hin.

Er rieb sich mit beiden Händen das Gesicht. Schätzungsweise war es 14 Uhr. Notfalls könne er einen anderen Wanderer nach Zeit und Ort befragen. Da fiel ihm schlagartig auf, dass er schon seit Stunden niemanden mehr getroffen hatte, was in diesem viel bewanderten Gebiet eigentlich auch völlig unmöglich war, besonders jetzt im Hochsommer. Deshalb hatte die Einsatzleitung ja auch beschlossen, ihn allein weiterarbeiten zu lassen …

Andreas zog den Bauchriemen fester, dann machte er sich seufzend wieder auf den gewählten Weg. Die grobe Richtung schien zu stimmen und er war guten Mutes, gegen Abend einen Platz für sein kleines Zelt zu finden, wo er sich an einem Feuer ein warmes Essen bereiten wollte. Die glühende Sonne ließ die Luft flimmern. Vorsichtshalber füllte er eine leere Plastikflasche mit Wasser aus dem klaren Bach, der direkt am Weg entlang plätscherte, um wenigstens hin und wieder sein Gesicht anfeuchten zu können.

Einige Meter weiter atmete sich die Luft, als sei sie zum Schneiden dick. Nach drei Schritten fühlte es sich an, als habe er soeben eine Zone mit Unterdruck passiert. Kopfschüttelnd blieb er erneut stehen und schaute sich um. Er war beileibe kein ängstlicher Typ, sonst hätte er wohl auch auf einem zweiten Mann bestanden, aber die letzte halbe Stunde hatte merkbar an seinen Nerven gezerrt. Forschend betrachtete er die Umgebung und bekam plötzlich riesengroße Augen.

Statt der Ebereschen und Birken standen eindeutig Ginkgobäume vor ihm und die Farne waren mehrere Meter hoch. „Muss ein handfester Sonnenstich sein", stöhnte Andreas und flüchtete rasch in den Schatten, wo er sofort seinen Rucksack abnahm und sich, an einen Stamm gelehnt, auf den Boden setzte. Nur zur Ruhe kam er nicht. Solches Vogelgezwitscher wie hier, kannte er höchstens aus den Tropen. Statt der Finken und Amseln sangen völlig andere Arten. Dann glitt beinahe lautlos eine riesige Schlange vorbei.

Andreas sprang auf und starrte dem Reptil schreckensbleich hinterher. Langsam begriff er, dass das, was er hier zu sehen und zu hören bekam, real war. Ihm fiel das magnetische Feld wieder ein. Dutzende Science-Fiction Filme und jetzt dämmerte ihm, was geschehen war. Ein Zeittunnel. Ein Portal. Ich muss es wiederfinden! Andreas riss den Rucksack an sich und hastete den Weg zurück, den er gekommen war. Nur verlor der sich nach wenigen hundert Metern auf einer sumpfigen Wiese.

Resigniert blieb der Botaniker stehen, wohl ahnend, dass er endgültig auf sich allein gestellt war und jeden Tag ums Überleben kämpfen müsse. Eingedenk, dass in den Tropen die Nacht plötzlich hereinbricht, begann

9

er, sein Zelt aufzubauen und Bestandsaufnahme seiner Ausrüstung zu machen.

Außer diversen Universalwerkzeugen verfügte er über ein sehr großes Messer, das er als Machete einsetzen konnte, eine Säge, einen beidseitig geschliffenen Dolch, ein Taschenmesser, eine Schere, Gabel, Löffel, Topf- und Becherset.

Weiterhin befanden sich die Thermosflasche, zwei Wasserflaschen mit Schraubdeckel, Verbandsmaterial, ein großer Block, Stifte, Streichhölzer und nicht zuletzt eine Akkulampe mit Kurbel, die sogar hier funktionierte, in seinem Besitz.

Den Klappspaten und das kleine Fernglas nicht zu vergessen, welche außen am Rucksack hingen.

Der Rucksack enthielt auch noch ein Bergsteigerseil, Nylonschnüre, Angelhaken, wieder verschließbare Plastiktüten, einen warmen Pullover, Windjacke, Regenumhang und natürlich den Schlafsack, der widrigenfalls bis minus zwanzig Grad Celsius abhalten konnte.

Die Notration an Nahrung für zwei Tage war auch noch vollständig vorhanden. „Na ja", murmelte Andreas, „besser als gar nichts."

Er hoffte nur, von Raubtieren verschont zu bleiben, über deren Art und Aussehen, er sich lieber nichts vorstellen wollte. Als Botaniker sollte es ihm jedenfalls nicht sonderlich schwerfallen, essbare Pflanzen und Früchte zu finden. Der letzte Gedanke vor dem Einschlafen war: Ich werde versuchen, mir an Ort und Stelle eine Hütte zu bauen und darauf zu warten, dass sich das Portal in meine Welt wieder öffnet.

Ein pfauenähnlicher Schrei weckte ihn am nächsten Morgen. Kurzer Blick aus dem Zelt. „Scheiße!" Die Ginkgos waren immer noch da, ebenso die Farne. Andreas klappte sein Notizbuch auf und hielt den vergangenen Tag in Stichpunkten fest, erst dann kroch er aus dem Zelt, um sich wenigstens einen Tee zu kochen. Es dauerte eine Weile, bis er genügend trockene Zweige gefunden hatte, die nicht vom Ginkgo stammten. Denn, dass dieser nur schwer brannte, wusste er als Botaniker. Der Rauch des Feuers hielt ihm auch die unzähligen Mücken vom Leib, die es hier, in der Nähe des Sumpfes, zu Hunderten gab.

Blöde Idee, gerade hier etwas bauen zu wollen, stellte er rasch fest. Nach dem kärglichen Frühstück packte er zusammen und wanderte am Bach entlang weiter, um schnell aus der unmittelbaren Nähe des Feuchtgebietes zu kommen. Der Anblick einiger Pinien ließ sein Herz schneller schlagen. Die Tiere des Waldes hatten unzählige Zapfen übrig gelassen, aus denen er sich die Samen herauspulte.

Aufatmend stellte er fest, dass sie geschmacklich jenen des Mittelmeerraumes glichen und noch nicht ranzig waren. Der hohe Ölgehalt war auch das Problem, weshalb es sich nicht lohnte, große Vorräte anzulegen. Also sammelte er nur so viel, wie er in den nächsten vier Tagen essen konnte.

Vorräte wären eigentlich das Stichwort gewesen, nur hatte Andreas keine Ahnung, ob es hier wirklich ausgeprägte Jahreszeiten gab. Die Bäume, die er bisher gesehen hatte, ließen keinen eindeutigen Schluss zu. Schließlich pflanzte man Ginkgos auf Alleen in Mitteleuropa an und da gab es ja nun wirklich strenge Winter.

Andererseits wuchs hier alles Mögliche wild durcheinander, so, dass es eher aussah, als gäbe es schlimmstenfalls eine lang anhaltende Regenzeit. Vor allem musste er erst einmal ein Dach über dem Kopf haben, um Vorräte auch trocken lagern zu können.

Um die Mittagszeit erreichte Andreas einen lichten Mischwald, der von einem Flüsschen durchschnitten wurde, in welches der Bach nun mündete. Das leicht abfallende Gelände wirkte hochwassersicher.

Er entschied sich, sein zukünftiges Domizil zwischen den letzten Bäumen zu errichten. Er fand vier hohe gerade Bäume, die ein fast exaktes Rechteck bildeten und einen Raum von rund zwanzig Quadratmetern umschlossen.

„Passt!", freute er sich und begann Tannen abzusägen, deren Stämme er am Ende gerade noch allein zum Bauplatz schleppen konnte. Nur drei Bäume konnte er mit seinen ungeeigneten Werkzeugen bis zum Abend fällen, war aber froh, überhaupt Mittel zu haben, um sich eine Hütte bauen zu können.

Noch bevor die ersten Sterne funkelten, lagen die drei Balken mit fertig gesägten Aussparungen bereit, um zu Teilen eines Blockhauses zusammengefügt zu werden.

Todmüde kroch Andreas in sein Zelt, wo er sofort in einen traumlosen Schlaf fiel. So entging ihm völlig, dass wenige Meter entfernt riesige Hirsche zum Trinken kamen und erst verschwanden, als sie von einem Raubtierbrüllen in der Ferne aufgeschreckt wurden.

Die Spuren entdeckte er am Morgen, als er sich am Flüsschen waschen wollte. Sofort blieb er stehen und schaute forschend in die Runde. Möglicherweise gab es hier ja auch Krokodile oder irgendwelche giftige Echsen.

Vorsichtshalber machte er kehrt und wusch sich am Bach. Dort erspähte er zwischen den Uferpflanzen Pfefferminze. Hocherfreut zupfte er einige Blätter für frischen Tee ab und markierte die Stelle mit einigen großen Steinen.

Zwei andere Felstrümmer nahm er mit. Er konnte jede Menge und alle Sorten Baumaterial gebrauchen. Feuchten Lehm wollte er sich erst holen, um jede Ritze zu verschmieren, wenn die Wände standen. Den ganzen Tag werkelte er an seinem Häuschen, das langsam, aber stetig Gestalt annahm.

Natürlich gab es mehrere Rückschläge. Gewohnt, sich auf dem Baumarkt Werkzeug, Schrauben und Nägel zu holen, musste Andreas mit Weidenruten, von Bäumen geschälten Baststreifen und geschnitzten Holzsplinten auskommen. So platzte eben auch einer der frischen Balken auseinander und war für den angedachten Zweck nicht mehr verwendbar.

Andreas legte ihn beiseite. Schließlich wollte er sich auch noch einfache Möbel anfertigen und da war dieses Holz durchaus noch einsatzfähig. Wenn die Arbeit gut lief, summte er ein paar Melodien vor sich hin. Manchmal seufzte er auf. Es war deprimierend, immer nur die eigene Stimme zu hören, wenn überhaupt. Er wollte es sich auch nicht erst angewöhnen, ellenlange Selbstgespräche zu führen. Dann drehe ich endgültig durch, dachte er. Wehmütig kaute er die letzten Pinienkerne, trank dazu Pfefferminztee und überlegte, wo er sich am besten etwas zu beißen besorgen konnte.

Am Ende machte er sich mit einer Weidenrute, Angelschnur und Haken auf den Weg zum Fluss, in der Hoffnung, dort Fische fangen zu können. Allerdings hatte er die Köder völlig vergessen. Als sie ihm einfielen, schüttelte er unwillig den Kopf. Woher sollte er wissen, ob die Würmer hier nicht giftig waren? In der

Not knotete er ein paar Grashalme zusammen und hoffte auf ein Wunder.

Nach fast zwei Stunden geschah das auch und Andreas zog einen großen Fisch an Land. Um das Glück nicht überzustrapazieren trug er ihn nach Hause, wo er ihn vorsichtig ausnahm, ohne die Organe zu beschädigen und auch noch das schwarze Häutchen an den Innenflächen der Bauchwände entfernte, welches bei einigen Arten der modernen Welt zum Tod führen konnte, wenn man es aß.

Er spülte seine Beute noch einmal ab, dann steckte er sie auf einen Zweig und grillte sie über dem Feuer. Mit leuchtenden Augen ließ er sich den köstlichen Fisch auf der Zunge zergehen. Morgen werde er sich wieder einen holen oder mehrere, so ihm das Schicksal noch einmal hold war. Jetzt war erst einmal wieder Bautätigkeit angesagt.

Andreas stellte fest, dass er mindestens drei Stützbalken einziehen musste, wenn das Dach auch Schneelasten aushalten sollte. Er begann, Löcher zu graben und holte gleichzeitig ein paar Angelköder, in Form von riesigen Regenwürmern aus dem Boden, welche er in eine leere Plastikflasche steckte, um sie am Türmen zu hindern.

Er setzte den ersten Balken und schichtete große Steine herum, damit er nicht zufällig umkippte. Dann legte er sofort die Querbalken, welche er noch zusätzlich mit Bast festband, um ganz sicherzugehen, obwohl die Kerben perfekt ineinandergriffen.

Die Türöffnung sicherte er über Nacht mit zwei gekreuzten Baumstämmen. Zwar hatte er weder Menschen noch Raubtiere in der unmittelbaren Nähe gehört und gesehen, aber sicher war sicher. Seine Nachtruhe wurde auch wirklich nicht gestört, obwohl er im Unterbewusstsein das Brüllen eines Tieres gehört hatte.

Sofort nach dem Aufstehen griff er nach seiner Angelausrüstung und tigerte ans Flussufer. Die Würmer schienen den Fischen zu schmecken, denn er zog innerhalb weniger Minuten gleich fünf große Exemplare aus dem Wasser.

Ziemlich zufrieden machte er sich auf den Rückweg, wobei sein Blick das andere, nicht sehr weit entfernte Ufer streifte, wo sich deutlich die Pfoten eines sehr großen Raubtieres in den feuchten Boden gedrückt hatten. Er schätzte es, den riesigen Tatzen nach, größer als einen Wolf ein.

Von nun an wollte er nicht mehr ohne seine beiden langen Messer aus dem Haus gehen. Bei dem Gedanken an ein Haus musste Andreas grinsen. Seine Blockhütte war noch nicht einmal fertig, hatte kein Dach und erst recht keine Tür, die einen Angriff durch einen hungrigen Räuber aushalten konnte.

Zumindest gab es schon den Vorläufer eines gemauerten Herdes mit Rauchabzug, in dem jede Nacht ein Feuer brannte, dessen Geruch die Tiere bisher zuverlässig abgeschreckt hatte.

Im Augenblick brodelte gerade das Teewasser in einem Topf, während im anderen eine einfache Fischsuppe mit Wildkräutern köchelte.

Zwei Fische garten an Spießen über dem Feuer.

„Wenn nur die verdammte Einsamkeit nicht wäre", seufzte Andreas traurig. Er versuchte, nicht an die Welt zu denken, die er unfreiwillig verlassen hatte. Spontan beschloss er, einen freien Tag einzulegen und die nähere Umgebung seines Domizils zu erkunden.

Mit heißem Tee, einer Plastikdose mit Fischsuppe und voller Bewaffnung, also mit seinen beiden Messern, machte er sich auf den Weg. Er folgte dem Fluss stromabwärts, um sich bloß nicht zu verlaufen. Nach ein paar hundert Metern ging der lichte Wald in eine Savanne über, die sich bis zu einem felsigen Streifen erstreckte und durch Bauminseln unterbrochen wurde.

Wie viele Kilometer mochten es bis dahin sein? Vier oder gar zehn? Andreas blieb im Schutz der letzten Bäume stehen. Außer Vögeln und Insekten war weit und breit kein Tier zu sehen. Das hieß aber noch lange nicht, dass keine da waren. In Afrika lauerten die Löwen auch irgendwo auf ihre Beute.

„Scheußlicher Gedanke", stöhnte Andreas und kehrte um. Ganz umsonst war sein Ausflug nicht gewesen, denn er fand lauchartige Pflanzen, die würzig dufteten, ziemlich scharf schmeckten und von denen er einige mitnahm, um sie in der Nähe seiner Hütte zu kultivieren.

Auf einem kleinen Beet gedieh schon recht üppig Pfefferminze und das nächste sollte gleich daneben für den Lauch entstehen. Kresse wuchs im und am Bach.

Als es ihm dann auch noch erfolgreich gelang, einen hohlen Baumstamm auszuräuchern, um die Bienen zu vertreiben, und dabei unglaubliche Mengen Honigwaben zu erbeuten, sah die Welt gleich noch einmal so freundlich aus. Er stopfte mehrere Plastikbeutel voll und spähte überall nach Ton aus, um sich mit ein bisschen Geschick, Vorratstöpfe formen zu können.

Die ersten Versuche, die Gefäße zu brennen, schlugen völlig fehl. Aber Andreas gab nicht auf, er notierte, experimentierte und bastelte sich schließlich, in Ermangelung einer Uhr, ein einfaches System, wo er mittels tropfendem Wasser ungefähr gleiche Zeiteinheiten ablesen konnte und irgendwann war das erste Töpfchen mit Deckel perfekt gebrannt. Viele weitere folgten.

Zumindest konnte er nun trockene Güter erstklassig bevorraten. Auch das Häuschen wurde langsam im Rohbau fertig. Auf die Dachbalken packte er Schilf, wie er es in Norddeutschland gesehen hatte.

Darauf legte er besondere Sorgfalt, denn es gab nichts Schlimmeres als eindringenden Regen. Bis jetzt hatte er noch immer in seinem Zelt im Inneren des Häuschens geschlafen. Als das erste Gewitter tobte und von oben nicht ein einziger Tropfen Wasser eindrang, baute er sein Zelt ab und verwahrte es auf einem waagerechten Dachbalken.

Allerdings pfiff nach wie vor der Wind durch alle Ritzen und Andreas begann, auf der Wetterseite eine Steinmauer aufzuschichten. Erst dann holte er Lehm, um innen die Wände zu verputzen.

Seiner Strichliste nach befand er sich nun schon fast fünf Monate im Nirgendwo. Eine lange Zeit, in der er sich ausschließlich von Fisch, Kräutern und Piniensamen ernährt hatte. Er sehnte sich nach einem Stück Fleisch und träumte sogar nachts manchmal davon.

Von diesem Drang getrieben, suchte er nach einer Möglichkeit, den Fluss zu überqueren, denn am anderen Ufer musste es Wild geben. Auf alle Fälle lebten dort Raubtiere und die mussten sich ja von irgendetwas ernähren.

Also unternahm er in den nächsten Tagen immer wieder Exkursionen flussaufwärts und stieß dabei auf einen wahren Urwaldriesen, den irgendeine Naturgewalt gefällt und als natürliche Brücke über den Fluss geworfen hatte. Andreas balancierte hinüber und folgte einem Wildwechsel in den Wald.

Der lehmige Boden stieg terrassenförmig an und ging in Granitgestein über, auf dem bald nichts mehr wuchs. Und plötzlich stand Andreas an einer fast senkrecht abfallenden Wand.

Am Boden und so weit das Auge reichte, lagen dunkler Sand und Gesteinsbrocken. In der Ferne glaubte er, einen hellen Haufen zu erkennen und etwas, das wie ein Pfahl aussah. Ohne den Blick abzuwenden, kramte er in der Außentasche seines Rucksacks nach dem kleinen Fernglas. Das ohrenbetäubende Brüllen eines Raubtieres ließ ihn zusammenzucken und sich platt auf den Boden werfen.

Etwas Großes, Dunkles, Bedrohliches huschte über die Ebene und verschwand genau so schnell, wie es gekommen war. Andreas hob den Feldstecher vor die Augen und schüttelte überrascht den Kopf. Er hatte deutlich eine Art Marterpfahl mit rötlichen Bemalungen erkannt, vor dem ein ganzer Haufen Knochen lag, aber auch die Reste von Früchten.

„Ich werd verrückt", hauchte er. Hier gab es also auch Menschen und dieser Gedanke jagte ihm unerklärliche Furcht ein.

Die Höhe bis zum Grund des Kessels schätzte er auf fünfzehn Meter. Keine Hürde für ihn, mit seinem Bergsteigerseil.

Nun hoffte er, dass die anderen bleiben würden, wo sie waren. Er blieb mehrere Stunden liegen und beobachtete den offensichtlichen Ritualplatz.

Am Nachmittag brach er nach Hause auf, wobei er nach Vögeln und Kleingetier Ausschau hielt, das sich möglicherweise ohne große Gegenwehr überwältigen ließ.

Zwar erwischte er keine Vögel, fand aber ein Entengelege, welches er bis auf zwei Eier ausnahm. So gab es zum Abendbrot Rührei mit frischen gehackten Kräutern und als Nachtisch ein Häppchen von einer Bienenwabe.

Reifes Obst hatte er noch nirgends entdeckt. Möglich, dass das irgendwo in den höchsten Urwaldriesen hing, die er nicht einmal dem Namen nach kannte. Er konnte zwar Gattung und Familie bestimmen, aber welcher Art Urahn der im 21. Jahrhundert wachsenden Bäume es war, bekam er nur in wenigen Fällen heraus.

Inzwischen war auch ziemlich sicher, dass es hier weder Temperaturen unter Null noch Schnee gab. So, wie die Pflanzen in Wachstums- und die Tiere in Paarungsstimmung waren, musste gerade Frühling sein und von einem Winter hatte er nichts bemerkt, außer täglich zwei bis drei Gewitter.

Heute zog es Andreas wieder in die Nähe des Ritualplatzes, den er immer wieder aufsuchte, um vielleicht etwas über die Menschen herauszufinden.

Noch immer war er ziemlich unbehelligt geblieben. Nur einmal hatte er mit Feuer ein Wolfsrudel verscheuchen müssen. Seitdem herrschte gnädige Ruhe.

Auch Fleisch lag nun hin und wieder auf seinem Teller. Allerdings nicht selbst gejagt. Er bediente sich am frischen Riss der Raubtiere am anderen Ufer. Ihm war es sogar gelungen, die ganze Hinterkeule eines Riesenhirsches zu stehlen und sicher in sein Häuschen zu bringen.

Einen großen Teil trocknete er in dünnen Streifen, den anderen grillte er und aß sich drei Tage lang davon richtig satt. Sein Vorratsregal war immer bestens gefüllt. Wenn es Bindfäden regnete, blieb er einfach zu Hause im Trockenen.

Jetzt war gerade wieder in Richtung Ritualplatz unterwegs, überquerte den Fluss, erreichte die sandige Ebene und versteckte sich zwischen den Steinblöcken.

Das riesige dunkle Raubtier hatte er in den letzten Wochen auch immer wieder gesehen und als Bären eingestuft. Es schien eine Art Totemtier oder Geist zu sein, dem man Fleisch und Früchteopfer brachte, wohl, um es vom Lager fernzuhalten.

Nach dem Stand der Sonne war es fast Mittag und Andreas wunderte sich nicht, als eine Prozession kleiner dunkler Punkte heranzog. Nur waren es diesmal nicht nur zehn oder zwölf, wie bisher. Fast dreißig in Tierhäute gehüllte Gestalten stapften durch den Sand.

Und noch etwas bemerkte er rasch – sie hatten einen gefangenen Fremdling dabei, den sie offenbar dem Bären opfern wollten. Auffällig an dem Fremden waren die hellere Haut und das semmelblonde Haar, welches ihm fast bis an die Hüfte reichte.

„Mein Gott!", stöhnte Andreas und schob sich näher an die Kante heran. Es dauerte ziemlich lange, bis die Gruppe so nah heran war, dass er Details erkennen konnte. Dem recht kleinen, fast zierlichen, hellhäutigen Fremden hatte man mit Lederriemen die Hände zusammengebunden und ein Mann zerrte ihn hinter sich her.

Wenn er verzweifelt an seinen Fesseln riss, wurde er von einem anderen in den Rücken gestoßen, sodass er Mühe hatte, auf den Beinen zu bleiben. Dann blies ein

Windstoß die wirr herabhängenden Haare aus dessen Gesicht und Andreas hätte fast aufgeschrien.

Man zerrte eine Frau zum Opferplatz und sie schien noch sehr jung zu sein. Eine Stunde später traten die Menschen den Heimweg an und ließen ihr gefesseltes Opfer, an den Pfahl gebunden, aber auch Körbe voller Früchte für den Bären zurück.

Noch bevor sie völlig außer Sicht waren, knotete Andreas bereits sein Seil um einen Felsblock und stieg ab. Wenn nicht Unvorhergesehenes geschah, dann hatte er noch fast drei Stunden, ehe der Bär erschiene, um seine Beute zu zerreißen.

Ohne, auf Deckung zu achten, spurtete er in der glühenden Sonne über die Ebene.

Als er die Fremde erreichte, war sie bereits durch die unbarmherzig brennende Sonne ohnmächtig geworden. Er schnitt nur die Lederriemen durch, die sie am Pfahl hielten, dann warf er sich die Frau auf die Schulter. Mit der anderen Hand griff er nach einem der kleineren Körbe und schleppte alles dahin, wo sein Seil einladend herabhing. Er fühlte nach dem Pulsschlag der Ohnmächtigen und nickte zufrieden.

Den Korb pferchte er einfach in seinen Rucksack, welchen er nun offen lassen musste, dann überlegte er krampfhaft, wie er alles, möglichst mit einem Mal, auf den Felsen bringen sollte.

„Tut mir leid, aber es geht nicht anders", murmelte er, als er der Fremden den Rucksack umschnallte und sie sich mitsamt allem, an den noch immer gefesselten Händen um den Hals hängte. Nach unendlich scheinender Zeit wälzte er sich völlig fertig auf den Fels. Mit weit geöffnetem Mund pumpte er Luft in die Lungenflügel.

Das war eindeutig zu viel des Guten gewesen. Er hoffte inständig, dass sich die Mühe gelohnt und die Frau wirklich überlebt hatte. Jetzt löste er ihre Fesseln und legte ein feuchtes Tuch auf ihre Stirn. Mit einem verlorenen Blick öffnete sie die Augen und wäre vor Schreck fast wieder ohnmächtig geworden.

„Alles in Ordnung", flüsterte er, ihre Wange streichelnd. „Du bist in Sicherheit."

Erstaunt lauschte sie der fremden Sprache und betrachtete forschend Andreas' Augen, die erleichtert und freundlich blickten.

Er setzte ihr vorsichtig die Wasserflasche an die Lippen. Gierig trank sie und hielt seine Hand krampfhaft fest, als er kurz absetzen wollte. Bekümmert betrachtete er ihre aufgescheuerten Handgelenke. Sie bemerkte das mit Erstaunen.

Nach einer halben Stunde stand Andreas auf, steckte die leere Flasche in den Rucksack zurück und hielt der Fremden die Hand hin, um ihr aufzuhelfen.

Ziemlich irritiert fasste sie zu. Noch nie hatte es irgendeinen Mann interessiert, wie sie zurechtkam. Dieser seltsame Fremde hatte sie nicht nur vor einem furchtbaren Tod bewahrt, er behandelte sie auch wie seinesgleichen und nicht als Arbeitssklavin. Die anderen hätten sie jetzt mit Fußtritten hochgetrieben und sie den schweren Sack tragen lassen. Vor allem hätten sie sie wieder so gefesselt, dass sie nur mühsam hätte laufen können.

Er zog sie nicht einmal gewaltsam hinter sich her, als sie sich taumelnd erhob, sondern führte sie beinahe behutsam den Trampelpfad entlang bis zum Fluss mit der Baumbrücke. Er deutete ans andere Ufer.

Als er ihr auf den bemoosten Stamm helfen wollte, brach sie vor Schwäche zusammen und wartete zitternd auf Strafe. Andreas band ihr vorsichtig das Seil um die Taille, dann kletterte er auf den Baum und zog sie zu sich herauf.

Ohne das Seil zu lösen, nahm er sie auf die Arme und trug sie, sich langsam Schritt für Schritt vorantastend, auf die andere Seite. Hier ließ er sie zuerst am Seil herab, ehe er hinuntersprang, um sie sofort loszuknoten. Er setzte sich zu ihr, zog ein paar Früchte aus dem Rucksack und hielt sie ihr entgegen.

Mit ungläubigem Blick und überaus zögerlich nahm sie sich ein ganz kleines Stückchen. Andreas legte ihr kurzerhand alles auf den Schoß, fischte für sich selbst etwas aus dem Korb und biss kräftig hinein.

Endlich entspannte sich sein Gegenüber und begann, in winzigen Bissen zu essen. Sie schloss ab und zu genussvoll die Augen. Er ahnte, dass man ihr in der Gefangenschaft entweder nichts oder nur wertlose Reste gegeben hatte.

Jetzt hatte er auch Zeit, sie genauer zu betrachten. Sie schien wirklich noch sehr jung zu sein und war durchaus hübsch, auch wenn sie im Augenblick von Kopf bis Fuß schmutz- und blutverkrustet war. Nichts, was nicht mit Wasser und ein paar heilenden Pflanzen zu beheben gewesen wäre.

Er wartete sehr geduldig, bis sie den letzten Bissen hinuntergeschluckt hatte, ehe er flussabwärts zeigte. Sie nickte, während sie aufzustehen versuchte.

„Na, ich glaube, so wird das nichts", stellte Andreas fest. Er schnallte sich den Rucksack um und nahm sie wieder auf die Arme. Nach ein paar Metern spürte er, wie sie sich behutsam anschmiegte und ihren Kopf an seine Schulter bettete. Andreas durchströmte eine wohlige Wärme. Er ahnte wohl, dass sie es merkte, wie sich sein Herzschlag beschleunigte.

Erst kurz vor Sonnenuntergang erreichte er sein Häuschen, welches die Fremde mit weit aufgerissenen Augen betrachtete. Er stellte sie vor der Tür vorsichtig auf die Füße, öffnete, dann führte er sie an der Hand hinein, wo er sie zu einem Hocker am Tisch brachte. Ängstlich schaute sie sich um.

Inzwischen schürte Andreas die Restglut im Kamin, entfachte ein wärmendes Feuer und hängte den Wassertopf in die Flammen. Die Frau beobachtete jeden Handgriff sehr genau. Bald stellte sie fest, dass weder von dem Mann, der sie befreit hatte, noch von seiner Behausung etwas Bedrohliches ausging. Tief im Inneren freute sie sich, die Beute eines solchen Mannes geworden zu sein.

Gegen den Anführer der anderen Horde hatte sie sich mit Kratzen und Beißen gewehrt, als man sie bei einem Überfall von ihrer Sippe trennte. Er hatte sie geschlagen, getreten und schließlich hungern lassen, ohne, sie damit gefügig zu bekommen. Dann hatte er die Nase endgültig voll und wollte sie lieber dem heiligen Bären opfern, als sie freizulassen.

Dann war plötzlich dieser Fremde da, der fast so helles Haar hatte, wie die Leute ihrer Sippe, aber diese sicher um mehr als einen ganzen Kopf überragte. Was er sagte, klang sehr freundlich, auch wenn sie nicht ein einziges Wort davon verstand. Gerade eben sprach er sie wieder an.

„Komm, wir gehen uns waschen." Er hielt ihr eine Hand hin, die sie rasch ergriff und ihm folgte.

Am Bach blieb er stehen, begann, sich Hände und Gesicht zu spülen. Sie verstand, dass sie das Gleiche tun sollte. So stellte sie sich direkt ins flache Wasser, weil es bei ihr doch mehr zu waschen gab. Dafür bot sie danach auch einen wirklich erfreulichen Anblick, wie ihr seine Augen deutlich zu verstehen gaben.

Wieder im Häuschen zurück, siedete das Wasser und er brühte frische Pfefferminzblätter aus seinem Kräutergarten auf. Schnuppernd hob sie die Nase und machte „hmmm".

„Ah, das scheint paläo-international zu sein", lachte Andreas fröhlich.

Sie lächelte. Es gefiel ihr, wie er sich freute.

„Ich bin Andreas", sagte er auf seine Brust deutend. „Andreas", wiederholte er. „Und du?" Er deutete auf sie, dann noch einmal auf sich: „Andreas."

Sie zeigte ebenfalls auf ihn. „An-de-ras."

„Andreas."

„An-de-ras."

Er winkte schmunzelnd ab, tippte sich noch einmal auf die Brust und sagte: „Andy."

„An-dy?"

„Andy!"

Sie nickte heftig, zeigte auf sich. „Kara."

„Kara", wiederholte Andreas. „Ein schöner Name."

Er goss für sie heißen Tee ein und legte die restlichen Früchte aus dem Rucksack in eine selbst gebrannte Tonschale auf dem Tisch.

„Vielleicht möchtest du ja lieber Fleisch haben", mutmaßte er und holte den Topf mit den getrockneten Streifen.

In Karas Gesicht ging die Sonne auf. Sie nahm sich zwei Stücke und begann genüsslich zu kauen.

Nach dem Essen stand sie auf, sagte ein paar Worte und lief zur Tür. Andreas wollte ihr folgen, doch sie wehrte ab.

Was hat sie denn bloß, überlegte er, vorsichtig um die Ecke spähend. Kara verschwand zwischen den Büschen etwas weiter weg vom Häuschen. Andreas schlug sich an den Kopf. Na logisch, die dringenden Bedürfnisse gab es ja auch noch, da machte keiner eine Ausnahme.

Augenblicke später schlüpfte sie wieder ins Haus. Er hatte in der Zwischenzeit die Reißverschlüsse seines Schlafsackes geöffnet, ihn so in eine große Partnerdecke verwandelt.

Ein paar Felle, die er im Laufe der Zeit zusammengetragen hatte, bildeten die Matratze. So etwas kannte Kara und steuerte ganz freiwillig und unverzüglich die Schlafstatt an, womit sie Andreas völlig überraschte.

Jetzt bekam Kara große Augen, denn er zog sein T-Shirt aus und die Jeans, während sie ihr einfaches Lederkleid nicht ablegte, ihn dafür aber in ziemlich eindeutiger Pose erwartete.

Ihm fiel es äußerst schwer, die Offerte zu ignorieren. Kara drehte sich enttäuscht herum und schlief rasch ein.

Rollenverteilung

Ungewohnte Geräusche weckten Andreas am Morgen. Er brauchte ein paar Sekunden, um sich im Halbdunkel zu orientieren. Kara hockte mit angezogenen Knien auf dem Boden neben dem Kamin und schluchzte verhalten. Es dauerte ziemlich lange, bis Andreas begriff, dass er sie sehr verletzt, indem er nicht auf das eindeutige Angebot reagiert hatte.

Ich bin doch so ein Idiot! Wir sind hier in was weiß ich für einer Zeit und ich kehre den zivilisierten Mann heraus, der eine Frau erst dann, wenn er sie kennt … Dabei täte ich doch nichts lieber, als mich mit ihr ganz hautnah zu beschäftigen.

Kara weinte noch immer und Andreas' schlechtes Gewissen driftete dahin ab, seine Hormone in Wallung zu bringen, sodass er es kaum noch erwarten konnte, ihr zu geben, was sie sich wünschte. Kein Aas würde hier auf Alimente klagen oder, weiß der Kuckuck, was, für Gelder fordern.

„Kara!"

Sie hob den Kopf und schaute ihn mit geröteten Augen traurig an.

„Komm her!" Er schlug die Decke beiseite und klopfte mit der Hand auf die freie Stelle neben sich.

Sofort huschte sie zu ihm ins Bett.

„Es tut mir leid", flüsterte Andreas, um Verzeihung bittend.

Ein Vorspiel schien man hier wohl nicht zu kennen, stellte er mit einem amüsierten Grinsen fest. Natürlich nahm er sich die Zeit, etwas genauer hinzusehen und bemerkte mit Erstaunen, dass Kara hier komplettes Neuland betrat.

Möglich, da den Grund zu suchen, weshalb sie sich sofort in Pose warf. Vielleicht beruhigten hier die Damen ja auch auf diese Weise ihre Männer, und dieses Ritual wurde durch das tägliche Leben an den Nachwuchs weitergegeben.

Andreas fielen die Bonobos ein, die in dieser Hinsicht ziemlich kreativ waren. Aber diese Parallelen erschienen tief in seinem Unterbewusstsein – er widmete sich mit allen Sinnen Kara, die sicher bei den anderen Sippenmitgliedern täglich gesehen hatte, wie man einen Mann aufheitern konnte.

Und da er sie zu seiner Behausung getragen hatte, war für sie klar, dass er sie als Gefährtin ansah. Nun wollte sie ihm einfach das geben, was ihm zustand, wobei es gleichzeitig eine Geste der Unterwerfung war.

Andreas spielte nach seinen Regeln und Kara genoss die vielen Zärtlichkeiten so intensiv, dass sie kaum spürte, wie er plötzlich tief in ihren Schoß eindrang.

Als er später neben ihr lag, sie schützend im Arm haltend, flüsterte sie einige Worte, die eindeutig nach Belobigung klangen. Er genoss die Zweisamkeit doppelt in dieser fremden Welt.

Als er sich endlich zum Aufstehen entschloss, strahlte die Sonne schon ziemlich hoch am Himmel. Kara folgte ihm zum Bach, wo er seine Morgenwäsche begann. Sie tat es ihm gleich.

Danach gingen sie zurück zur Hütte, wo Andreas den kalten Tee vom Vortag in zwei Becher füllte, Obst und gekochte Enteneier auf den Tisch stellte.

Kara beobachtete jede seiner Bewegungen genauestens. Normalerweise wäre es ihre Aufgabe gewesen, für das Frühstück zu sorgen. Nur kannte sie sich mit den vielen fremden Dingen nicht aus und An-dy schien sich nichts daraus zu machen, Frauenarbeit zu verrichten.

Immer, wenn er nach etwas fasste, nannte er die Bezeichnung, wie Kara sehr schnell begriff. Sie wiederholte laut und freute sich, wenn An-dy lobend nickte. Noch grandioser fand sie, dass sie ihn überallhin begleiten durfte und nicht im Haus eingesperrt wurde.

Gerade eben hockte sie sich neben ihn ans Flussufer und schaute zu, wie er die Angel mit einem Wurm auswarf. Es dauerte auch keine fünf Minuten, da zappelte ein großer Fisch am Haken und Augenblicke später im Korb.

Kara bewachte die Beute mit Argusaugen und gleichzeitig prägte sie sich ein, wie es Andreas anstellte, so erfolgreich beim Nahrungserwerb zu sein.

Als er die Nylonschnur kurz ablegte, hielt sie auf dem Boden ihr Hände darüber, als befürchtete sie, jemand könnte sie stehlen. An-dys geheimnisvolles durchsichtiges Band war für sie ganz großer Jagdzauber. Aber er war sowieso ein Zauberer.

Wer einem heiligen Bären das Opfer vor der Nase wegstahl und dabei unversehrt blieb, der musste einfach magische Kräfte haben.

Bald schon war der Korb voller Fische und sie brachten den reichen Fang nach Hause. Vier große Fische steckte Andreas an Spießen übers Feuer. Kara kannte das und drehte sie rechtzeitig, wie er sehr erfreut feststellte.

„Sehr gut", lobte er.

Diesmal aß Kara mit bestem Gewissen, denn schließlich hatte sie ein kleines bisschen geholfen. Statt Mittagsruhe zu halten, nahm Andreas nun noch die anderen Fische aus, um sie zum Trocknen vorzubereiten. Er stach mit einem großen Messer Löcher in die Schwänze und Kara fädelte die Tiere auf eine feste Binsenschnur.

Einen Fisch hatte er wohl vergessen und sie piekte das Loch selber hinein. Dann schlug sie plötzlich die Hände vor das Gesicht und flüchtete in den hintersten Winkel des Häuschens. Es standen die furchtbarsten Strafen darauf, die Werkzeuge der Männer, ohne Aufforderung anzufassen.

Andreas ahnte, was in ihr vorging und hatte ernsthafte Mühe, sie zu beruhigen. Weil sie am ganzen Körper zitterte, zog er sie einfach ins Bett.

Der Plan funktionierte, Kara kuschelte sich Schutz suchend an und Andreas ließ die Fische, Fische sein. Die schwammen nicht weg und, ob sie eine halbe Stunde eher oder später in der Sonne hingen, war völlig unerheblich. Wenn er schon das große Glück hatte, mit jemandem sein Leben teilen zu können, dann sollte wenigstens der Spaßfaktor an vorderster Stelle stehen.

Andreas nahm sich richtig Zeit für Kara, die sich inzwischen wie im Traumland und ganze Schmetterlingswolken im Bauch fühlte, wenn er sie nur anschaute. Die tiefe Dankbarkeit für ihre Rettung hatte sich, seit er sie am Morgen zu sich ins Bett geholt und so eindeutige Besitzansprüche angemeldet hatte, zu sichtbaren Spuren von Liebe gewandelt, die gerade eben kräftig Nahrung bekamen.

Karas Hände glitten über Andreas' Rücken, modellierten die ausgeprägten Muskelpartien nach, streichelten seinen knackigen Hintern, um ihn im nächsten Moment fest an sich zu ziehen.

Er genoss die Streicheleinheiten nur zu gern und, weil sich draußen gerade finstere Wolken zu einem Gewitter zusammenzogen, wie es jetzt beinahe täglich vorkam, hängte er nahtlos noch einen leidenschaftlichen Geschlechtsakt an.

Die Schnur mit den Fischen landete irgendwann am frühen Nachmittag am Dachbalken vor dem Kamin, statt draußen zwischen den Bäumen. Der Himmel sah noch immer aus, als würde er jeden Moment alle Schleusen öffnen.

Kara schürte vorsichtig das Feuer, legte noch zwei Scheite Holz hinein und hängte den kleinen Teekessel in die Flammen.

„Gute Idee", freute sich Andreas. Es war recht kühl geworden und etwas Warmes war durchaus angebracht. Kara schien nie zu frieren, obwohl sie nur das Lederkleid trug.

Sie musste aus dem kühlen Norden stammen, wenn Andreas die Bilder, die sie zur Erklärung in die Erde vor der Hütte geritzt hatte, richtig verstand. Mit neunzehn anderen Sippenmitgliedern war sie nach Süden aufgebrochen.

Sie hatte sogar die einzelnen Familien als Gruppen dargestellt und war, in ihrer Gemeinschaft, das älteste Kind gewesen, denn sie hatte sich kleiner als die Eltern, aber größer als die drei Geschwister gemalt. Sie waren mehrere Monate gewandert, hatten Flüsse überquert und Seen umrundet. Zwei Kinder starben durch die Strapazen – ein Baby und ein etwas größeres Kind, welches von einem Tier getötet worden war.

Dann kamen die Fremden mit Keulen und Speeren, die Sippe floh und Kara, die auf Beerensuche gewesen war, wurde gefangen genommen und verschleppt.

Sie malte auf, wie sie misshandelt und schließlich an den Pfahl gebunden wurde, hob den Kopf und lächelte

Andreas liebevoll an. Der zog sie an sich, streichelte ihr Haar und war nicht minder glücklich, dass sein waghalsiger Plan gelungen war.

Seine Zeichnung betrachtete sie fast ehrfürchtig. Er malte Häuserfluchten, Autos, Flugzeuge und viele andere Dinge, die sie einfach nicht fassen konnte. Mittendrin zog er eine Linie, hinter der sich Urwald auftat.

Er erklärte ihr mit Bildern den Bau des Häuschens und wie einsam er sich in all den vielen Monaten gefühlt hatte. Auf die einfache Bank vor der Hütte malte er schließlich eine Frau und einen Mann. „Kara und Andy", sagte er mit leuchtenden Augen.

Sie streichelte seinen Arm und lachte. „An-de-ras?"

Er schmunzelte. „Ja, so ähnlich. An-dre-as."

Kara blinzelte seufzend. „An …"

„…dre…", half er ihr.

„… as."

„Genau! Andreas!"

„An-dre-as."

„Richtig! Sehr gut!" Er küsste sie zärtlich und Kara flüsterte noch einmal seinen Namen. Dann zeigte sie durch die Tür und sagte: „Bett."

Andreas begann, amüsiert zu kichern. Das hatte sie sich sofort eingeprägt. Aber Kara hatte sich in den wenigen Stunden noch mehr gemerkt. Sie konnte Tee, Feuer, Dolch und Angel genau bezeichnen. Alles Dinge, die das Leben sehr erleichterten.

Für den heutigen Nachmittag war ein Spaziergang durch den Wald angesagt, mit der Suche nach Pinienzapfen, Pilzen und allem, was noch irgendwie brauchbar erschien. Andreas trug seinen Rucksack und Kara hatte sich den kleinen Korb mitgenommen.

„Ah! Schau nur! Da steht urtümliches Getreide!", rief Andreas begeistert, während er schon vorsichtig die reifen weizenartigen Ähren abschnitt.

Kara hob die Augenbrauen. Weshalb wollte Andreas nur das stachelige Zeug mitnehmen? Aber, da sie sehr viel aus seiner Welt nicht kannte, half sie bei der Suche. Er werde sicher genau wissen, was man damit machen konnte.

Ungläubig und äußerst zaghaft nahm sie das kleine Messer entgegen, welches er ihr sofort reichte, damit sie die spröden Stängel nicht mühsam abreißen musste. Der Korb füllte sich schnell, auch wenn die Gräser nur wenige winzige Körner enthielten.

Zwischen den Halmen fing Kara ein Tier, das wohl ein riesengroßer fetter Hamster sein musste, wenn es sich Andreas genau anschaute. Als er noch überlegte, wie er es töten könnte, hatte sie dem Tier schon das Genick gebrochen und es mit Bast außen an den Korb gebunden. Sie rieb sich den Bauch und sagte: „Gut."

Andreas nickte. „In Mittelamerika isst man Meerschweinchen – dieses kleine Ding ist bestimmt auch ganz lecker."

Schwer beladen kehrten sie nach Hause zurück und Andreas deutete auf einen Stein. „Etwas gewölbt und so groß muss er sein." Er formte in der Luft, was er sich vorstellte. Dazu hob er zwei Finger.

Gemeinsam liefen sie hinunter zum Fluss, um glatt geschliffene Steine zu suchen. Sie fanden tatsächlich einen Brocken mit einer schüsselförmigen Vertiefung. Nur war der viel zu schwer, um ihn mitzunehmen.

Also forschten sie nach zwei handlichen flachen Steinen. Andreas winkte schließlich ab. Es war schon spät und das Korn musste erst zum Mahlen vorbereitet werden.

Für heute war also nur Kochen und Spaß haben angesagt. Kara freute sich riesig, als Andreas das Messer neben den Hamster auf den Tisch legte und sie bittend anschaute.

Mit wenigen Handgriffen hatte sie ihn gehäutet, ausgenommen und spähte nach dem Feuer. Andreas schüttelte den Kopf.

„Das machen wir anders."

Er trennte das reichlich vorhandene Fett ab und warf es in den Kochtopf, den er auf den Rand der Kochstelle setzte. Dann löste er das Fleisch von den Knochen, schnitt es in kleine Würfel, die er in eine Tonschale häufte. Ein paar Pilze zerlegte er in dünne Scheiben. Inzwischen brutzelte das Fett und er gab alles in den Topf. Mit einem Holzstab rührte er immer wieder um.

Kara schaute wissbegierig zu. Andreas hielt ihr den Stab hin und sofort übernahm sie die ehrenvolle Aufgabe, das lecker duftende Essen umzurühren.

Andreas hackte Wildkräuter und kam mit einem Becher Wasser zum Herd. Er goss alles in den Topf, wo es kurz zischte und sich rasch eine braune duftende Soße bildete. Nach einer weiteren halben Stunde war alles gar. Andreas füllte zwei Tonschalen, streute die Kräuter darüber und legte Löffel auf den Tisch. Kara schaute ihn fragend an.

„Das geht so", blinzelte er und begann zu essen.

Kara presste die Lippen aufeinander. Sie hatte vermutet, man würde die leckere Mahlzeit aus der Schüssel schlürfen. Nun gab sie sich Mühe, mit dem Löffel nach den Stückchen zu angeln.

„Gut! Gut!", rief sie nach wenigen Bissen und streichelte ihren Bauch.

Andreas freute sich über so viel Lob und fühlte sich wie ein 5-Sterne-Gourmet der Urzeit, der er für Kara ganz sicher war. Zum Nachtisch knabberten sie Pinienkerne.

Andreas ging schließlich zum Bach abwaschen. Kara schabte alle Fleischrestchen aus dem Hamsterfell, dann spannte sie es in einem Winkel der Hütte zum Trocknen, indem sie Holzstäbe in die Ränder stach. Dass Andreas kein Jäger war, wie die Männer ihrer alten Sippe, hatte sie schon begriffen.

Dafür hatte er ganz andere Überlebensstrategien. Er konnte aus wenigen Zutaten viele leckere Dinge machen, ein festes Haus bauen, Kräuter da zum Wachsen bringen, wo er wollte und noch viel mehr. Er behandelte sie wie einen vollwertigen Jäger, indem er ihr sein Werkzeug gab und ihr beim Essen genau das Gleiche auf den Teller legte wie sich selbst.

Gerade kam er wieder und erspähte sofort das Fell. „Sehr gut", lobte er. Dann wandte er sich den Knochen des Tieres zu, die mit den Därmen und Pfoten noch in einer Schüssel lagen. Er zerbrach die dünnen Knochen, schichtete sie in den Kochtopf und ließ sie, mit etwas Wasser, eine Stunde kochen.

Kara hob die Nase. Dieses glänzende Gefäß war auch ganz großer Zauber, den Andreas perfekt beherrschte. Sie freute sich schon darauf, was er aus den wenigen Resten Leckeres kreierte.

Er fischte die ausgekochten Knochen heraus und entsorgte sie mitsamt den anderen Abfällen fernab des Häuschens.

Kara saß schon auf der Bettkante, als Andreas zurückkam. Das viele Neue, das sie nun lernen musste, hatte ihre ganze Kraft gefordert. Allerdings war ein großer Teil der Müdigkeit wie weggeblasen, als er sich auszuziehen begann.

Am Ende befand sie es für richtig, das hirschlederne Kleid ebenfalls abzulegen, um seine heiße Haut auf ihrem Körper spüren zu können. Die Vorfreude auf gewisse Annehmlichkeiten war Andreas überdeutlich anzusehen, Karas funkelnde Augen erzählten in der gleichen Sprache.

Das flackernde Feuer im Kamin gab noch etwas Licht und so legte er sich in die Mitte des Bettes.

Diesmal hatte Kara große Mühe, zu verstehen, was sie tun sollte. Also ließ sie sich einfach von Andreas in die gewünschte Position bringen und landete dadurch rittlings auf seinem Schoß. Dass Sex auch funktionierte, wenn die Frau nicht unten lag, sprengte ihr Weltbild.

Genau so schnell hatte sie aber auch den Spaßfaktor erfasst. Nun störte es sie auch nicht mehr, wie er mit zärtlichem Streicheln ihren Körper nachmodellierte, sie an sich zog und sein Gesicht zwischen ihre festen Brüste presste. Die Regeln seiner Sippe gefielen ihr viel besser als die der ihren. Sie hätte nicht mehr tauschen wollen.

Später kuschelte sie sich glücklich in seine Arme und schlief sofort ein.

Mit dem ersten Sonnenstrahl huschte sie zum Kamin und legte Holz in die Glut.

Als Andreas erwachte, brodelte gerade das Teewasser im Kessel. Er musste lachen. Das ungewohnte Heißgetränk hatte Kara sofort ins Herz geschlossen. Sie kam mit vier frischen Pfefferminzblättern herein, steckte sie in die Trinkbecher, welche sie mit kochendem Wasser füllte. Dann schaute sie Andreas erwartungsvoll an.

„Guten Morgen!", rief er fröhlich, kam zu ihr und hauchte ihr einen Kuss auf die Lippen.

Am Tisch hielt sie den Becher mit beiden Händen, atmete den Duft des Tees ein, lächelte und sagte: „Sehr gut."

Andreas blinzelte. „Kara, sehr gut."

„Oh!" Vor Freude wurde sie rot und ziemlich verlegen.

Dann nahm Andreas ihre Hände, deren Gelenke noch immer die Spuren der Fesseln trugen. „Nicht gut."

Kara versteckte sie schnell hinter ihrem Rücken und flüsterte irritiert: „Gut, gut." In ihrer Welt war eine kranke Frau nicht zu gebrauchen und wenn sie Pech hatte, suchte sich der Mann eine andere.

Andreas zog eine ihrer Hände wieder hervor. „Kara ist sehr gut. Das ist nicht gut." Er strich vorsichtig mit einem Finger über die aufgescheuerten Stellen. Dann stand er auf und holte einen Beutel vom Dachbalken, in dem er den ganzen technischen Kram aufbewahrte, der hier sowieso nicht funktionierte.

Ganz weit unten lag, neben anderen Notfallmedikamenten, noch eine Tube Wundheilsalbe, die er selbst nie benötigt, aber stets auf alle Exkursionen mitgenommen hatte. Er studierte noch einmal den Beipackzettel.

„Okay, das dürfte die Heilung beschleunigen." Mit der Fingerspitze verteilte er einen dünnen Film über all die wunden Stellen. „Das ist bald wieder gut", versprach er.

Kara nickte. Während er sein Wundermittelchen wieder wegpackte, brachte sie den Tontopf mit den

Fleischstreifen zum Tisch. Sie nahm alle heraus, schaute in den leeren Topf, zeigte ihn Andreas und murmelte bekümmert: „Nicht gut."

„Stimmt, da ist nicht mehr viel drin. Wir müssen schnell neues Fleisch besorgen."

Kara deutete auf seinen großen Dolch. Andreas seufzte. Er hatte, außer Insekten, noch nie ein Tier getötet und Kara würde bitter enttäuscht sein.

Ein kaum merkliches Lächeln saß in ihren Mundwinkeln, als sie seinen Namen nannte und dazu den Kopf schüttelte. Dann erklärte sie: „Kara!", nahm die Waffe und deutete auf den Hamster, wobei sie ein großes Tier mit den Händen in die Luft malte.

Andreas seufzte noch einmal. Dass sie sich in Gefahr begab, weil er zu feige war, hatte er gleich gar nicht gewollt.

„Andreas und Kara", erklärte er, das riesengroße Messer vom Balken holend. Hinter dem Haus standen noch ein paar lange gerade Stangen, aus denen man sicher eine Lanze bauen konnte, indem man noch ein Messer mit Bast oder Lederriemen festband.

Kara malte auf, zu welcher Tageszeit es sinnvoll war, auf die Pirsch zu gehen – im Morgengrauen und kurz vor Anbruch der Nacht.

Wobei hier im Morgengrauen die Raubtiere nicht mehr aktiv waren. Sie einigten sich darauf, am nächsten Morgen in aller Frühe auf dem anderen Flussufer auf die Jagd zu gehen.

Bis dahin gab es noch genügend Arbeit, das gesammelte Korn aus den Ähren zu schlagen, die Spreu zu entfernen und geeignete Mahlsteine zu finden. Kara stammte von einem Volk der Jäger und Sammler, das noch weit von einem sesshaften Leben entfernt war.

Sie ahmte sofort alle Handgriffe nach, die ihr Andreas zeigte, und pulte emsig die guten Körner vom unbrauchbaren Rest. Das dauerte bis in die Mittagsstunden. Zuletzt warf Andreas die Körner auf einem flachen Teller in die Luft, damit der leichte Wind den staubigen Rest der Kornhüllen wegblasen konnte. Kara sammelte sofort jedes Körnchen ein, das zufällig herunterfiel.

„Gehen wir angeln?", fragte Andreas schließlich.

„Angel", wiederholte Kara heftig nickend und inspizierte sofort den Behälter mit den Regenwürmern. Andreas hatte Erde und Pflanzenreste eingefüllt, damit er immer über Köder verfügte, falls er draußen nichts fand. Es wimmelte nur so im Behälter, dass Kara mit bestem Gewissen mehrere Würmer entnehmen konnte.

Diesmal setzte sie sich nicht neben Andreas ans Ufer, obwohl sie liebend gern zugesehen hätte. Sie ging auf Suche nach den begehrten Mahlsteinen. Sie trug schließlich die Mitverantwortung für das Wohlergehen ihres Partners.

Das Objekt ihrer Begierde fand sie in einer Stromschnelle am Rand des Flusses. Nur reichte sie mit den Händen nicht heran. Das Wasser gaukelte ihr eine völlig falsche Tiefe vor.

Ich kann nicht schwimmen, überlegte sie. Falle ich ins Wasser, ertrinke ich vielleicht.

Andreas saß in Sicht- und Hörweite. Er schaute hin und wieder zu ihr herüber, um sicher zu sein, dass ihr nichts geschah. Sie entschloss sich, zu rufen.

Er legte auch sofort seine Angel neben den Korb und kam heran. Kara zeigte mit einem Stock ins Wasser. Er verstand sofort, schon weil ihre durchnässte Kleidung deutlich genug sagte, dass sie es mehrfach erfolglos probiert haben musste, den Schatz zu bergen.

Er zog sich aus und stieg langsam ins Wasser, das tatsächlich viel tiefer war, als es von oben aussah. Vor allem war die Strömung sehr stark und drückte ihn wieder zurück. Andreas atmete ein und tauchte vor den Augen der völlig entsetzten Kara ab. Dann warf er den Stein ans Ufer, welches er Augenblicke später erklomm.

Kara flog auf ihn zu, warf sich an seine Brust und drückte ihn ganz fest an sich. Sie musste um ihn wahnsinnige Ängste ausgestanden haben. Andreas erwiderte die Zärtlichkeiten mit Siegermiene.

Kara war es völlig egal, dass er kein Jäger war. Das, was er immer wieder offenbarte, war viel beeindruckender. Andreas zog sich rasch wieder an, wohl bemerkend, dass ihr Gesicht einen ganz verträumten Zug angenommen hatte.

Genau genommen hätte er sich auch am liebsten gleich hier die Belobigung für außergewöhnliche Leistungen geholt, nur wären dann die gefangenen Fische von Vögeln gestohlen worden.

Er reichte Kara sein T-Shirt und wuchtete sich den Stein auf die Schulter. Mit schnellen Schritten folgte sie ihm.

„Holst du bitte die Angel und die Fische?", fragte Andreas.

„Angel", nickte Kara und eilte vornweg. Ehrfürchtig legte sie das Zaubergerät auf die Fische im Korb, um ihn sofort nach Hause zu tragen. Zwar war er sehr schwer, aber Andreas hatte viel schwerer zu tragen. Außerdem war es nicht weit bis nach Hause. Sie setzte einfach mehrmals ab.

Auf den letzten Metern kam ihr Andreas entgegen, um die Last zu übernehmen. Er stellte den Korb vor den Kamin und zog sein feucht gewordenes T-Shirt aus. Kara kam heran. Sie strich sanft mit der Fingerspitze über seinen Sixpack und flüsterte: „Bett?"

„Ja", entgegnete Andreas. „Bett."

Kara schlüpfte sofort aus ihrem Kleid und huschte unter die Decke. Andreas schmunzelte. An der schönsten Nebensache der Welt schien man in allen Zeitaltern sehr viel Spaß zu haben.

Kara grinste vergnügt zurück. Was kann ich denn dafür, dass das so schön ist. Würde in der nächsten halben Stunde die Angelausbeute verschwinden, wäre es für Kara zwar ein Verlust, aber keine Katastrophe gewesen. Ganz im Gegensatz dazu, wenn es sich Andreas plötzlich anders überlegt und das Kuscheln abgesagt hätte.

„Du bist unersättlich", raunte er ihr ins Ohr.

Kara lächelte. Auch wenn sie nicht verstand, was er sagte, der Tonfall klang liebevoll und nur das zählte im Moment.

Die knurrenden Mägen sorgten irgendwann dafür, beide wieder an die Arbeit zu erinnern. Schnell brutzelten vier Fische über dem Feuer, von Kara bewacht. Andreas hängte die anderen fünf zum Trocknen auf.

Am Nachmittag sichtete er seine Vorratstöpfe und beschloss, noch einige Gefäße zu fertigen, damit er das Mehl lagern konnte.

Andreas, der Zauberer

Mit dem Korb zogen sie zum Bach und Andreas suchte nur den besten Ton heraus. Kara staunte. Mit so was spielten höchstens die Kinder. Was wollte er mit dem Schmodder? Ihre Neugier wuchs ins Unermessliche. Da steckte garantiert wieder irgendein Zauber dahinter.

Andreas stellte den Korb vor der Bank am Häuschen ab und holte einen flachen Stein herzu, der auf einer Seite eine große, fast waagerechte Bruchstelle hatte. Nun begann er die braune Masse zu kneten und, wenn sie zu fest wurde, mit etwas Wasser geschmeidig zu machen.

Kara hockte mit großen Augen daneben. Noch größer wurden sie, als er lange Würste rollte und diese aufeinanderschichtete, bis ein wulstiger Topf entstand. Mangels Töpferscheibe war das hier die beste Technik, um schnell ans Ziel zu kommen. Immer wieder befeuchtete er seine Hände und glättete die Innen- und Außenseite.

Zuletzt drückte er mit dem Messer ein paar Verzierungen, in Form von Zickzacklinien und Sternen in den Rand. Kara schüttelte staunend den Kopf. Den fertigen Topf hob er auf eine abgesägte Baumscheibe und brachte ihn ins Haus.

Sogleich nahm er Nummer Zwei in Angriff. Diesmal drückte er abwechselnd kleine Sonnen und Wolken in den Rand.

„Gut! Gut!", hauchte Kara ganz verzückt.

Andreas lachte. Sie war völlig aus dem Häuschen und freute sich wie ein kleines Kind. Das brachte ihn auf eine Idee, die er sofort in die Tat umsetzte.

Er formte ein Herz, welches er mit drei aufgesetzten Blüten verzierte. In Erinnerung an seine Schulzeit, wo er im Kunsterziehungsunterricht aus Knetmasse Blumen gefertigt hatte, fiel es ihm nicht einmal sonderlich schwer.

Die winzigen Blättchen waren so filigran, dass er sie mit der Messerspitze andrücken musste. Kara blieb buchstäblich der Mund offen stehen, so andächtig schaute sie zu.

Andreas stach am oberen Rand ein Loch in sein Kunstwerk, damit es später an einem Lederband getragen werden konnte. Und weil er gerade richtig in Laune war, rollte er längliche und runde große Perlen um dünne Zweige, die, ebenfalls verziert, mit allem im provisorischen Brennofen landeten.

Sein Wassertropfenzeitmesswerk leistete gute Arbeit und er konnte die kleinen und großen Kostbarkeiten irgendwann zum endgültigen Abkühlen aus dem Ofen nehmen.

Vom größten Stück Hirschfell schnitt er ein langes dünnes Band, dem er mit dem Jagdmesser die Haare abrasierte. Kara kam aus dem Staunen gar nicht mehr heraus, wie er die Kleinode auffädelte und jeweils mit Knoten auf Abstand hielt, damit sie sich nicht gegenseitig zerstörten.

Er legte die wundervolle Kette auf den Tisch, prüfte noch einmal die Abstände, dann wandte er sich Kara zu. Mit strahlendem Lächeln streifte er ihr das Schmuckstück über den Kopf.

„Für Kara."

Im Gesicht der Beschenkten ging die Sonne auf. Ihr glückliches Lächeln machte Andreas stolz und froh. Sie kuschelte sich dankbar an und flüsterte immer wieder: „Gut, sehr, sehr, sehr."

Kein Wunder, wo er ihr doch ein Stück von seinem ganz großen Zauber geschenkt hatte. Denn nur ein Zauberer konnte aus einem Klumpen braunen Schlamms so etwas erschaffen.

„Kara ist glücklich", blinzelte Andreas und schob mit beiden Zeigefingern seine Mundwinkel zu einem überbreiten Grinsen hinauf.

Kara nickte. „Glück-lich." Sie ahmte seine Geste nach. „Gut, gut, sehr, sehr, sehr."

„Und Spaß hat es mir auch gemacht", verriet er.

Weil die Sonne langsam sank, widmeten sie sich der Zubereitung des Abendbrots. Kara erhitzte Teewasser und Andreas stellte den Topf mit der Hamsterbrühe auf die Kochstelle, streute richtig viele der halbtrockenen Pilze hinein und gehackten Lauch, damit es für zwei große Portionen reichte. Was dabei herauskam, sah nicht besonders aus, schmeckte aber sehr lecker.

Nach einer Handvoll Pinienkerne wollte Kara abwaschen gehen. Andreas hielt sie zurück, indem er zur Tür hinaus zeigte. „Viel zu dunkel. Das ist nicht gut."

Kara nickte. „Nicht gut." Sie hätte sich wirklich sehr gefürchtet.

Stattdessen brachte Andreas das Baumstämmchen herein, welches am nächsten Morgen als Speer oder Lanze dienen sollte, und begann mit nassen Lederbändern seinen Dolch festzuzurren.

Kara schaute ihn überrascht an. Er kannte sich ja doch in Jagdwaffen aus! Sofort kommentierte sie: „Gut, sehr, sehr."

„Sehr gut?", fragte Andreas.

„Sehr gut", bestätigte Kara.

Andreas' glänzendes Zaubermesser war viel mehr wert, als die besten Feuersteinspitzen, die sie kannte. Damit musste er einfach ein großes Tier mit viel Fleisch erlegen können.

Auch, wenn er sie jetzt vielleicht ausschimpfte, malte sie die linke Seite eines Tieres auf den Fußboden und zeichnete einen Kreis ein, wo der Stich mit Sicherheit tödlich war.

Andreas hockte sich sofort auf die Fersen und betrachtete die Anweisung. Vorsichtshalber malte er das wichtigste Stück des Bildes größer, fügte aus dem Gedächtnis die Knochen ein und hielt Kara den provisorischen Speer hin.

Sie nahm ihn vorsichtig und zeigte Andreas ganz genau, in welchem Winkel er angesetzt werden musste, um hinter dem Vorderbein bis zum Herz eindringen zu können.

„Woher weißt du das alles?", fragte er erstaunt. Es war nichts darüber bekannt, dass Frauen mit auf die Jagd gingen.

Kara erfasste den Sinn seiner Worte. Sie versteckte sich hinter dem Tisch, lugte vorsichtig darüber und hielt sich die Augen zu.

Andreas schmunzelte. Sie hatte also heimlich die Männer beobachtet. Mit einem fröhlichen Blinzeln tippte er ihr auf die Nasenspitze. „Sehr gut."

Kara begann zu kichern. Er war der erste Mann, der nicht böse war, weil sie stets neugierig zuschaute. Im Gegenteil – er zeigte ihr alles ganz genau, wenn sie sich für etwas interessierte.

Für all das Gute, was sie heute wieder lernen durfte und vor allem für das wundervolle Geschenk fiel das abendliche Kuschelritual besonders intensiv aus. Kara lechzte regelrecht danach, ihm jeden Wunsch zu erfüllen. Tief in der Nacht schlief sie in seinen Armen ein.

Andreas war drei Stunden später hellwach und weckte Kara. In voller Jagdausrüstung, mit Rucksack und Lederriemen bewaffnet, zogen sie los.

Über den Baumstamm gelangten sie auf das andere Ufer und schlichen auf dem Wildwechsel da hin, wo sich Andreas manchmal den frischen Riss der Raubtiere holte. Er ging voran, weil er keinesfalls wollte, dass sich Kara in ernsthafte Gefahr begab.

Immer wieder raschelte es im Dickicht. Dann der Todesschrei eines Tieres. Es prasselte im Unterholz und mehrere Wildschweine brachen hervor.

Andreas riss Kara zur Seite und stach beinahe blindlings zu. Die verletzte Bache griff an. Kara, die die Machete trug, zog selbige dem Tier von unten durch den Hals, während Andreas hastig einen Lanzenstich in die Herzgegend setzte.

Das Wildschwein brach sterbend zusammen. Die anderen Mitglieder der Rotte waren schon irgendwo im Wald verschwunden.

„Schnell", flüsterte Andreas, der Beute die Läufe zusammenbindend. Er hatte keine Lust, sich vielleicht noch mit den Raubtieren um die Beute prügeln zu müssen.

Eigentlich war das Schwein zum Tragen viel zu schwer, aber Kara zeigte sofort auf sich. Sie wollte um jeden Preis das ganze Tier haben. Also schob Andreas dem Schwein die Lanze durch die Beinfesseln und wuchtete mit Kara zugleich die Last auf die Schultern.

Nur war Kara viel kleiner als er und die ungleiche Lastenverteilung ging nicht lange gut. Schweren Herzens zerlegten sie die Bache an Ort und Stelle. Das Ansinnen Karas, inzwischen die Reste bewachen zu wollen, lehnte Andreas schlichtweg ab. Selbst die Idee, dabei auf einen sicheren Baum zu klettern, hieß er nicht gut.

„Ich liebe dich und will nicht mehr ohne dich leben", erklärte er und Kara schien zu fühlen, was er sagte, denn sie kuschelte sich für einen Moment in seine Arme.

Das Glück war ihnen hold, denn sie schafften es, auf drei Raten ohne Verluste, ihre Beute zu bergen. Diesmal gab es zu Mittag gegrillte Rippchen und beide leckten sich die Finger, weil es köstlich schmeckte. Kara kümmerte sich um das Fell, welches sie im Ganzen gerettet hatten. Mit dem Taschenmesser schabte sie, draußen vor der Tür, alle Fleischreste und auf der Außenseite die Borsten ab, welche sie sorgsam in eine Schüssel legte. Danach weichte sie die Haut in einer Grube mit Wasser ein. Weil es nach einer Weile stets versickerte, lief sie ständig mit einem Topf zum Fluss und holte Nachschub.

Andreas zerlegte derweil das Fleisch zum Braten, zum Trocknen und zum Grillen. Kara kam genau in dem Moment vom Fluss wieder, als er den Schädel aufbrechen wollte, um an das Gehirn zu kommen.

„Andreas, nein, nein, nicht gut!", rief sie und machte eine bittende Geste.

Er hielt inne. „Du möchtest das haben?"

„Kara haben", bestätigte sie und zeigte auf das Loch mit der Schweinehaut. „Sehr gut."

„Ah! Alles klar! Du willst die Haut gerben!", rief Andreas. Er legte den abgetrennten Schädel auf die Bank und widmete sich den Innereien.

Kara kam hinzu und begutachtete die Därme. „Gut, gut", murmelte sie.

„Ach herrje! Die wollte ich haben", seufzte Andreas.

„Andreas haben?", fragte Kara neugierig.

„Ja. Ich möchte Wurst machen."

„Oh", sagte sie enttäuscht und zeigte auf die Nähte ihres Kleides, dann auf Andreas' T-Shirt, das an etlichen Stellen löchrig geworden war.

Wenn er sie jetzt richtig verstand, dann wollte sie ihm, wenn das Leder gegerbt war, ein Hemd nähen.

„Wir teilen", versprach Andreas. Dabei zeigte er auf Kara und auf sich. Sie nickte zufrieden lächelnd. Schließlich konnte sie ihn nicht mit zerrissener Kleidung herumlaufen lassen. Das warf ein ganz schlechtes Licht auf eine Frau. Dabei war es für sie völlig unerheblich, ob es jemand sah oder nicht. Das war ganz einfach eine Frage der Ehre.

Kara füllte noch einmal Wasser in die Grube und packte große Steine auf die Haut, damit sie nicht von irgendwelchem Getier gestohlen werden konnte.

Andreas bereitete ein kleines Feuer für die Nacht vor, um wirklich sicherzugehen. Endlich war Zeit, sich dem Sortieren und Waschen der Därme zu widmen. Der Geruch rief bei Andreas Übelkeit hervor, die er aber, weil er sich nicht vor Kara blamieren wollte, tapfer niederkämpfte. Die Teile, die Andreas beanspruchte, legte er gesäubert in einen Tontopf, während Kara ihre in sehr dünne Streifen schnitt und zum Trocknen aufhängte. Dabei spielte ein zufriedenes Lächeln um ihre Mundwinkel. Mit dem frisch geschliffenen Taschenmesser war sie in Rekordzeit fertig.

Nun durfte sie Andreas helfen, Fleisch in winzige Würfelchen zu schneiden. Diese setzte er schließlich mit etwas Wasser und Gewürzkräutern zum Kochen an. Der leckere Duft ließ Karas Magen knurren und Andreas schöpfte für sie einen Becher Fleischbrühe ab.

Nach langem Überlegen, wie er denn die Wurstmasse in die Därme bekommen sollte, entschloss er sich, diese in vierzig Zentimeter Abschnitte zu zerlegen. Es war trotzdem noch ziemlich mühselig, die heiße Masse in die Öffnungen zu bekommen und er verbrühte sich mehrfach die Finger.

Am Ende hatte er zehn Würste zu je achtzehn Zentimetern, die jeweils paarweise verbunden waren und so bestens zum Räuchern aufgehängt werden konnten. Die kleinen Knoten am Anfang und am Ende hielten sicher zusammen und in der Mitte wurde die Wurst drei Mal kurz gedreht, um die Pärchen zu bilden. Kara stand daneben und staunte wieder einmal.

„Morgen suchen wir geeignetes Holz zum Räuchern", freute sich Andreas.

Das Abendbrot ließen beide ausfallen. Kara war fast unbemerkt am Tisch eingeschlafen. Andreas trug sie ins Bett und entzündete noch schnell das Feuer neben der Erdgrube, ehe er, ebenfalls todmüde, zu ihr unter die Decke kroch.

Der Morgen begann mit einem Gewitter, dessen Donnergrollen, die Schläfer aus dem Bett trieb. Bei den herabströmenden Wassermassen verkniffen es sich beide, einem dringenden Bedürfnis nachzugehen.

Zum Tee gab es Honig und Pinienkerne. Das Obst war inzwischen alle und Andreas überlegte, ob er nicht bald auch einen Vorrat Gelee oder Marmelade kochen sollte. Man musste nur sehr zuckerhaltige Früchte finden.

Kara huschte schließlich doch hinaus und kam nach ein paar Minuten triefend nass zurück. Andreas zog ihr das Kleid aus und steckte sie in sein langärmeliges Hemd, welches er manchmal als dünne Jacke über dem Shirt trug.

Kara begann zu lachen, es reichte ihr fast bis an die Knie und die Ärmel musste Andreas mehrfach umkrempeln, damit sie die Hände freihatte.

Mit Wurst räuchern war wohl heute nichts, mit Gerben auch nicht und so holte Andreas die Mahlsteine und das Getreide herzu. Er schüttete ein paar Körner in die Mulde und bearbeitete sie mit dem zweiten Stein. So lange bis sie zu weißem feinem Mehl zerrieben waren. Vorsichtig füllte er es in einen der neuen Tontöpfe und begann die Prozedur von vorn.

Vor Freude, weil es tatsächlich funktionierte, summte er einen Schlager und sang schließlich auch den Text. Dass ihn Kara völlig verdattert anschaute, merkte er nicht sofort. Erst, als sie flüsterte: „Gut, gut", fiel ihm auf, dass sie hingebungsvoll lauschte und dabei genau beobachtete, was er mit den Steinen machte.

„Möchtest du es auch probieren?", fragte er.

„Auch", nickte Kara und nahm den Platz am Mahlstein ein. Gewissenhaft arbeitete sie sich in das neue Handwerk ein und füllte stolz ihr erstes selbst gemahlenes Mehl in den Vorratsbehälter.

Andreas lobte sie sehr und kümmerte sich um das Mittagessen. Im brutzelnden Speck des Wildschweines briet er zwei große Steaks mit Pilzen und Lauch an. Kara schüttete gerade die allerletzten Körner in die Mulde und bald darauf das fertige Mehl in den Topf, den sie sofort mit dem Deckel verschloss.

Weil das Gewitter noch stundenlang tobte, stellte Andreas das benutzte Geschirr einfach vor die Tür und ließ es vom niederprasselnden Regen abspülen. Kara hob die Schultern und kicherte. Er wusste immer einen Rat und ließ sich durch nichts die Laune verderben.

Seiner Aufforderung zu einem Mittagsschläfchen folgte sie stehenden Fußes, zumal sie sich schuldig fühlte, ihm am vergangenen Abend etwas vorenthalten zu haben. Natürlich ließ er sich nicht zweimal bitten und Kara war glücklich.

Sie verbrachten fast den ganzen Nachmittag im Bett. Draußen gab es wegen des Dauerregens nichts zu verpassen und drinnen nichts zu tun, was lebensnotwendig gewesen wäre.

Andreas holte ein Aststück hervor und sägte 18 zentimeterdicke Scheibchen ab. Die Hälfte legte er kurz ins Feuer und löschte sie sofort wieder ab, als sie eine bräunliche Farbe angenommen hatten. Dann erhitzte er sein Messer in den Flammen und brannte drei ineinander liegende Quadrate in eine der Baumscheiben, die er zum Töpfern benutzt hatte. Zuletzt verband er alle drei jeweils in der Mitte der Linien miteinander, wobei er die Knotenpunkte tiefer einbrannte.

Kara hatte keine Ahnung, was das werden würde. Auf alle Fälle sah es interessant aus. Das Werk schien fertig zu sein, denn Andreas prüfte es noch einmal akribisch.

„Komm, wir spielen Mühle", schmunzelte er.

Kara schaute ihn fragend an. Er nahm die kleinen Scheibchen. Die Weißen schob er Kara hin, die Braunen behielt er. Dann zeigte er ihr mehrmals ganz genau, was sie mit den Spielsteinen machen sollte. Kara verstand noch immer nicht.

„Spaß haben", sagte Andreas.

„Ah!" Kara begriff, dass das etwas war, wie in einfach in der Sonne sitzen, im Bach planschen oder spazieren gehen, ohne etwas zu suchen. Nach ein paar Versuchen merkte sie auch, was es bedeutete, gewonnen zu haben.

Damit sie wirklich viel Spaß haben konnte, spielte Andreas um Pinienkerne, die sie besonders mochte. Wer gewann, bekam einen Kern. Das strategische Denken bereitete Kara große Mühe. Aber sie war ehrgeizig und probierte wieder und wieder. Am Ende hatte sie auch einige Kerne erobert, worüber sich Andreas sehr freute. Kara stöhnte und hielt sich den Kopf, um zu demonstrieren, wie anstrengend das Spiel gewesen war.

Andreas erschrak. „Nicht gut?" Er machte eine Bewegung, als wolle er die Figuren ins Feuer werfen.

Kara hielt rasch seine Hand fest. „Nein, nein! Probieren." Und als er sie erstaunt ansah, fügte sie hinzu. „Spaß, ja, ja."

Aha! Sie wollte also fleißig weiter damit lernen, weil es doch irgendwie ein bisschen Spaß gemacht hatte. Sie bat auch darum, das Spiel weitab vom Feuer zu deponieren, damit die kleinen Scheibchen ja nicht versehentlich verbrannt wurden.

„Ah!", rief sie, ihr Hamsterfell holend, packte die Spielsteine hinein und schnürte es mit einem Bändchen zu. „Sehr gut", freute sie sich. Nun durfte Andreas alles endgültig aufräumen.

„So ein Hamster ist eine feine Sache", amüsierte er sich. Mitten im Satz kam ihm ein interessanter Gedanke

– auch wenn es hier während der Wintermonate keine klirrende Kälte gab, konnte es doch sein, dass die Nager Vorräte in ihren Bau schleppten … Man musste also theoretisch nur einen Bau ausheben und hatte, mit ein bisschen Glück, den großen leckeren Hamster und seine winzigen Körner, die man vielleicht sogar auf einem Feld aussäen konnte, um im Folgejahr nicht mühsam suchen zu müssen.

Kara sah Andreas an, dass er intensiv nachdachte, und ließ ihn in Ruhe. Er brütete sicher gerade wieder ganz großen Zauber aus. Andreas gähnte schließlich herzhaft, streckte sich, schaute noch einmal hinaus in den Regen, dann blinzelte er Kara zu. „Komm ins Bett."

„Bett, ja, ja, sehr gut!"

Andreas brach in schallendes Gelächter aus. Er hätte wissen müssen, dass mit gleich schlafen, nichts zu machen war. Woher Karas hochgradige Begeisterung rührte, hatte er auch noch nicht wirklich herausfinden können. Ein paar Andeutungen entnahm er, dass Sex hier im Normalfall ein ziemlich eintöniges Spiel sein musste.

Auch möglich, dass die Sorge um die nächste Mahlzeit für die Sippe größer als die Potenz der Männer war und somit die Zweisamkeit aufgrund der kräfteraubenden Jagden oft ausfiel.

Kara erklärte mittels Bildern immer wieder, dass sofort alles aufgegessen wurde und wenn der Jagderfolg ausblieb, die Sippe oft tagelang Hunger leiden musste. Dann aßen sie sogar Wurzeln, die nicht einmal schmeckten. Hauptsache, der Magen war voll. Auch Larven standen auf dem Speiseplan. Kara pulte sie auch jetzt noch unverdrossen aus verrottenden Baumstämmen und ließ sie sich schmecken. Andreas schaffte es nicht, seinen Ekel zu überwinden. Zwar hatte er oft gehört, dass sie etwas nussig und damit nicht übel schmecken sollten, aber es ging einfach nicht.

Solange irgendeine andere verfügbare Nahrungsquelle auszubeuten ging, werde er sich mit Händen und Füßen gegen diese Viecher wehren. Kara akzeptierte das, auch wenn sie es nicht verstand. Sie hütete sich sogar, die Leckerbissen zu verzehren, wenn es Andreas sehen konnte und der war dankbar dafür.

Mitten in der Nacht fuhr Kara mit einem Angstschrei aus dem Schlaf. Andreas sprang aus dem Bett und machte Feuer, um etwas sehen zu können. Kara streckte ihm beide Hände entgegen und schmiegte sich fest an, kaum, dass er bei ihr auf der Bettkante saß. Sie hatte von ihrer Entführung geträumt. Andreas' Anblick beruhigte sie und die innige Umarmung ließ ihren rasenden Herzschlag schnell auf Normalniveau sinken.

„Alles wieder gut?", fragte er leise.

„Gut", hauchte Kara. „Ich lie … be dich!" „Gut?"

„Richtig", bestätigte Andreas lächelnd. „Ich liebe dich auch." Er hielt sie bis zum Morgengrauen im Arm, ohne selbst wieder einschlafen zu können. Unzählige Gedanken drängten sich ihm auf, die er einfach nicht verscheuchen konnte.

Würde er jemals wieder nach Hause zurückkehren können? Was werde dann mit Kara geschehen? War es vielleicht angebracht, hier ihre Sippe zu suchen und ihnen die Geheimnisse des sesshaften Lebens beizubringen? Oder sollte er mit ihr lieber für immer allein bleiben? Andreas seufzte und entschied sich dafür, alles so zu lassen, wie es im Augenblick war.

Der Morgen begann mit strahlendem Sonnenschein, unter dem das nasse Land dampfte. In dicken Schwaden zog die aufsteigende Feuchtigkeit himmelwärts. Hand in Hand eilten sie gleich nackt zum Bach, um zu baden und frisches Wasser für die Küche zu holen. Ihre Kleidung wäre nur unnötig feucht geworden. Kara ließ ihre wunderschöne Kette im Haus, damit ihr ja nichts zustieß. Vorsichtshalber steckte sie sie sogar unter die Bettdecke, wie Andreas amüsiert bemerkte.

Und schon hatte er wieder einen Einfall, wie er ihr eine Freude bereiten könnte. Nur musste das warten, bis die anstehenden Arbeiten abgeschlossen waren. Zum Frühstück gab es Kräutertee und die Reste der Honigwaben. Kara schaute sogar mehrmals in den Topf, ob nicht doch noch irgendwo ein Restchen klebte.

„Alle!" Sie schüttelte den Kopf und zeigte die leeren Hände.

„Alles alle", sagte auch Andreas. „Wir müssen bald auf die Suche nach neuen Leckereien gehen."

Kara zeigte auf ihr Kleid und sagte etwas in ihrer Sprache.

„Klar, du willst heute das Leder gerben", erwiderte Andreas. „Ich werde inzwischen Teig für Fladenbrot bereiten."

Allerdings plante er sofort um, als er sah, wie schwer die nasse Haut war, und half lieber erst einmal Kara. Er spaltete den Schweineschädel, damit Kara das Gehirn entnehmen konnte, welches sie auf der ausgedrückten aufgespannten Haut verteilte und durch Reiben einarbeitete. Dann rollte sie die Haut zusammen, damit die Fette aus dem Schweinehirn gut einwirken konnten.

Andreas trug die Rolle für sie ins Haus, damit sie nicht von anderen Tieren zerstört werden konnte. Jetzt setzte sie sich an den Tisch, um von Andreas zu lernen.

Er hatte eine flache Tonschale vor sich stehen, die halb mit Mehl gefüllt war und in die er etwas Wasser goss. Er begann mit den Händen beides zu mischen, bis eine zähe Masse entstand. Er deckte die Schale mit einer Zweiten zu, damit der Teig ruhen konnte, und legte mehrere Baumscheiben in die pralle Sonne vor dem Häuschen. In den Kamin schichtete er große flache Steine.

Kara streichelte ihre Kette und Andreas schüttelte den Kopf. Sich den Bauch reibend, erklärte er: „Ich backe etwas, das wir essen können – Fladenbrot."

Kara staunte. Schon wieder großer Zauber. Da war sie ganz sicher. Mit Andreas' Magie konnte der Schamane ihrer alten Sippe nicht mithalten. Der hatte auch immer nur heimlich gezaubert. Bei Andreas war das nicht nötig, der konnte, auch wenn jemand zusah, Wunder erschaffen.

Nach einer halben Stunde teilte er den Teig in Portionen und drückte ihn zu flachen Fladen, die er noch einmal in der Sonne gehen ließ.

„Na ja, mit Hefe wäre es besser, aber in der Not frisst der Teufel Fliegen", murmelte er. Nun trug er den ersten Fladen in den, zum Backofen umgebauten, Kamin. Mit seinem Riesenmesser wendete er ihn nach wenigen Augenblicken.

Der Duft des Gebäcks ließ Kara laut und vernehmlich schnüffeln.

„Hmmm, gut!", rief sie.

Andreas fischte den fertigen hauchdünnen Fladen aus dem Backofen. „Achtung! Heiß!"

Etwas abgekühlt, riss er ihn auseinander und reichte Kara die Hälfte. Sie kostete vorsichtig. Ungewohnt, aber durchaus schmackhaft. Nun wanderten nach und nach alle Fladen zum Backen und Andreas schichtete sie, abgekühlt, aufeinander. Kara ahnte schon, dass man damit noch mehr machen konnte, als sie einfach so zu essen.

Andreas fasste nach seinem Rucksack und den Messern. „Gehen wir Vorräte suchen?"

„Ja, ja!" Kara griff sich den Korb und folgte ihm.

Andreas verriegelte die Tür. Inzwischen gab es hier so viele Schätze, die er vor jedem möglichen Räuber schützen wollte, egal, ob Mensch oder Tier.

Sie folgten dem Fluss gegen den Strom. Andreas schüttelte ein paar Mal den Kopf. Hier wuchs tatsächlich alles durcheinander. Man konnte sowohl Buchen als auch Ananaspflanzen finden, gleich neben Pinien, Akazien und Gummibäumen. Die Ananas waren noch nicht reif, aber dafür Orangen. Die werden sicher sauer sein, überlegte Andreas, als er sie vom Baum pflückte.

Kara riss ihn zurück. Die Schlange, die von einem Ast herunterbaumelte, hatte er wirklich nicht bemerkt.

„Nicht gut, nicht gut, nein, nein", rief sie, um ihm klarzumachen, dass das Reptil hochgiftig war.

Andreas war blass geworden. „Danke. Ich glaube, jetzt hast du mir das Leben gerettet."

Hinter der nächsten Flussschleife fanden sie einige Kokospalmen, unter denen abgefallene Früchte lagen. Andreas beeilte sich, die Nüsse aufzusammeln und schnell wieder zu verschwinden. Er hatte Angst, von solch einem harten Ding erschlagen zu werden. Er füllte fast seinen ganzen Rucksack. Kara konnte sich keinen Reim darauf machen, warum er gleich so viele dieser borstigen Dinger mitnahm.

Auf dem Rückweg spähte sie noch ein Bienennest aus, welches sie stolz Andreas zeigt.

„Sehr gut. Aber wir müssen Feuer haben", erklärte er.

„Feuer?"

„Ja, Feuer. Wir holen uns morgen den Honig."

Kara merkte sich ganz genau die Stelle, wo sie die leckere Süßigkeit entdeckt hatte.

Zu Hause schmorte Andreas ein großes Stück Schwein im Topf. Er füllte immer wieder ein wenig Wasser auf, das langsam eine dicke, braune, lecker duftende Soße bildete. Kara rieb sich in Vorfreude die Hände. Essbare Zwiebelpflanzen hatten sie noch nicht gefunden und so musste wieder der gute alte Lauch herhalten, um der ganzen Sache etwas Würze zu geben. Kara huschte am Herd hin und her, weil sie es kaum noch erwarten konnte, bis der Braten auf dem Tisch stand.

Andreas schüttelte amüsiert den Kopf. Sie hatte heute unterwegs auf ihren Krabbelkram verzichtet, wie er es scherzhaft nannte, und ihr Magen knurrte ganz gewaltig. Endlich hob er den Topf vom Feuer, schnitt das Fleisch und teilte es auf die Teller aus. Dann legte er noch zwei Brotfladen auf den Tisch. Er zeigte Kara, wie herrlich man damit die Soße auftunken konnte. Das Strahlen ihrer Augen sagte alles, als sie genüsslich seinem Vorbild folgte.

„Hmmm, sehr gut", murmelte sie hin und wieder. Nachdem die Teller leer waren, holte Andreas eine Kokosnuss hervor. Mit dem Korkenzieher seines Taschenmessers stach er die drei Augen der harten

Schale auf und ließ das Kokoswasser in einen Becher laufen.

„Oh!", machte Kara, denn mit so etwas hatte sie nicht gerechnet.

Jetzt griff sich Andreas einen großen spitzen Stein, schlug auf die Mitte der Nuss ein, wobei er sie immer ein Stück weiterdrehte. Schon bildete sich ein Riss und die harte Schale brach auseinander. Kara klatschte in die Hände, womit sie Andreas zum Schmunzeln brachte.

„So ein Botaniker mit Diplom ist hin und wieder auch zu praktischen Arbeiten zu gebrauchen", witzelte er vor sich hin.

Zuletzt löste er das Kokosfleisch heraus und reichte Kara ein Stückchen. Sie drehte es unschlüssig zwischen den Fingern.

„Das kann man essen", verriet Andreas und biss herzhaft in das, was er sich genommen hatte.

„Hmmm, auch gut", kommentierte Kara die Kostprobe.

Unglaublich, was man alles essen konnte, wenn man wusste, wie man herankam. Die leeren harten Hüllen waren sicher auch noch zu irgendetwas zu gebrauchen. Und richtig, Andreas legte sie in die Ecke zu den Dingen, aus denen er immer wieder neue Wunder erschuf.

Mit Genuss schlürfte Kara auch ihr Kokoswasser. Sie schien auf alles zu stehen, was süß schmeckte. Andreas überließ ihr sogar noch seinen Anteil. Für ihn war es schon zu viel des Guten.

Ihm fiel ein, dass er sich ja auch noch um das Räuchern kümmern musste. Im Grunde genommen konnte er die Würste direkt in den Rauchabzug hängen, denn er kochte fast ausschließlich mit Tannenholz, das zum Teil sogar noch vom Hausbau übrig war. So machte er es dann auch.

Er verklemmte einen Ast zwischen den Steinen der Esse und hängte die Würste darüber. Da konnten sie nun, bei einer mäßigen Temperatur, einige Tage bleiben.

Für den nächsten Morgen stellte er einen Tontopf in seinen Rucksack und einen zweiten, kleineren Topf daneben, um glimmendes Holz transportieren zu können.

Nun musste nur noch das Wetter mitspielen. Im Augenblick schoben sich schon wieder Gewitterwolken zusammen und erste Tropfen regneten herab. Andreas legte die Reste des Kokosfleischs in Wasser, um sie frischzuhalten.

Den Abend ließen sie, wie immer, mit leidenschaftlichem Kuscheln und sehr erfüllender Zweisamkeit ausklingen.

Keine Probleme, nur Aufgaben

Andreas fasste im Halbschlaf neben sich und wurde sofort hellwach. Kara war verschwunden. Wahrscheinlich war sie hinausgegangen, um ganz in Ruhe dringenden Bedürfnissen nachzugehen. Andreas wartete lange, sehr lange sogar – Kara kam nicht zurück.

Mit einem Satz sprang er aus dem Bett, zog sich mit fliegenden Fingern an und stürmte aus der Tür. Überrascht blieb er stehen. Kara lag zusammengekrümmt auf der Bank vor dem Häuschen. Was war nur geschehen? Er konnte sich nicht erinnern, sie in irgendeiner Weise verärgert zu haben. So hockte er sich auf die Fersen, streichelte ihr Gesicht und flüsterte ihren Namen. Kara öffnete die Augen.

„Was ist passiert?", fragte er beunruhigt. „Warum kommst du nicht ins Bett?"

Ihr Lächeln fiel etwas verloren aus, als sie sagte: „Bett, nein, nein."

„Komm mit. Du bist doch schon ganz durchgefroren." Andreas nahm sie in den Arm und führte sie ins Haus. Er legte etwas Holz nach, damit sie sich aufwärmen konnte. „Was ist mit dem Bett?", wollte er schließlich wissen, forschend die Schlafstatt betrachtend.

„Bett gut. Kara nicht gut", antwortete sie zögernd.

„Wie, Kara nicht gut?" Andreas zog die Augenbrauen zusammen.

Sie sagte etwas in ihrer Sprache. Seufzend, als er es nicht verstand, legte sie eine Hand auf ihren Leib, da wo die Gebärmutter war und wiederholte: „Kara nicht gut."

Andreas schlug sich vor die Stirn. Endlich hatte er kapiert, was nicht gut für das Bett war. Kara hatte ihre Monatsblutung bekommen und als unreine Frau hatte sie auf dem Lager ihres Mannes nichts zu suchen. Nicht einmal zehn Pferde hätten sie nun ins Bett zurückgebracht, egal, was man ihr versprochen hätte. Tabu, war Tabu.

„Dann müssen wir eine andere Lösung finden", sagte Andreas. „Da draußen schläfst du jedenfalls nicht."

Es war das erste Mal, dass er in einem Tonfall sprach, der keine Widerrede duldete. Kara presste die Lippen aufeinander und war nahe daran, zu weinen. Andreas hob mit dem Zeigefinger ihr Kinn an und hauchte ihr einen Kuss auf die Lippen. Ein paar kleine Unpässlichkeiten waren nun wirklich kein Grund, der großen Liebe Abbruch zu tun.

„Ich baue dir ein Notbett, gleich hier am Kamin, damit du es schön warm hast." Mit Gesten begleitete er seine Worte.

Kara stimmte mit einer Kopfbewegung zu, dann beeilte sie sich, ihren häuslichen Pflichten nachzukommen, indem sie den Tee bereitete. Fragend deutete sie auf die Fladenbrote.

„Ja, das ist gut", meinte Andreas und stellte noch das Schüsselchen mit den Kokosstückchen dazu.

Kara fühlte sich merklich unwohl, sie rutschte unruhig auf ihrem Platz hin und her und Andreas überlegte, wie das überhaupt alles zu bewerkstelligen ging, wenn man nicht über Damenbinden oder Tampons verfügte. Er konnte bestens nachvollziehen, warum sich Kara am liebsten verkrochen hätte.

Es dauerte auch nicht lange, da zeigte sie bittend auf den Rucksack. Sie wollte einfach hinaus, um sich etwas zu beruhigen. Andreas erfüllte ihr den Wunsch sofort. Trotzdem wirkte sie sehr verkrampft. Er stieg auch nicht dahinter, ob es die Situation im Allgemeinen war, die ihr so zu schaffen machte, oder ob sie vielleicht auch Schmerzen hatte, von denen sie ihm nichts sagen wollte.

Auf alle Fälle fand sie zielsicher den Baum mit den Bienen wieder und schaute zu, wie Andreas ein stark rauchendes Feuer entfachte, das die Tiere recht bald vertrieb. Er warf sein Bergsteigerseil über einen Ast und kletterte in die Baumkrone, wo er den großen Topf bis zum Rand mit Honigwaben füllte. Kara lächelte glücklich, als er endlich wieder heil neben ihr stand.

Er drückte sie liebevoll an sich. „Nun kann meine Naschkatze ordentlich schlemmen."

Kara hielt eine Hand auf dem Rücken versteckt, die sie nun hervorzog und ihm stolz präsentierte. Der starke Rauch hatte zwei taubengroße Vögel benommen vom Baum fallen lassen, sie hatte sie sofort gefangen und ihnen die Hälse umgedreht. Natürlich bekam sie dafür noch einen Kuss zusätzlich.

Andreas rollte das Seil zusammen, steckte es in den Rucksack und band die beiden Vögel außen fest. Kara lief vor ihm her und hielt Ausschau nach Dingen, die sie vielleicht noch gebrauchen konnten. Etwas Großes, Gelbes ließ sie innehalten.

„Da!", sie zeigte ins Dickicht, um Andreas aufmerksam zu machen.

„Oh, ein Kürbis!" Er setzte sofort seinen Rucksack ab und schlängelte sich durch das Pflanzengewirr. Mit der fußballgroßen Frucht kam er zurück. Kara hielt ihm die Hände hin.

„Das ist viel zu schwer für dich", wehrte Andreas ab.

Er legte den Kürbis auf die Erde, um seinen Rucksack wieder umzuschnallen. Kara musste ihm anschließend helfen, den unhandlichen Fund aufzuheben, und stellte fest, dass sie das Ding wirklich nicht hätte tragen können.

Zu Hause landete das Schwergewicht mit in der Vorratsecke und die Vögel endeten am Spieß über dem Feuer. Knusprig braun kamen sie auf den Tisch und Kara erhielt eine große Portion Honig. Die hatte sie sich redlich verdient.

Nach dem Abwaschen zerrte Kara ihre Schweinehaut vor die Tür, um sie weiterzubearbeiten. Andreas konnte sich dunkel erinnern, was er über das Gerben gelesen hatte.

„Du musst sie waschen. Soll ich sie dir zum Wasser bringen?"

„Wasser, ja, ja", erwiderte Kara.

Andreas wuchtete sich die schwere Rolle auf die Schulter und trug sie zum Bach. Dort zog er auch gleich sein T-Shirt aus, welches bei der Aktion gelitten hatte und penetrant roch. Er spülte es aus und hängte es über den nächstbesten Ast.

Kara war dankbar dafür, dass er ihr half. Er hatte viel mehr Kraft und konnte das Wasser nach dem Waschen des Leders leichter herausdrücken. Er spannte auch das Leder genau nach Karas Anweisungen zum Trocknen auf. Frauenarbeit oder Männerarbeit gab es für ihn nicht. Es wurde getan, was getan werden musste.

Dafür revanchierte sich Kara, indem sie beim Bau ihres neuen Bettes half. Sie trug Holz und hielt fest, wenn er mit Bast etwas befestigen musste. Er zimmerte einen festen Rahmen auf sechs kurzen Beinen, den er, dicht an dicht, mit Bast bespannte, den einige Bäume hier reichlich abgaben.

Mitunter schälte er ganze Stämme ab, um an das begehrte Material zu kommen. Längs fädelte er einige Lagen durch, dass am Ende ein schachbrettartiges Muster entstand, welches die Tragfähigkeit der Bespannung sehr erhöhte.

Es war nur noch nicht klar, womit sich Kara zudecken konnte. Seinen Schlafsack zu nehmen, lehnte sie ab. Sie meinte, das Feuer sei warm genug, um nicht zu frieren. Andreas wartete, bis sie eingeschlafen war, dann deckte er sie mit seinem Wollpullover und dem langärmeligen Hemd zu.

Ein schleifendes Geräusch weckte ihn mitten in der Nacht. Lächelnd schaute er zu, wie Kara ihre Liege neben sein Bett zerrte, um ihm trotz allem nah zu sein. Er schob ihr die Hälfte der Decke hin und Kara kuschelte sich darunter.

„Verrücktes Huhn", murmelte Andreas und schlief wieder ein.

Als er sich am nächsten Morgen gähnend streckte, stand Karas Bett wieder beim Kamin, sie selber werkelte quietschvergnügt mit dem Wassertopf und den Frühstücksutensilien.

„Gut Morgen!", rief sie fröhlich und Andreas erwiderte den Gruß.

Er beeilte sich, hinter den Strauch zu kommen, und brachte auf dem Rückweg einen bunten Blumenstrauß mit, den er für Kara in eine Wasserflasche stellte, die zusätzlich noch in einem Töpfchen stand, damit sie nicht umkippen konnte. Kara schaute Andreas mit großen fragenden Augen an.

„Spaß für Kara", sagte er, weil sie mit diesen Worten immer Schönes verband, das nichts Lebenswichtiges umfasste.

„Ja, ja, Spaß, sehr gut." Kara freute sich in der Tat riesig über diese kleine Geste.

Warum sie heute so gut gelaunt war, blieb ihr Geheimnis. Andreas vermutete aber, dass es damit zusammenhing, sie nachts nicht weggescheucht und sogar noch die Decke mit ihr geteilt zu haben, als sie heimlich ihr Bett zu ihm herangerückt hatte.

Als er ihr nun auch noch zeigte, wie man das Fladenbrot öffnen und ein Stück Honigwabe dazwischen legen konnte, strahlte Kara endgültig mit der Sonne um die Wette.

„Ich lie-be dich", hauchte sie über den Tisch.

Andreas streichelte ihre Hand. „Ich liebe dich auch."

Er mochte es kaum glauben, dass dieses fröhliche Geschöpf erst wenige Tage an seiner Seite lebte.

Ihre blonde Löwenmähne sah heute besonders wild aus, sodass sich Andreas zu ihr setzte, und den Versuch unternahm, das Chaos zu ordnen. Mit den Fingern strähnte er das Haar und entwirrte geduldig die vielen Fitze. Kara saß ganz still.

„So wird das nichts", seufzte Andreas und kramte seinen Kamm aus dem Rucksack hervor. Nun ging es leichter und ziepte nicht so sehr. „Ich glaube, ich muss wieder einmal basteln", sagte er und dachte an die vielen Knochen vor dem Haus, wo sicher einer dabei war, aus dem man einen Kamm mit groben Zinken feilen konnte. Als er endlich die vielen Knoten entwirrt hatte, flocht er Kara einen Zopf und band ihn unten mit etwas Bast zusammen. Dann hielt er ihr seinen Rasierspiegel hin.

„Oh, oh!", staunte Kara und drehte vorsichtig ihren Kopf. Damit konnte man ja arbeiten, ohne dass ständig die Haare ins Gesicht hingen! Sie hielt Andreas die gespitzten Lippen hin und der holte sich lachend seinen Belohnungskuss ab. Interessiert schaute sie zu, wie er später aus einem flachen Knochenstück von der Schweineschulter in mühevoller Kleinarbeit einen Kamm zauberte. Mit der winzigen Säge seines Universalwerkzeugs dauerte es nicht einmal lange. Akribisch glättete er anschließend die Ränder der einzelnen Zinken.

„Wir legen den Kamm in die Sonne", erklärte er, „damit die Hitze die letzten Fettreste auflösen kann."

Kara nickte einfach. Als die glühende Mittagshitze einsetzte, verstand sie auch, warum sie ihren Kamm nicht sofort benutzen durfte. Andreas wischte immer wieder ölige Tropfen vom Knochen.

„Zu Hause hätte ich ihn in Wasserstoffperoxidlösung gelegt, dann wäre er schön weiß geworden", murmelte er mehr für sich. „Hier weiß ich mir keinen anderen Rat."

„Zu Hause …", wiederholte Kara leise und dachte an die Bilder, die Andreas auf den Boden gemalt hatte.

Er zog sie in die Arme, drückte sie mit geschlossenen Augen fest an sich. „Mein Zuhause ist nun hier bei dir."

Kara rieb ihren Kopf an seiner Schulter. „Mein Zuhause Andreas."

Er atmete tief durch. Ihre Situation war ähnlich. Vielleicht sogar noch schlimmer, sie hätte keine Chance gehabt, lange allein zu überleben.

„Weißt du, was wir jetzt machen?", fragte er plötzlich, worauf ihn Kara erwartungsvoll anschaute. „Wir schlachten unseren Kürbis und rösten uns ein paar Kerne!"

Kürbis? Kara glaubte, zu wissen, dass damit das große schwere runde Ding gemeint war. Sie hatte schon oft ähnliche Früchte gegessen und die leeren Hüllen später als Wasserbehälter benutzt. Und tatsächlich brachte Andreas den schwergewichtigen Fund heraus, um ihn mit dem riesigen Messer vorsichtig aufzuschneiden. Er enthielt mehr Kerne als Fleisch, was ihm nur recht sein konnte. Ein paar besonders dicke Samen suchte Andreas heraus und legte sie auf einen Teller zum Trocknen. „Daraus wachsen neue Kürbispflanzen", erklärte er Kara.

Sie verstand es zwar nicht, war sich aber sicher, dass sie das Geheimnis der separierten Kerne irgendwann erführe. Nun schaute sie sehr interessiert zu, wie er andere Kerne in einen Topf warf, ihn ins Feuer stellte und immer wieder schüttelte. Als sie sich leicht verfärbten, füllte er sie in eine Tonschale und stellte eines der Honigtöpfchen daneben. Er nahm sich einen Kern, tauchte ihn leicht in den Honig und aß ihn genussvoll. Kara nickte und machte es nach.

„Hmm, gut, gut", flüsterte sie verzückt und streichelte ihren Bauch.

Andreas lachte. „War ja klar, dass ich dich damit begeistern kann. Naschkatze. Meine Suppe wirst du sicher auch mögen."

Er schnitt das feste Kürbisfleisch in kleine Würfel und dünstete es, zusammen mit ein paar Lauchringen in ausgelassenem Wildschweinspeck an. Dann stäubte er Mehl darüber, schwitzte es kurz an und füllte mit etwas Wasser auf. Kara staunte, was man mit dem unscheinbaren weißen Pulver alles machen konnte.

Sie übernahm sofort die ehrenvolle Aufgabe, ständig umzurühren, damit bloß nichts anbrannte. Andreas schnitt inzwischen noch einige würzige Kräuter. Nach rund einer halben Stunde waren die Kürbiswürfelchen ganz weich und er drückte sie, mangels Pürierstab, mit der Gabel zu Brei, rührte alles noch einmal kräftig durch, füllte zwei Teller und freute sich, mit welchem Wohlbehagen sich Kara die erste Kostprobe auf der Zunge zergehen ließ.

Sie war so hin und weg, von dieser kulinarischen Köstlichkeit, dass sie Andreas in höchsten Tönen in ihrer Sprache lobte, die er nun gar nicht verstand. Als sie es merkte, blinzelte sie verlegen und sagte schnell: „Sehr, sehr, sehr gut." Blinzelte noch einmal. „Ich liebe dich sehr, sehr, sehr, sehr."

Andreas zog sie auf seinen Schoß, küsste sie zärtlich und erschrak, als sie sich plötzlich wehrte.

„Nein, nein, Kara nicht gut!"

Er seufzte. „Tut mir leid. Ich hatte es schon wieder vergessen."

Kara setzte sich neben ihn, kuschelte sich an. „So gut." In ihrem alten Leben wäre selbst das ein Ding der Unmöglichkeit gewesen. Bei Andreas fühlte sie sich wie im Paradies und sie scheute sich nicht, ihm das immer wieder zu zeigen.

Den Nachmittag verbrachten sie damit, neben dem Häuschen noch ein paar neue Beete anzulegen. Kara war neugierig, welche Pflanzen Andreas wohl hierhin setzen würde. Mit großen Augen schaute sie zu, wie er den Topf mit dem Getreide holte und es in gleichmäßig gezogene Rinnen legte, welche er sofort wieder schloss.

„Probieren!", rief Kara und half ihm dabei. Er säte aus und sie strich die Erde glatt. Gießen musste er nicht, denn die Regenzeit war noch nicht ganz vorbei. Ein Beet blieb leer. Kara zog, angestrengt nachdenkend, die Augenbrauen zusammen.

Andreas lachte. „Das ist für die Kürbispflanzen!"

„Ja, ja. Kürbis. Gut, gut!" Kara nickte heftig.

„Holst du bitte den Teller mit den Kernen?"

„Ja, Kara holt!" Sie eilte ins Haus und brachte Andreas das Gewünschte. Der bedankte sich erfreut, weil er nicht erst große Erklärungen geben musste. Kara lernte unglaublich schnell. Diesmal markierte er vier Punkte auf dem Boden und drückte auf dem ersten drei Kerne mit den Spitzen zuerst in die lockere Erde. Auf dem zweiten Punkt ebenso, dann hielt er Kara den Teller hin. „Nun du."

„Ja, Kara auch." Sie suchte sich die dicksten Kerne heraus, um sie, genau wie Andreas, in die Erde zu stecken. Dann betrachtete sie ihr Werk mit zufriedenem Blick.

Andreas legte ihr liebevoll den Arm um die Schulter, als sie zum Bach liefen, um sich für die Nachtruhe zu waschen. Kara bat ihn mit Handzeichen, schon vorzugehen. Es wäre ihr äußerst unangenehm gewesen, gerade jetzt in seinem Beisein zu baden. Diese Art der regelmäßigen Ganzkörperreinigung hatte sie auch erst von ihm gelernt und sofort als sehr angenehm eingestuft.

Andreas hatte sich demonstrativ einige Schritte entfernt hingesetzt, um auf sie zu warten. Natürlich mit dem Rücken zum Bach, um sie nicht unnötig zu verärgern. Im Grunde genommen war sie ihm sehr dankbar dafür, dass er in der Nähe blieb, denn mit einsetzender Dämmerung fürchtete sie sich doch etwas.

Sie beeilte sich auch sehr, um ihrerseits seine Geduld nicht überzustrapazieren. Das Brüllen eines Raubtieres ließ sie angstvoll aufschreien. Andreas ging ihr ein paar Schritte entgegen, reichte ihr die Hand, an der sie sich zitternd festklammerte.

Zu Hause schlüpfte Kara ins Haus und beobachtete mit klopfendem Herzen, wie er noch kleine Schutzfeuer in zwei Gruben vor dem Häuschen anzündete. Kara beruhigte sich erst, als er ins Haus kam und die Tür fest verriegelte.

Sie schaute nach der Trinkflasche, in der nur noch wenige Tropfen Tee waren. Andreas bemerkte den enttäuschten Blick und setzte ganz einfach noch einmal den Wassertopf aufs Feuer. Kara lächelte dankbar. Von den Mitgliedern der fremden Horde war sie geschlagen worden, weil sie einmal versucht hatte, Wasser zu trinken, als die anderen schliefen.

Sie konnte sich überhaupt nicht vorstellen, dass Andreas jemals die Hand gegen sie erheben würde, solange sie sich nicht wirklich schlimme Dinge zuschulden kommen ließe. Bevor das Wasser kochte, trug Andreas ihre Liege neben sein Bett. Karas Augen strahlten.

Dann horchte sie plötzlich angestrengt. Auf der anderen Seite des Flusses schienen sich mehrere Raubtiere einen Kampf zu liefern.

Das Fauchen, Brüllen und Jaulen tönte noch immer wirklich schaurig durch die Nacht. Andreas rechnete sogar fest damit, dass die Unterlegenen auf seine Uferseite schwimmen würden. Vorsichtshalber stellte er die Machete in Griffweite neben die Betten und legte den Dolch auf den Tisch. Zudem schob er draußen noch einige Äste ins Feuer und hoffte, dass die Nacht trocken blieb.

Als er wieder hereinkam, bemerkte Kara, dass sein Shirt kurz davor stand, endgültig den Geist aufzugeben. Er war mit einem der Aststücke an einem vorhandenen Loch hängen geblieben und hatte sich ein großes Triangel aus dem Stoff gerissen.

„Oh, oh", seufzte Kara. Dabei klappte sie den herabhängenden Stoff an die Stelle, wo er einmal hingehört hatte.

Andreas winkte ab und zog einen Beutel vom Querbalken. Irgendwo zwischen dem ganzen nutzlosen Kram musste auch ein Reiseset mit Nadel und Faden sein, welches er bisher geflissentlich ignoriert hatte. Schuhe und Jeans hielten und mehr hatte ihn nicht interessiert. Karas bekümmerte Miene ließ ihn, sich schlagartig erinnern.

Er öffnete die kleine Box mit den bunten Zwirnen, suchte eine passende Nadel und begann das braune Shirt mit schwarzem Faden zu reparieren. Kara klappte buchstäblich der Unterkiefer herunter. Völlig verdattert schaute sie zu, wie Andreas langsam und sehr akribisch die Löcher schloss, indem er die Maschen fing und größere Löcher perfekt stopfte.

Die dünnen Nadeln mit den winzigen Öhren beeindruckten sie zutiefst. Fast ehrfürchtig betrachtete sie die kleine Kunststoffschachtel, welche ihr Andreas genau vor die Nase schob. Die Stecknadeln mit den bunten Köpfen gefielen ihr ausgezeichnet, kannte sie doch nur Akazien- und andere Dornen, um etwas, mehr schlecht als recht, zusammenstecken zu können.

Andreas reichte ihr die beiden Nadeln hin, mit denen er den riesigen Riss fixiert hatte, um besser nähen zu können. Kara schüttelte erstaunt den Kopf und deponierte sie gewissenhaft genau wieder da, wo sie hingehörten. Allerdings machte sie sich die Mühe, die seltsamen Gerätschaften gleich noch farblich zu sortieren, wie Andreas amüsiert grinsend feststellte.

Sie betrachtete ihr Kleid und schüttelte schließlich mit dem Kopf. Für solche Kleidung waren Andreas' Zauberdinge ganz sicher nicht geeignet. Und ihm blieb nichts weiter übrig, als ihr in allen Punkten recht zu geben. Er beendete seine Flickstunde, packte zusammen und Kara begutachtete seine Arbeit.

„Sehr gut!", lobte sie. Sie konnte sich nicht erinnern, je einen Mann gesehen zu haben, der selber seine Kleider flickte. Nähen und Reparieren war Frauenarbeit. Aber solche Einteilungen gab es bei Andreas nicht, wie sie täglich mehrmals feststellte.

Andreas tippte ihr mit dem Finger auf Nase und lachte. „Gehen wir schlafen. Es ist schon spät."

„Ja. Schlafen." Kara rieb sich gähnend die Augen und schlüpfte unter die Decke, welche Andreas ganz selbstverständlich wieder mit ihr teilte. Sie schlief auch sofort ein, während er noch eine Weile in die Nacht lauschte, die heute ungewöhnlich unruhig war.

Noch vor dem Sonnenaufgang wurde er munter. Zuerst konnte er sich keinen Reim darauf machen, was ihn geweckt haben könnte. Dann hörte er fast neben sich, nur durch die Balkenwand des Häuschens getrennt, ein deutlich vernehmbares Schnüffeln, dem ein grimmiges Fauchen folgte.

Der penetrante Raubtiergestank trieb ihn mit einem Satz von seinem Lager. Andreas griff nach Machete und Lanze, postierte sich neben der Tür und harrte der Dinge, die da kommen würden. Kara wachte auf und

Andreas bedeutete ihr stumm, sich ganz still zu verhalten und möglichst in der Nähe des Kamins zu bleiben.

Ein Prankenhieb ließ das Haus erzittern. Kara tastete mit schreckgeweiteten Augen nach dem Feuerholz. Sie schob einen Ast in die glimmende Asche und blies so lange kräftig an, bis ein helles Feuer loderte. Dann riss sie den Ast an sich und ging auf die Tür zu.

Andreas ahnte, was sie vorhatte, nickte und zog langsam den Riegel zurück. Der nächsten Prankenhieb lief praktisch ins Leere, weil Andreas soeben mit einem Ruck die Tür aufriss und mit der provisorischen Lanze zustach. Kara schlug dem ungebetenen Eindringling zugleich das brennende Holz um die Ohren.

Der kleine Moment der Verwirrung reichte Andreas, etwas von dem Tier zu erkennen und ihm mit aller Kraft die Machete von oben ins Genick zu schlagen. Die Wucht des Hiebes, mit der höllisch scharfen Waffe, trennte der panthergroßen Katze glatt den Kopf vom Rumpf. Zuckend blieb der Körper genau im Türrahmen liegen.

„Tot", kommentierte Kara erleichtert und stieß mit dem Fuß den Schädel mit den versengten Haaren an. Dann strich sie mit der Hand über das Fell des Körpers. „Gut. Sehr gut." Sie zeigte auf die zusammengerollte Schweinehaut, deren Geruch das Tier möglicherweise angelockt hatte, und auf den abgetrennten Kopf, um Andreas zu anzudeuten, dass sie dieses Fell auch gerben wolle.

„Du bekommst alles, was du haben möchtest", versprach er ihr, seine Beute genau untersuchend.

Kara legte ihren Kopf an Andreas' Schulter und lächelte ihn von unten her stolz an. Schließlich hatte er ein großes überaus gefährliches Tier zur Strecke gebracht und bewiesen, dass er doch ein ausgezeichneter Jäger war.

Der Angriff der Bestie bewirkte, dass Andreas Kara keine Sekunde mehr aus den Augen ließ. Egal, ob sie auf den Beeten Unkraut zupfte, wie sie es von ihm gelernt hatte, kurz hinter dem Strauch verschwand oder im Bach badete, er blieb in unmittelbarer Nähe und hatte stets eines der großen Messer dabei.

Im Augenblick zerrte Andreas den Kadaver erst einmal vor das Haus. Kara packte den Kopf an den Ohren, um ihn daneben zu schleppen.

Inzwischen ging die Sonne auf, im Urwald begann ein ohrenbetäubendes Vogelkonzert und Kara widmete sich dem Tischdecken. Nachdenklich betrachtete sie die Honigtöpfe. Eigentlich hatte sie heute keinen Appetit auf Süßes. Andreas schmunzelte.

„Möchtest du lieber Wurst essen?"

„Wurst?", fragte Kara und spähte in den Rauchfang.

Andreas fischte ein Pärchen Würste von der Stange. „Keine Ahnung, ob sie wirklich schmecken." Er säbelte den Zipfel ab, roch daran und kostete schließlich ein Scheibchen. „Hm, besser, als ich dachte. Man kann es durchaus essen." Er reichte Kara eine Kostprobe.

„Wurst gut", bestätigte sie und erhielt noch ein Stück.

Andreas schnitt sich ganz dünne Scheiben ab, die er zwischen die Hälften seines Fladenbrotes legte. Kara schaute und machte es sofort nach. Deliziös!

Ob man wohl aus dem Katzentier auch so etwas zaubern konnte? Sie fragte Andreas danach. Der rümpfte die Nase und hob die Schultern.

„Das Fleisch braten wir lieber."

Also kam seine Beute in Form von Steaks und Gulasch auf den Teller. Weil es aber gar so viel Fleisch war, schnitt Kara noch unzählige kleine Streifen zum Trocknen. Andreas schmeckte das Fleisch zwar nicht wirklich, aber hier durfte man keinesfalls wählerisch sein.

Am Nachmittag breitete Kara das fertig gegerbte und getrocknete Schweinsleder auf dem Boden aus. Sie taxierte Andreas und der ahnte schnell, wie er ihr die Arbeit erleichtern konnte. So zog er sein Shirt aus und reichte es Kara. Erfreut nahm sie das Fertigungsmuster entgegen.

Eine Stunde später lagen Vorder- und Rückenteil seines zukünftigen Lederhemdes ausgeschnitten auf dem Tisch. Die Reste rollte sie fein säuberlich zusammen und packte sie ins Vorratsregal. Nun hatte sie zwar die Teile und auch den Faden in Form der getrockneten dünnen Därme, aber an einer passenden Nadel mangelte es. Andreas half ihr schließlich einen geeigneten Knochen zu suchen, aus dem sich Nadeln feilen ließen.

Bevor sich Kara in die Arbeit stürzte, saß sie einige Minuten regungslos da. Neugierig beobachtet von Andreas, der ahnte, dass sie angestrengt überlegte, wie sie sich die Arbeit erleichtern könnte. Da stand sie auch schon auf und zeigte auf sein kleines Taschenmesser. „Bitte!"

Er reichte es ihr.

„Danke!" Kara klappte den Korkenzieher auf. „Gut", flüsterte sie zufrieden. Dann begann sie in mühevoller Kleinarbeit Löcher in gleichmäßigen Abständen zu bohren, um es leichter zu haben, mit der Knochennadel ihr Nahtmaterial durchzuziehen.

Sie ist absolut pfiffig, staunte Andreas. Er holte das letzte Korn, setzte sich zu ihr, und begann es zu mahlen.

„Nicht gut", murmelte Kara, als sein Vorratstopf leer war.

„Stimmt. Wir müssen neues Korn finden. Unser Eigenes wird in ein paar Tagen überhaupt erst einmal keimen. Vielleicht können wir auch noch einen Hamster fangen."

„Oh ja! Hamster, sehr gut!", rief Kara. „Beutel für das!" Sie zeigte auf ihre Nadeln.

Als ihr der Magen zu knurren anfing, unterbrach sie ihre Arbeit und deutete auf den Vorrat an Trockenfisch. Andreas war einverstanden. Man konnte sich ja auch abends noch etwas Leckeres kochen. Am späten Nachmittag reichte Kara Andreas das fertige Hemd. Er zog es sofort über.

„Perfekte Passform. Das hast du sehr, sehr gut gemacht." Kara bekam einen so innigen Kuss, dass ihre Knie regelrecht weich wurden. Wie gern hätte sie sich jetzt im Bett den Dank für ihr Werk abgeholt!

Andreas brachte die zusammengelegten Reste und seine Machete. Mit einem Bild auf dem Fußboden erklärte er, wie er sich eine Schutzhülle vorstellte, um die Waffe gefahrlos auf dem Rücken tragen zu können. Kara schaute sich die Zeichnung an, legte die Machete auf das Leder und begann sofort mit einem Stück Holzkohle aus dem Kamin die Form aufzuzeichnen.

Andreas schnitt das Leder zu, bohrte gleich die Nählöcher und Kara begann zu werkeln, während er noch die Riemen zum Umhängen fertigte. Vor Sonnenuntergang konnte Andreas die Schutzhülle entgegennehmen.

„Wenn Kara wieder gut ist, werde ich mich ganz sehr bedanken", flüsterte er ihr ins Ohr, auf das Bett zeigend.

Sie kuschelte sich in seine Arme. „Ja, ganz, ganz sehr."

Andreas war aber auch nicht faul gewesen und so tafelte er Katzenbraten mit Pilzsoße, möhrenähnlichem Gemüse und Fladenbrot auf. Das abgezogene Fell des Angreifers lag bereits in der Wassergrube unter Steinen. Die sichelscharfen Krallen und die riesigen Eckzähne hatte Andreas sofort geborgen und im Haus in Sicherheit gebracht. Wenn er schon in der Urzeit leben musste, dann wollte er sich auch ganz stilecht die Trophäen um den Hals hängen. Die Hauer der Bache lagen ja auch noch auf dem Dachbalken.

Satt und zufrieden krochen sie in ihre Betten, nicht, ohne vorher wieder zwei Feuer entzündet und die Waffen in Reichweite gelegt zu haben.

Hamsterjagd

Nach einer ruhigen Nacht streckte sich Kara genüsslich im Bett. Sie hatte wunderschön geträumt. Seit sie sich jeden Tag sattessen konnte, nahmen auch die Träume andere Inhalte an, als in jenen Tagen, wo sie oft hungrig einschlafen musste. Sie schaute zu Andreas hinüber, der mit geschlossenen Augen regungslos dalag, als sei er noch im Tiefschlaf. Kara musste kichern. Sie hatte ziemlich deutlich die Grübchen auf seinen Wangen bemerkt, die immer dann erschienen, wenn er sich mühsam das Lachen verkniff. Er stupste ihr blinzend auf die Nase, wie immer, wenn er besonders gut gelaunt war und das war ziemlich oft.

„Guten Morgen!", rief Kara, ihm im Gegenzug einen Kuss auf die Lippen hauchend.

„Guten Morgen!", erwiderte Andreas. „Was gibt es heute zum Frühstück?"

„Oh!" Kara schaute zum Regal und kramte in ihrem Gedächtnis. Dann zählte sie an den Fingern auf: „Tee, Honig, Brot, Wurst."

„Das ist ja richtig viel." Andreas schwang lachend die Beine aus dem Bett.

„Ja, richtig viel Frühstück." Kara strahlte, weil sie alles exakt benannt hatte.

„Gehen wir heute Hamster jagen?"

„Ja, Hamster jagen gut!"

Andreas schlüpfte, zu Karas großer Freude, in sein Lederhemd. „Es ist sehr schön und ich muss nicht so aufpassen, damit ich nicht überall hängen bleibe."

„Du – siehst – gut – aus", bastelte sie das Kompliment mit halb geschlossenen Augen zusammen, weil sie sich so besser auf den Satzbau konzentrieren konnte.

„Und du hast schon sehr viel gelernt", freute sich Andreas gleich doppelt darüber.

Nach dem Essen packte er seinen Rucksack für den Jagdausflug. Wichtiges Utensil – der Klappspaten. „Hamster schlafen am Tag, da können wir seinen Bau ausgraben und mit ein bisschen Glück auch noch viele Körner finden."

„Hamster wacht auf?"

„Das wird er sicher. Wir versuchen die vielen Löcher zu finden und stopfen sie zu", plante Andreas.

Obwohl die Tiere mit rund einem halben Kilo keine Riesen waren, konnten sie sich kräftig wehren und schmerzhaft zubeißen, wenn man sich nicht vorsah.

Kara nahm ihren Korb und das Taschenmesser mit. Weil Andreas den Rucksack trug, gurtete er sich seine Machete um, wie ein Ritter das Schwert, um sie immer griffbereit zu haben. Kara schaute sich noch einmal um, dann gab sie ihr Messer Andreas, damit es nicht verloren ging, und fasste nach der Lanze.

„Gute Idee! Damit kannst du dir die und andere Viecher vom Hals halten."

Andreas verriegelte die Tür und wanderte mit Kara am Bach hinauf zu den weiten Wiesen. Kara hatte ihre Augen buchstäblich überall. Sie entdeckte ein paar Pflanzen mit schmackhaften Rübenwurzeln, Pilze, Pinienzapfen und das frische Gelege irgendeines Bodenbrüters.

Andreas musste ihr schließlich den Korb abnehmen, weil sie ihn kaum noch tragen konnte. Am Rande der Wiese stellten sie ihn ab und deckten ihn zur Sicherheit mit dicht belaubten Zweigen zu, die sie von den niedrigen Sträuchern rissen.

Andreas reichte Kara einen Beutel, damit sie die Ähren des Wildgetreides einsammeln konnte. Er selber machte sich auf die Suche nach den Schlupflöchern der Hamster.

Er stopfte einfach alles zu, egal, ob es von Wühlmäusen oder Hamstern war. Hin und wieder flitzte ein Nager wie der Blitz davon. Nach einer Weile begann Andreas zu graben. Er hatte fünf große Löcher gefunden, die er für die Ausgänge eines einzigen Baues hielt. Nun hob er mit dem Klappspaten genau im Zentrum die Erde aus.

Kara fiel auf, dass, seit sie die Mäuse aufgescheucht hatten, mehrere Greifvögel über der Wiese kreisten. Sie wusste, dass diese auch Hasen und anderes Kleingetier fangen konnten. Hin und wieder stieß ein Vogel herab, um mit einer Maus in den Fängen schnell zu verschwinden.

„Ich glaube, ich hab den Bau gefunden!", hörte sie Andreas rufen. Und eine Sekunde später. „Mist! Der Hamster büxt aus!"

Kara riss die Lanze hoch und rannte zu Andreas, der ziemlich deprimiert die Richtung anzeigte, in die das Nagetier verschwunden war. Und genau da fiel ein Greifvogel wie ein Stein vom Himmel.

Das ist unser Hamster, schrie es in Karas Gedanken. Sie musste mit ansehen, wie der Vogel ihrem Hamster die Krallen in den Rücken schlug und wieder aufstieg. Das war zu viel für Kara. In einem Anfall völliger Verzweiflung schrie sie: „Nein, nein!", warf die Lanze nach dem Habicht und holte ihn aus drei Meter Höhe glatt vom Himmel. Andreas brach in schallendes Gelächter aus, als er ihr ungläubiges Gesicht sah.

Nun hatte sie nicht nur den leckeren Hamster für den Kochtopf erbeutet, sondern auch noch einen ziemlich großen Vogel. Sie beeilte sich, die beiden Tiere und die Lanze zu holen, ehe noch jemand auf den Gedanken kommen konnte, ihr alles streitig zu machen. Andreas wartete, bis sie bei ihm war, dann grub er weiter und legte eine wahre Schatzkammer frei.

Der Hamster hatte mehrere Kilogramm verschiedenster Körner zusammengetragen, die Andreas nun in seinen Rucksack schaufelte. Kara klatschte in die Hände. Im Stillen überlegte sie wohl schon, wie viele leckere Fladenbrote man aus so viel Mehl backen konnte.

Der Heimweg artete in einen regelrechten Schwerlasttransport aus. Kara bekam die Machete umgehängt. Sie trug die Lanze, ihren Kornbeutel und die erlegten Tiere.

Außerdem war sie dafür verantwortlich, Gefahren frühzeitig zu melden, denn Andreas wuchtete sich den Rucksack auf den Rücken und den vollen Korb auf den Kopf, wo er ihn relativ kräfteschonend nach Hause balancieren konnte. Kara half ihm am Ziel, seine Lasten abzusetzen.

Sie selber setzte sich auch für einen Moment auf die Bank, um zu verschnaufen. Wie von einer Stahlfeder getrieben sprang sie auf, als sich Andreas ihr zuwandte. Er schüttelte amüsiert den Kopf, drückte sie ganz einfach auf die Sitzfläche zurück, nahm neben ihr Platz und sie ganz fest in die Arme.

„Du bist sehr müde", stellte er fest.

Kara nickte vorsichtig. Es gab noch viel Arbeit und sie saß hier herum. Andreas nahm sie auf die Arme, trug sie ins Haus, legte sie vorsichtig auf ihre Liege und deckte sie zu. Dann küsste er sie auf die Stirn. „Schlafe ein bisschen. Das wird dir gut tun. Du warst heute wieder sehr fleißig."

Kara schlief fast augenblicklich ein. Andreas atmete tief durch. Er hatte deutlich die ungewöhnliche Wärme an ihrer Stirn gefühlt. Nun sorgte er sich, dass sie ernsthaft krank werden könnte.

Kara schlief bis zum nächsten Morgen durch. Wohingegen Andreas kein Auge zumachte. Immer wieder schaute er nach Kara. Früh stand sie zwar auf, kippte aber nach zwei Schritten einfach um.

Andreas konnte sie gerade noch auffangen, bevor sie mit dem Kopf an die Tischkante schlug. Er brachte sie wieder ins Bett und setzte sich mit einem Trinkbecher daneben, um ihr wenigstens etwas kalten Tee einzuflößen. Kara hatte wahnsinnigen Durst. Gierig leerte sie den dargebotenen Becher und bat um mehr. Andreas beeilte sich sehr, ihren Wunsch zu erfüllen. Er kochte gleich einen großen Vorrat. Kara schien es sehr schlecht zu gehen. Sie mochte nicht einmal Honig haben und verschlief fast den ganzen Tag.

Andreas beschloss, auch wieder einmal einen freien Tag einzulegen. Also setzte er sich an den Tisch, nahm Notizblock und Bleistift hervor und begann zu zeichnen. Er hielt die Hamsterjagd, den nächtlichen Katzenangriff, den Ritualplatz des Bären im Bild fest, aber auch viele kleine unscheinbare Dinge. Am Ende begann er Kara in Detailstudien zu porträtieren, wie sie lachte, weinte und manchmal vor Staunen riesengroße Augen bekam. Irgendwann schlief er unbemerkt am Tisch ein.

Eine leichte Berührung an der Schulter weckte ihn. Kara stand neben ihm und schaute seine Zeichnungen mit ebenjenen großen Augen an, die er zuletzt gemalt hatte. Er zog sie zu sich auf die Bank.

„Wie geht es dir? Alles wieder gut?"

Kara versuchte, den Kopf zu schütteln, wobei sie schmerzhaft das Gesicht verzog. Andreas kochte ihr Tee und gab ihr das Honigtöpfchen.

„Danke", murmelte Kara etwas verlegen und fasste zu.

Sie hatte Bärenhunger, aber kaum Kraft, sich wirklich aufrecht zu halten. Andreas brachte sie für dringende Bedürfnisse nach draußen, dann steckte er sie sofort wieder ins Bett und servierte ihr das späte Abendbrot dort. Er setzte sich zu ihr, damit er ihr immer wieder helfen konnte. Andreas befürchtete in Karas plötzlicher Erkrankung Sumpffieber in einer abgeschwächten Form.

Auch in der modernen Zeit gab es immer wieder Menschen, die darauf weniger heftig reagierten. Malaria gab es wohl schon seit Ewigkeiten und daran werde sich die nächsten zig Jahrtausende, von Karas Zeit an, auch nichts ändern.

Am nächsten Morgen war Kara wieder auf den Beinen, etwas blass, sehr verschnupft, aber quietschvergnügt. Andreas atmete auf. Zudem ging sie nach dem Bad im Bach so auffällig auf Schmusekurs, dass er ziemlich sicher war, ihr anderes Problem sei für die nächsten rund vier Wochen kein Thema.

Natürlich erinnerte er sich sofort an sein Versprechen. Statt, sich stehenden Fußes in die wirklich nötigen Arbeiten zu stürzen, zog er Kara ins Haus und erfüllte seinen Schwur in allen Punkten und mit solcher

Hingabe, dass die Sonne schon sehr hoch am Himmel stand, als sie sich endlich entschlossen, heute doch noch lebensnotwendige Dinge zu erledigen.

Zuerst kümmerten sie sich gemeinsam um das Fell der Raubkatze, das endlich gegerbt werden musste, dann gingen sie angeln und abends pulten sie zusammen das Korn aus den frisch geschnittenen Ähren und sortierten den Fund aus dem Hamsterbau nach Form und Farbe.

Andreas hatte den Habicht noch am Tag seines unrühmlichen Endes gerupft und nun steckte er ihn am Grillspieß übers Feuer. Federn, Schnabel und Krallen hob er auf. Damit ließ sich garantiert noch etwas Nützliches anfangen.

Nach dem wirklich schmackhaften Abendbrot holte Andreas Zähne und Krallen seiner erlegten Großkatze hervor. Kara ahnte, was er vorhatte und schob ihm ein schmales Lederband über den Tisch.

Er bohrte mit der kleinen Handkurbel Löcher in seine Trophäen und legte sie sich in der richtigen Reihenfolge auf dem Tisch zurecht. Nach einem Augenblick des Nachdenkens schnitt er sich von einem Strauch am Flussufer einen kräftigen Zweig ab, zerteilte ihn in zentimeterdicke Stücke, schälte das Mark heraus und fädelte die leeren festen Hüllen als Abstandshalter zwischen Krallen und Zähne, damit sie sich nicht berührten und bei jeder Bewegung klapperten. Er schloss sein Kunstwerk mit einem festen Doppelknoten.

Kara lächelte glücklich, als er sich die Kette über den Kopf streifte. Nun konnte wirklich auf den ersten Blick jeder sehen, dass ihr Andreas eine gefährliche Bestie allein besiegt hatte.

Nur die verstopfte Nase und das Kratzen im Hals trübten ihre Freude. Andreas fackelte nicht lange. Er suchte aus seinem Kräutervorrat Kamillenblüten heraus, übergoss sie in der leeren Kürbisschale mit kochendem Wasser, legte sein altes lädiertes T-Shirt bereit und winkte Kara heran. Er zeigte ihr, wie sie sich ihm gegenüber auf die Bank setzen sollte, stellte den dampfenden Kürbis in die Mitte und deckte Kara und sich das Shirt über die Köpfe.

„So, nun vertreiben wir deinen Schnupfen!"

Kara legte ihm ihren Kopf an die Schulter und ließ die ungewohnte Prozedur klaglos über sich ergehen. Nach wenigen Augenblicken merkte sie, wie sich der Schnupfen etwas löste und auch, dass sie durch den Mund leichter atmen konnte, weil die Bronchien frei wurden.

„Gut", murmelte sie zufrieden und kuschelte sich fester an. Zauberer Andreas wusste immer einen Rat. „Ich liebe dich."

Er streichelte mit der Fingerspitze ihr schweißnasses Gesicht. „Ich liebe dich auch. Du musst ganz schnell wieder gesund werden."

Nach dem Dampfbad steckte er Kara ins Bett, wo sie auf der Stelle einschlief. Erleichtert schüttete er das Kamillenwasser aus und hängte sein Shirt zum Trocknen auf. Karas Fieber hatte wohl doch nur von einer handfesten Erkältung hergerührt, die er mit Hausmittelchen durchaus in den Griff bekommen konnte. Er mochte das fröhliche Geschöpfchen einfach nicht leiden sehen.

Wenn es irgendeine Möglichkeit gab, Kara zu helfen, dann zog er sofort alle Register. Ein ordentliches Kräutervollbad wäre wohl genau das Richtige für sie gewesen, nur leider hier völlig unmöglich.

Zudem glaubte er, dass es angebracht sei, ihr wenigstens ein paar einfache Ledersandalen anzupassen, als sie ständig barfuß laufen zu lassen. Jetzt, wo sie tief und fest schlief, machte er sich heimlich ans Werk.

Er schnitt aus dem Schweineleder Sohlen, an denen ausreichend lange Bindebänder gleich dran waren, um die über den Zehen und an den Knöcheln befestigen zu können. Und weil noch genügend Leder übrig war, bastelte er mühsam knöchelhohe Hüttenschuhe für sie, die wie Socken mit richtigen Sohlen aussahen. Emsig nähte er die Teile zusammen und stellte sie ins Regal, als er endlich fertig war. Mit diesen Schuhen für Kara hatte er noch etwas Besonderes vor.

Kara erspähte Andreas' Kunstwerke gleich nach dem Aufstehen, ohne das Prinzip sofort zu durchschauen. Blinzelnd stellte er ihr die Sohlen unter die Füße und schnürte sie vorsichtig zu. Es gab insgesamt sechs Bänder und so schnürte er über Kreuz die vier Bänder bei Vorfuß und Zehen zusammen, ehe er ihr die langen Bänder um die Knöchel legte. Kara staunte. Am Ende hüpfte sie mit ihren Sandalen um den Tisch, wie Rumpelstilzchen um das Feuer.

Andreas lachte Tränen. Auf so wilde Freudentänze war er dann doch nicht gefasst gewesen. Er holte sich auch seinen Belohnungskuss ab, weil er es einfach nicht fertiggebracht hätte, Kara trotz Erkältung einen Korb zu geben. Er werde ganz einfach wieder mit unters Shirt schlüpfen, wenn er für Kara das Gesichtsdampfbad bereitete. Wie hätte er ihr auch etwas über Krankheitserreger und Ansteckung erklären sollen? Es war schon schwer genug, ihr abstrakte Dinge überhaupt nahe zu bringen. Nur was sie sehen und anfassen konnte, hatte für sie wirklich eine Bedeutung. Und diese Dinge lernte sie rasend schnell.

Heute gab es zum Frühstück Trockenfleisch statt Honig. Kara hatte ganz einfach keinen Appetit auf Süßes. Vielleicht verleidete ihr die verstopfte Nase ganz einfach den Genuss daran. Andreas zog den Stockfisch vor. Als er dann auch noch zwei dicke Rogenstränge entdeckte, war die Welt erst recht in Ordnung.

„Fehlt nur noch der Schampus zum Kaviar", witzelte er, sich die Fischeier schmecken lassend. „Das ist eigentlich die Idee! Ich werde versuchen, Honig zu vergären. Mal sehen, ob ich die ollen Wikinger mit meinem Met übertreffen kann."

Kara verstand nur Bahnhof beziehungsweise Honig. Andreas sah aus, als hecke er gerade wieder eine Sensation aus und nur das war wichtig. Weil es ihr, bis auf Husten und Schnupfen recht gut ging, wanderte er mit ihr den Urwald. Kara merkte recht schnell, dass er gar nicht nach Honig suchte, obwohl er einen großen Tontopf mitgenommen hatte. Jetzt wurde sie noch neugieriger.

„Ach, da haben wir ja schon einen", brummte Andreas zufrieden und schlug sich mit der Machete einen Weg ins Unterholz. Vor einem recht unscheinbaren Baum blieb er stehen. „Hevea brasiliensis, der Kautschukbaum", dozierte er vor der verdutzten Kara, zückte sein großes Messer und schnitt die Rinde an. Als der weiße Milchsaft herauslief, stellte er den Topf so an den Stamm, dass der Saft hineinströmen konnte.

„Kann man trinken?", fragte Kara.

Andreas schüttelte den Kopf. „Nein, das wäre gar nicht gut. Das kann man nicht trinken."

„Hm", machte Kara und beobachtete, wie sich der Krug halb füllte.

„Reicht", erklärte Andreas und legte den Deckel drauf.

Kara überlegte krampfhaft, was man mit dem weißen Zeug wohl anstellen könnte, wenn man es nicht einmal trinken konnte. Andreas tat geheimnisvoll und Kara platzte fast vor Neugier. Zu Hause stellte er den Topf draußen vor die Bank, ließ Kara hinsetzen und holte die Stiefelchen aus dem Haus.

„Jetzt basteln wir dir Gummistiefel. Es wird nicht lange halten, aber der Spaß ist es wert", schmunzelte Andreas. Er streifte der völlig überraschten Kara die Schuhchen über und tauchte einen ihrer Füße mitsamt Schuh in die weiße Brühe. Zog ihn wieder heraus und verfuhr mit dem Zweiten genauso. „So, nun muss es kurz trocknen."

Er legte ihre Beine über seinen Schoß und wartete ein Weilchen, dann begann die Prozedur des Eintauchens und Trocknens von vorn. Wieder und wieder, bis sich eine dicke glänzende Schicht auf dem Leder bildete. Als im Topf kaum noch Flüssigkeit zu finden war, zog er Kara vorsichtig die Stiefel aus und stellte sie mit den Öffnungen nach unten zum Trocknen in den Schatten.

„Jetzt sind sie für eine Weile wasserdicht und deine Füße bleiben schön trocken, wenn es regnet. Dann bekommst du keinen Schnupfen mehr und musst dich nicht quälen."

Kara seufzte. Sie hatte keine Ahnung, was ihr Andreas gerade klarmachen wollte. Der winkte ab, küsste sie auf die Stirn und schmunzelte. „Du wirst es bald merken, was ich dir sagen will."

Zwei Tage später war es so weit. Es hatte in der Nacht geregnet und Andreas bat Kara, die Gummistiefel anzuziehen, als sie hinter den Sträuchern verschwand. Mit einer Miene der völligen Begeisterung kam sie wieder und konnte es kaum erwarten, dass er sie zum Häuschen begleitete. Andreas war durchaus klar, in der nächsten halben Stunde nicht mit Frühstück rechnen zu können. Die Annehmlichkeiten im Bett, mit denen ihn Kara sofort bei Ankunft im Haus verwöhnte, ließen ihn schlagartig seinen knurrenden Magen vergessen.

Er wünschte sich eher Nachschlag beim sehr erfüllenden Kuschelsex, welchen er auch prompt bekam. Andreas dankte im Stillen den Azteken für die grandiose Idee, den Kautschuk zu nutzen. Diese und einige heutige Eingeborenenstämme überzogen damit bestenfalls gleich die Füße mit einer kurzfristig wasserabweisenden Schicht. Karas Stiefel würden etwas länger halten, weil sie sie nicht ganztägig und wirklich nur bei Regen tragen würde, wenn sie aus dem Haus musste.

„Andreas ma-ta-hé", flüsterte Kara mit verklärtem Blick.

Er schmunzelte. Das war eine deutliche Steigerung zu den beiden Bezeichnungen, die sie für Schamane und Magier verwendete. Ganz ohne Zweifel war er für sie nun in den Rang eines guten Geistes oder Gottes aufgestiegen, falls es die letzte Kategorie in ihrem Denken überhaupt gab.

Heute schmeckte Kara auch endlich der Honig wieder. Sie naschte ihn gleich mit einem Löffel aus dem Töpfchen. Den allerletzten Brotfladen teilten sie sich.

„Wir müssen heute backen", erklärte Andreas.

„Und Mehl machen", fügte Kara hinzu. „Viel Korn, kein Mehl da."

In der Zeit, wo der frische Teig gehen musste, pulte Kara fleißig die Spelzen von den Körnern, die Andreas zuerst für Nachschub haben wollte.

„Wenn ich nur wüsste, was wir machen könnten, um es leichter zu haben!", rief er. „Ich habe keine Ahnung von Dreschflegeln. Auch bräuchten wir eine Tenne, damit wir die Körner beim Dreschen nicht in den Boden drücken." Er seufzte.

Karas Blick huschte über die Beete, wo sie die Körner in die Erde gebracht hatten. „Da!!!" Sie stellte ihre Schüsseln weg und rannte hin. Überall schauten in regelmäßigen Abständen grüne Spitzen aus dem Boden. Andreas kam hinzu.

„Ahhh, perfekt! Unsere Aussaat hatte also Erfolg. Und schau mal dort! Die Kürbispflanzen gehen auch auf!"

Von zwölf Samen schauten zehn Pflänzchen aus dem Boden, die ihre Keimblätter ausbreiteten und wo schon die ersten richtigen Blättchen zu sehen waren. Er schob mit den Fingern vorsichtig die Erde weg, hob die überzähligen Pflänzchen heraus, zeigte sie Kara und setzte sie an anderer Stelle wieder in den Boden, damit sie viel Platz zum Wachsen hatten. Es war wohl das erste Mal, dass Kara ganz bewusst sah, wie eine Pflanze aus einem Samenkorn kroch und was das bedeutete.

„Wir brauchen Wasser", sagte Andreas.

Kara eilte davon, um gleich die ganze Kürbisschale damit zu füllen.

Andreas bedankte sich und schöpfte mit der Hand das Wasser für die Kürbispflanzen heraus, um sie nicht zu beschädigen. Die Freude blieb nicht lange ungetrübt.

Schon am Abend desselben Tages fand Kara eine große Schnecke zwischen den Kürbispflanzen, die gewaltigen Schaden angerichtet hatte. Mit Tränen in den Augen holte sie Andreas herbei.

„Damit müssen wir hier leider leben", tröstete dieser Kara. „Eine Pflanze ist wirklich nicht mehr zu retten, die anderen werden sich erholen, wenn nicht noch mehr Schädlinge über sie herfallen."

Kara ließ den Kopf hängen. Es war schon schlimm genug, dass sich auf dem Kräuterbeet immer wieder Minzekäfer bedienten. Sie sammelte die Tiere ab und warf sie ins Feuer, um die lästigen Biester wirklich loszuwerden. Zuerst hatten ihr die metallisch glänzenden Käfer ausnehmend gut gefallen, aber als ihr Andreas die Fraßspuren und Beläge zeigte, die sie verursachten, war es mit der guten Laune schlagartig vorbei gewesen. Essendiebe mochte Kara gar nicht leiden. Dafür waren das Sammeln und auch das Anbauen der Nahrungsmittel viel zu mühsam.

Im Augenblick hatten beide angenehmere Gedanken. Andreas schob nämlich einen Fladen nach dem anderen zum Backen übers Feuer und der Duft von frischem Fladenbrot würzte die Luft. Karas Magen begann zu knurren und sie erhielt einen der warmen frischen Leckerbissen. Zusammen mit ein paar Streifen Trockenfleisch ein Hochgenuss.

In einem Schüsselchen lag noch ein großes Stück Kokosfleisch eingewässert und Andreas kreierte, nachdem er es mühsam zerrieben hatte, mit dem Eiweiß von zwei Vogeleiern und Honig eine Art Kokostaler. Süßschnabel Kara leckte sich alle zehn Finger, als sie kosten durfte.

„War ja klar", lachte Andreas, der es sehr bedauerte, nur Honig zum Süßen zu haben. Zuckerrohr oder andere stark zuckerhaltige Pflanzen, aus denen man Kristallzucker gewinnen konnte, hatten sie noch nicht entdeckt. Dafür freute sich Kara über die verschiedenen Marmelade- und Geleesorten, die Andreas hin und wieder kochte, damit das viele Obst nicht verdarb.

Der Versuch, größere Mengen Obst in der Sonne zu trocknen, war gründlich in die Hose gegangen. Von Vögeln bis Hörnchen war innerhalb kürzester Zeit alles mögliche Getier erschienen und hatte ihnen das komplette Trockengut gestohlen. Nicht ein einziges Scheibchen hatten sie übrig gelassen. Für Kara brach eine Welt zusammen. An die Ameisen, die der süße Geruch von Obst und Honig immer wieder anzog, hatten sie sich inzwischen gewöhnt und rückten ihnen mit Feuer zu Leibe, wenn es gar zu arg wurde.

Den Gedanken, Obst oder Honig zu vergären, hatte Andreas noch lange nicht begraben. Gerade eben streifte er wieder mit Kara durch den Wald, als ihm ein Strauch mit sehr festem, aber elastischem Holz auffiel. Kara half ihm, drei lange unverzweigte Äste abzusägen.

„Was machst du damit?", fragte sie.

„Ich will versuchen, mir einen Bogen zu bauen, um Vögel von den Bäumen schießen zu können", bekam sie als Erklärung und Andreas malte mit einem Stock in den Sand, wie das Ganze einmal aussehen und funktionieren sollte. „Ich brauche eine Sehne aus einem Darm, die Federn vom Habicht, ganz gerade harte Zweige, Lederbänder und Bast", zählte er auf. „Ach ja, am besten auch noch Steinspitzen, obwohl Knochen auch gehen würden."

„Kara sucht", versprach sie und hielt sofort Ausschau.

Feuerstein gab es hier zwar nicht, aber Schieferplatten, die Andreas für gut befand, sie dünn aufspalten zu können. Also packte Kara eine kleine Platte in Andreas' Rucksack. So ganz sicher war er sich dann doch nicht, ob die Idee mit den Knochenspitzen, nicht doch die bessere war.

Kara zuckte mit den Schultern. „Probieren."

Andreas schmunzelte. Und weil sie in den letzten beiden Tagen so traurig gewesen war, weil immer irgendetwas nicht nach Plan lief, kletterte er auf einen Baum, um ein Aststück mit einer wundervollen Orchidee für sie zu holen. „Spaß für Kara", sagte er, als sie die wundervolle Blüte erstaunt betrachtete. „Die kannst du zu Hause an einen Baum hängen und dir jeden Tag anschauen, wie schön sie blüht."

„Ja, Kara macht das!", freute sie sich, das Geschenk vorsichtig in ihren Korb stellend.

Natürlich suchte Andreas zuerst mit ihr einen Platz für die Pflanze, ehe er sich dem Bau von Pfeil und Bogen widmete. Kara wärmte inzwischen die restliche Suppe vom Vortag auf, die, mit einem Fladenbrot, gerade reichen würde, um beiden die Mägen zu füllen.

Nach dem Essen pulte sie wieder Körner aus und beobachtete interessiert, wie der Bogen langsam Gestalt annahm. Das Anbringen der Sehne erinnerte Andreas an die Sagen um Odysseus, den das Schicksal ja auch auf Jahre aus seiner gewohnten Umgebung gerissen hatte. „Ich würde meinen Pfeil nur nicht durch zwölf Ösen schießen können", murmelte er. „Ich werde schon froh sein, wenn der Pfeil überhaupt irgendwie das Ziel trifft. Das Schwarze muss es ja nicht mal sein. Zumindest nicht für den Anfang."

Kara unterbrach sogar ihre Arbeit, als die Sehne am richtigen Fleck saß und Andreas aus Übermut einen der geraden nackten Zweige abschoss. Er flog zwar meilenweit am Ziel vorbei, aber er flog und Kara applaudierte. Nun begriff sie endlich, was Andreas vorhatte und, dass das wieder grandios war. Als er die Federn vorzubereiten begann, schob Kara das Korn beiseite, um bloß nichts zu verpassen. Sie wusste genau, dass Andreas nicht schimpfte.

Und richtig, er erklärte ihr ganz genau, was er machte und warum. Mit den Federn am Ende flog der Pfeil schon viel genauer, wie sie sehr erleichtert feststellten. Nach ein paar Übungsschüssen traf Andreas sogar den Baumstamm, den er anvisiert hatte.

Nun mussten nur noch passende Spitzen an die Geschosse. Die Schiefervariante verwarf Andreas sofort. Dafür suchte er flache, glatte Knochenstücke. Kara zupfte an ihrer Unterlippe. Sie hatte da so eine Idee … Dann schloss sie kurz die Augen. Mit den Worten: „Kara holt probieren", verschwand sie dort, wo immer die Küchenabfälle entsorgt wurden.

Andreas ging mit, um sicher zu sein, dass keine ungebetenen Tiere dort lauerten, die Kara angreifen konnten. Sie stocherte mit einem Stöckchen in dem stinkenden Haufen und pulte mehrere große Fischschuppen hervor.

„Das ist es!", rief Andreas erfreut. „Du bist ja richtig genial! Die scharfkantigen Biester kann man kaum anfassen, schon blutet es. Damit muss es einfach klappen."

Kara strahlte über so viel Lob. Andreas erinnerte sich an eine Reportage, nach der am Amazonas die Schuppen von ähnlichen Fischen als Pfeil- und Speerspitzen verwendet wurden. Kara war sogar auf diesen Dreh gekommen, ohne, dass sie jemals auch nur davon gehört hatte. Das musste ganz besonders belohnt werden. Als vier Pfeile fertig und gut austariert vor ihm lagen und er immer wieder den Baum traf, fragte er: „Möchtest du auch probieren?"

„Oh!", seufzte Kara ganz verzückt. „Ja, auch probieren."

Andreas zeigte ihr, wie sie den Bogen halten musste, damit sie sich nicht beim Vorschnellen der Sehne verletzte.

„Genau auf den Baum schauen und dann loslassen", riet er. „Treffer!", staunte er einen Augenblick später. Kara setzte alle Pfeile beim ersten Versuch ins Holz. Nach einem zärtlichen Kuss versprach er: „Du bekommst auch Pfeil und Bogen. Gleich, wenn wir neue Därme haben, baue ich dir alles."

Karas Jubel kam aus tiefstem Herzen. Der erlegte Habicht war also doch kein Zufall gewesen und Andreas betrachtete sie als vollwertige Jägerin, wenn er ihr sogar eine eigene Waffe in die Hand geben wollte. Andreas brachte Material und Werkzeug ins Häuschen.

Mit dem Finger winkte er Kara, ihm zum Bach zu folgen. In der Annahme, er wolle Ton für neue Töpfe holen, half Kara, besonders feines Material zu suchen. Sie wunderte sich nur, dass er recht wenig mitnahm.

Wissbegierig schaute sie ihm über die Schulter, als er es knetete und schließlich formte. Diesmal flocht er Zöpfe, die er breit drückte und zu einem rechteckigen Kästen formte, das einen genau so schön geflochtenen

Deckel bekam. Sogar mit einem Rand, damit er nicht herunterrutschen konnte.

„Sehr, sehr schön", murmelte Kara. Sie bemühte sich sehr, den Zischlaut richtig auszusprechen, der ihr immer noch Probleme bereitete. Mit Adleraugen beobachtete sie Andreas' Tropfenuhr, damit dem Kunstwerk ja nichts beim Brennen zustieß. Ein seltsamer Geruch ließ beide schnüffeln.

„Himmel! Ich habe die Würste im Kamin vergessen!" Andreas angelte sie in allerletzter Sekunde heraus. Zu spät, um sie noch länger aufheben zu können. In der Not schlugen sie sich die Bäuche mit den vier Würsten voll, bis wirklich nichts mehr ging. Kara hob die Augenbrauen und die Schultern, atmete tief durch und streichelte Andreas' Gesicht.

„Nicht so s ... schlimm", kommentierte sie, worauf Andreas zu lachen anfing.

Das verflixte sch! Kara rieb sich die Nase. „Schlimm, schlimm, schlimm", sagte sie, um zu beweisen, dass sie es auch besser konnte. Sie zeigte durch das Häuschen: „Schuhe, schwarz, Schwein, Schüssel."

„Sehr gut!", schmunzelte Andreas. „Alles richtig."

Bei den Wort Hirsch kapitulierte Kara beim dritten Versuch. Das war dann doch zu kompliziert.

„Gehen wir übermorgen einen jagen?", fragte Andreas.

„Einen Hirs ... sch, sch, sch", kicherte Kara.

Andreas lachte lauthals. „Genau so einen. Oder irgendetwas anderes Großes, das uns vor die nicht vorhandene Flinte kommt."

„Machen wir", bestätigte Kara amüsiert.

Andreas ließ das Feuer herunterbrennen und das Kästchen im Ofen stehen, damit es langsam abkühlen konnte. Rechtschaffen müde kroch er zu Kara ins Bett, die sich ankuschelte und auf der Stelle einschlief.

Dafür begann der nächste Morgen mit leidenschaftlichem Sex. Andreas wäre der Letzte gewesen, der dabei gebremst hätte. Das Frühstück lief nicht weg, die Bäume mit den geraden Zweigen auch nicht und, ob man heute oder morgen einen Fisch mit rasiermesserscharfen Schuppen fing, war eigentlich so ziemlich egal.

Rein vegetarisch konnte man jedenfalls auch eine Weile überleben. Nach dem morgendlichen Bad im Bach kochte Kara Tee und Andreas holte ein Schüsselchen Gelee aus dem Regal.

„Wann Honig finden?", fragte Kara, auf den letzten Topf zeigend.

„Ich weiß es nicht", gab Andreas zu. „Hoffentlich habe ich die Bienen nicht völlig vergrault, mit meinen Ausräucheraktionen."

Kara zog ein betrübtes Gesicht. Um sie aufzuheitern, fasste Andreas hinter sich und hielt ihr das Keramikkästchen hin. „Spaß für Kara."

„Für Kara?"

„Ja, nur für dich. Weil du so fleißig lernst, so viele gute Ideen hast und weil ich dich sehr, sehr liebe."

„Danke", schluchzte Kara, sich an seine Brust werfend. „Ich liebe dich sehr." Mit beiden Handrücken wischte sie ihre Freudentränen weg.

„Jetzt hast du ein richtiges Schmuck- oder Schatzkästchen", sagte Andreas lächelnd. „Am besten legst du ein Stück Fell hinein, damit nichts kaputtgeht."

„Hamster!" Kara holte ihr Beutefell und Andreas schnitt es zurecht, bis es richtig passte. Als erster Schatz wanderte ein mehrfarbig glänzender Stein in das Kästchen, welchen Kara im Fluss gefunden hatte und den

Andreas sogar für einen taubeneigroßen Opal hielt. Vor dem Baden und Schlafen deponierte sie nun auch immer ihre wunderschöne Keramikperlenkette hier.

Bis Mittag zupften sie auf ihren Beeten Unkraut, um endlich angeln zu gehen, weil Kara Appetit auf frischen Fisch hatte. Vielleicht fing man ja einen jener Fische, dessen Schuppen man dringend für mehr Pfeile benötigte.

Kara bekam auch eine Angel und war richtig sauer, als ihr eine Wasserschildkröte den allerersten Fisch vom Haken klaute. Egal, dass es nur ein ganz kleiner war. Etwas tröstete sie die Tatsache, dass Andreas gesehen, dass sie etwas erbeutet hatte. Seufzend steckte sie einen neuen Wurm an den knöchernen Haken, um nun doch noch ein Prachtexemplar von Fisch aus dem Wasser zu ziehen.

„Geh bloß weg!", rief sie zur anderen Uferseite hinüber, wo sich die Schildkröte satt und zufrieden sonnte.

Andreas brach in schallendes Gelächter aus. Räuber hatten bei Kara einen ganz schlechten Stand. Wurden sie erwischt, gab es bei ihr nur die Todesstrafe. Die Schildkröte tat gut daran, möglichst fernab zu bleiben. Kara grinste harmlos. Sie wusste ja, dass es genug Fische für alle im Fluss gab. Es kratzte sie nur an der Ehre, ein Beutestück verloren zu haben.

Kara in Panik

Vor Sonnenaufgang des nächsten Tages zogen sie über die Baumbrücke zu den Lichtungen auf dem anderen Ufer. Andreas trug Bogen und Machete, Kara Speer und langes Messer. Fast lautlos pirschten sie sich voran. Hin und wieder knackte es im Unterholz, ein eiliger Nachtvogel strich vorüber, um seinen Unterschlupf noch vor Sonnenaufgang zu erreichen.

Der Wind stand günstig und so versteckten sie sich hinter ein paar großen Büschen am Rand der Wiese. Im hohen Gras bewegte sich etwas. Kara glaubte, ein Knurren gehört zu haben, und fasste nach Andreas' Arm. Der hatte es genau so vernommen und nickte.

Hier hatte wohl schon einer vor ihnen zugeschlagen und fraß sich satt. Sie wechselten vorsichtig ihren Standort, um sehen zu können, was das für ein Tier war. Kara drehte sich ruckartig um. Sie fühlte sich beobachtet, ohne jemanden sehen zu können. Ihre Nackenhaare stellten sich auf und sie konzentrierte sich ausschließlich auf das, was hinter ihnen war, während Andreas nach vorn spähte.

Mit einem Angriff von oben rechnete allerdings keiner. Aus den Augenwinkeln sah Kara etwas Großes direkt vom Ast eines Urwaldriesen auf Andreas herabfallen und riss instinktiv den Speer hoch. Sie traf die Raubkatze in die Flanke und brachte sie damit aus der Bahn. Statt des tödlichen Bisses in den Nacken traf Andreas nur ein fruchtbarer Prankenhieb. Die Wucht des Aufpralls riss ihn zu Boden. Kara wehrte sich indes mit Leibeskräften gegen den viel stärkeren Angreifer.

In völliger Panik stach sie immer wieder mit ihrer Lanze zu und auch mit dem Messer, denn die Reichweite des Raubtieres war enorm. Langsam wich die Großkatze zurück und Kara konnte sich schützend zwischen das Tier und Andreas stellen, der reglos im Gras lag und stark blutete. Ob er überhaupt noch lebte, wusste sie nicht. Möglich, dass ihm der Angreifer das Genick gebrochen hatte. Es war alles viel zu schnell gegangen, um überhaupt ein klares Bild erhalten zu können.

Karas Kräfte erlahmten langsam. Mit dem Mut der Verzweiflung ging sie zum Gegenangriff über, indem sie auf das Tier losrannte und ihm den Speer in die empfindliche Nase rammte. Aufjaulend ergriff das Raubtier die Flucht. Dass sie dabei selber zwei tiefe Kratzer abbekommen hatte, merkte Kara nicht einmal. Sie ließ die Waffen fallen und beugte sich über Andreas. Er atmete kaum merklich.

„Nach Hause gehen", flüsterte sie und streichelte sein Gesicht. „Hier nicht gut."

Andreas reagierte nicht. Kara schaute sich um. Sie riss mehrere Blätter von den Zweigen, deckte damit die blutende Wunde zu und fixierte alles mit Lederbändern, damit wenigstens kein Schmutz hineinkam. Im Häuschen gab es genug Heilkräuter, mit denen sie seine Schmerzen lindern konnte. Endlich kam er wieder zu sich.

„Kara! Was ist passiert?"

„Alles gut", versuchte sie ihn zu beruhigen. „Nach Hause gehen."

Andreas quälte sich auf die Knie. Erst jetzt bemerkte er die rasenden Schmerzen in seinem Arm und die Blutlache auf dem Boden, die auch seine Kleidung durchtränkt hatte. Kara sah nicht viel besser aus. Neben ihr lagen die blutigen Waffen und etliche Fellbüschel, die sie ihrem Gegner abrasiert hatte. Die riesigen Prankenabdrücke auf dem Boden deuteten darauf hin, welch harten Kampf Kara ausgefochten und am Ende gewonnen hatte.

„Alles gut?", fragte Andreas ungläubig.

„Ja, ja, alles gut", flüsterte Kara. „Nach Hause gehen!"

Er schaute zu der Stelle, an der sie das andere Tier vermutet hatten. „Ist es weg?"

„Ja."

Kara schloss resigniert die Augen, als Andreas trotz seines lädierten Armes zuerst diese Richtung einschlug. Er wollte sehen, ob von der Beute des Raubtieres noch etwas zu holen sei.

Er fand ein totes Hirschkalb, das noch nicht einmal angefressen war. Die Katzenmama hatte es offensichtlich ihrem Nachwuchs gebracht, der lernen sollte, wie man ein Tier aufbrach, wobei sie in der Nähe über das Wohlergehen ihres Sprösslings wachte. Dabei waren ihr die beiden Menschen in die Quere gekommen.

Kara band dem Kalb die Beine zusammen, um die Lanze durchschieben zu können. Andreas wankte, knickte mehrmals in die Knie und kämpfte sich immer wieder mühsam hoch. Es war ihm absolut nicht möglich, das Tier mit zu tragen.

Kara überlegte kurz, dann zog sie Andreas' Bergsteigerseil aus dem Rucksack, schlang es dem Hirsch um die Lederfesseln der Vorderläufe und sich selbst um die Schultern, kurz unterhalb des Halses. „Nach Hause gehen!", forderte sich mit Nachdruck und schleifte die schwere Beute einfach hinter sich her, indem sie sich wie ein Ackergaul in die Riemen legte.

Andreas' stolperte entkräftet vor ihr her. Der hohe Blutverlust machte ihm zu schaffen. Ein Wunder, dass er über die Baumbrücke kam und auch noch Kara helfen konnte, die Beute sicher hinüber zu schleifen. Dann musste er sich setzen.

Kara schöpfte Wasser, befeuchtete sein heißes Gesicht und flüsterte: „Nach Hause gehen. Zu Hause alles gut."

Andreas stemmte sich hoch. Er merkte nicht einmal, dass sich Kara alle Lasten allein aufgeladen hatte. Oben aus dem Rucksack schauten, bis auf Bogen und Speer, sämtliche Waffen heraus. Den Bogen hatte sie sich um den Hals gehängt und den Speer benutzte sie, mit der Spitze nach oben, als Wanderstab, um selbst überhaupt noch auf den Beinen bleiben zu können.

Die rund zwei Kilometer von der Brücke bis zum Haus wurden für Kara zur Hölle. Andreas brach bewusstlos zusammen und sie schleppte abwechselnd ihn und das Hirschkalb in Zehnmeteretappen vorwärts, um beide im Auge behalten zu können und keinen zu verlieren. Sie bugsierte Andreas so ins Bett, dass sein verletzter Arm gut erreichbar war, dann brachte sie schnell noch das Hirschkalb im Häuschen in Sicherheit.

Im Vorbeigehen trank sie einen Schluck Wasser und setzte sich mit der Teeflasche auf die Bettkante. In ihren Augen brauchte Andreas den Inhalt viel dringender. Nach reiflichem Überlegen füllte sie den Tee in einen Becher um und verabreichte ihn Andreas mit einem kleinen Löffel, auf dem nur wenige Tropfen waren, damit er sich nicht verschluckte.

Der Plan ging auf und nach einer endlos scheinenden Weile kam Andreas langsam wieder zu sich. Kara lachte und weinte vor Erleichterung gleichzeitig. Sie half ihm, den Becher an die Lippen zu setzen, und füllte, kaum dass er den letzten Tropfen getrunken hatte, gleich noch einmal nach. In Windeseile heizte sie den Herd an und kochte neuen Tee.

„Holst du bitte meinen Beutel vom Balken", hörte sie Andreas flüstern.

„Ja, ja, Kara macht." Sie zog sich die Bank in die richtige Position und fingerte nach dem Päckchen unterm Dach. Keine Chance, es fehlten noch ein paar Zentimeter. Kurzerhand holte sie ein paar Baumscheiben herein, die Andreas immer zum Töpfern benutzte, und kraxelte schließlich erfolgreich dem Ziel entgegen.

Ihm hätten sicher die Haare zu Berge gestanden, würde er die Aktion beobachtet haben. Aber er lag schon wieder mit geschlossenen Augen und öffnete sie erst, als ihn Kara mehrmals angesprochen hatte.

„Da drin muss eine ganz kleine Flasche sein", hauchte Andreas und Kara begann vorsichtig, alles auf den Tisch zu packen. Sie konnte ja nicht ahnen, dass besagte Flasche in einem bunten Schächtelchen aus Pappe steckte. So suchte sie recht lange, bis ihr die Flasche entgegen rutschte.

„Kara hat", sagte sie zufrieden.

„Sehr gut", flüsterte Andreas. „Mach sie auf und schütte etwas über die Wunde an meinem Arm."

Kara nickte. Mit Schraubverschlüssen kannte sie sich inzwischen bestens aus. Das Zeug roch furchtbar. Sie stellte es auf den Tisch und begann Andreas' Verletzung freizulegen, die inzwischen nicht mehr blutete.

Andreas biss die Zähne zusammen. Er hatte schon jetzt höllische Schmerzen. Wie würde es sich wohl dann anfühlen, wenn die Jodtinktur hinzukam? Kara nahm die letzten Blätter ab.

„Ach, du großer Gott!", stöhnte Andreas entsetzt.

Kara nickte bekümmert. „Nicht gut. Nein, nein, sehr, sehr, nicht gut." Sie fasste nach der Flasche.

„Kara warte. Gib mir ein Stück Trockenfleisch."

Sie ahnte, weshalb und legte es ihm quer zwischen die Zähne. Mit den Augen gab er ihr das Zeichen zu beginnen. Andreas' Körper versteifte sich und er biss vor rasendem Schmerz in das Fleisch, um nicht zu schreien. Kara litt mit. Sie war schon froh, die Wunde nicht ausbrennen zu müssen. Wobei … Das rote Zeug schien sich genau so anzufühlen. Andreas standen Schweißperlen auf der Stirn. Er ließ sich von Kara das Fleischstück abnehmen.

„Jetzt musst du ein Stück von der Rolle abschneiden."

Kara presste die Lippen aufeinander. Rolle. Rolle heißt es, weil es aufgerollt ist oder rollen kann, hatte Andreas einmal blinzelnd erklärt. Wo war nur die verflixte Rolle. Der Inhalt des Beutels war ihr völlig unbekannt und nun musste sie schnell das Richtige finden. Suchend ließ sie den Finger über die vielen Dinge gleiten.

„Halt. Das ist sie", half Andreas. „Mit der Schere schneidest du so viel ab." Er zeigte mit der gesunden Hand etwa fünf Zentimeter an. „Sei vorsichtig. Dann klebst du es so über meine Wunde." Er presste das lose Triangel Fleisch in die Position, wo es einmal gesessen hatte, und zeigte quer darüber.

Kara nickte. Sie hatte schwer zu kämpfen, das klebrige Zeug von der Rolle zu bekommen, mit der, ihr völlig ungewohnten, Schere abzuschneiden und noch dazu so, dass nichts auf die Klebefläche kam. Ein paar Minuten später saß der erste Streifen perfekt und Kara beeilte sich, genau nach Andreas' Anweisung, den nächsten zu schneiden. Geschafft!

„Danke. Du bist wirklich ein Schatz. Ich liebe dich."

„Ich liebe dich." Kara lächelte. „Wieder Blatt?"

Andreas schüttelte den Kopf. „Ich habe etwas Anderes. Da, neben der kleinen Flasche, das Ding – gib es mir bitte."

Er riss mit den Zähnen das Verbandpäckchen auf und begann zu wickeln. „Es muss halt ohne Kompresse gehen. Ich hätte eh nie gedacht, dass ich jemals den ganzen Krempel selber brauchen würde. Schneidest du mir noch so ein kleines Pflaster zu?" Er zeigte einen Zentimeter Breite an.

Kara klebte es gleich selber vorsichtig auf das Ende der Binde.

„Andreas schlafen", sagte sie zärtlich. „Ganz sehr viel."

„Was ist mit dir?"

Sie schaute ihre lädierten Arme an. „Nicht schlimm. Kara viel Arbeit." Sie streichelte sein Gesicht, küsste ihn zärtlich und wandte sich dem Hirschkalb zu.

Noch bevor sie es vor die Tür gezerrt hatte, war Andreas ganz fest eingeschlafen. Um wirklich sicher zu sein, steckte sie die beiden Holzhaufen in den Feuergruben an, legte Machete und Speer neben sich und begann, das Hirschkalb auszuweiden. Die Tür des Häuschens ließ sie offen, um hören zu können, wenn Andreas nach ihr rief.

Sie hatte schon einige Jäger nach solch schweren Verletzungen sterben sehen und merkte nicht einmal, dass ihr nun bittere Tränen über die Wangen liefen. Aber vielleicht konnte ihn die rote Zaubermedizin aus seiner alten Welt ja wirklich heilen. Sie hatte sie auch ganz sparsam eingesetzt, weil sie wusste, dass Andreas davon niemals wieder Neue bekommen konnte.

Kara wässerte die Hirschhaut ein, packte einen großen Stein darauf und hackte dem Hirsch mit der Machete den Kopf ab, weil sie das Gehirn dringend zum Gerben brauchte. Die Innereien sortierte sie in verschiedene Schüsseln und wusch die Därme vor. Dann löste sie die Keulen des Tieres mit gekonnten Schnitten heraus und zerlegte den Rumpf in gut transportierbare Stücke, welche sie für die Nacht neben dem Kamin deponierte. Nun verriegelte sie die Tür, um sich waschen zu gehen, wobei sie die Waffen immer griffbereit hielt.

Als die Sonne langsam sank, kehrte sie ins Häuschen zurück, um noch einen Schluck zu trinken, nach Andreas zu schauen, ehe sie sich todmüde und mit Schmerzen im ganzen Körper auf ihre kleine Notliege bettete, damit Andreas nicht geweckt wurde. Sie wickelte sich in das große weiche Katzenfell und fiel in einen traumlosen Schlaf.

Der Schrei eines Nachtvogels weckte sie noch vor dem Morgengrauen. Kara fuhr hoch und horchte, auf ihrer Liege sitzend in die Nacht. Die Ereignisse des vergangenen Tages fielen ihr wieder ein und sie wandte sich nach Andreas um.

In der Dunkelheit konnte sie nicht viel erkennen und so blies sie vorsichtig in die glimmende Asche, um das Feuer im Kamin anzufachen. In der Aufregung hatte sie abends völlig vergessen, neues Holz aufzulegen, und nun hatte sie den Salat. Es dauerte ewig, ehe sie ein paar Späne zum Brennen brachte, die sie in ihrer Not mit dem Messer von einem Holzstück kratzte.

„Geschafft!", murmelte sie, wie es Andreas manchmal tat.

Der lag noch genau so, wie vor Stunden und schien sich nicht gerührt zu haben. Kara erschrak. Im flackernden Licht war nicht viel zu erkennen. Sie nahm ein langes Aststück, hielt es ins Feuer und kam mit der provisorischen Fackel an Andreas' Bett zurück.

Nun konnte sie zwar mehr sehen, hatte aber die Hände nicht frei. Ein kurzer Blick durch den Raum, dann wusste sich Kara zu helfen, indem sie die Fackel in einen leeren Krug auf dem Tisch stellte.

„Gut", flüsterte sie erfreut und begann Andreas genau zu betrachten. Das totenbleiche Gesicht war schweißüberströmt, aber er atmete. Kara blies die Luft aus ihren Lungen. Der unverbundene Teil des Armes war weder geschwollen, noch verfärbt, von den Spuren der Jodlösung abgesehen.

Sie schöpfte etwas Hoffnung, trug den Ast wieder in den Kamin zurück, griff nach Speer und Machete, um hinter dem Strauch zu verschwinden. Dann holte sie Wasser aus dem Bach, füllte damit die üblichen Vorratsschüsseln, setzte Teewasser an und wusste nicht, ob sie versuchen sollte, Andreas zu wecken.

Seufzend gab sie das Vorhaben auf. Er hatte sie schließlich auch schlafen lassen, als sie krank war. Also frühstückte sie allein, wobei sie immer wieder zu ihm hinüber schaute. Sie sehnte sich danach, seine Stimme zu hören und ihn lächeln zu sehen.

Ihr Blick fiel auf das Fleisch und die Knochen neben dem Kamin. Aus einem Markknochen werde sie dann sofort eine Brühe mit viel Gemüse kochen, um Andreas schnell wieder auf die Beine zu bekommen. Es dauerte auch nicht lange, da zog der unwiderstehliche Geruch durch das Häuschen.

Kara drückte das sehr weich gekochte Gemüse mit Andreas' Gabel zu Mus und rührte das Ganze noch einmal kräftig auf. Rasch füllte sie einen Teller, um es etwas abkühlen zu lassen. Aus den Augenwinkeln bemerkte sie, dass Andreas eine Hand leicht bewegte. Sie setzte sich mit Tee und Brühe an sein Bett.

„Andreas muss trinken", sagte sie leise und freute sich, dass er ihr das Gesicht zuwandte, auch wenn es mit geschlossenen Augen war. Kara presste die Lippen aufeinander, wie immer, wenn sie stark nachdachte.

Schließlich rollte sie das Katzenfell zusammen, schob es Andreas unter den Kopf und versuchte, ihm mit einem Löffel wenigstens ein paar Tropfen Flüssigkeit einzuflößen. „Bitte trinken", flüsterte sie eindringlich und tatsächlich begann er, die wenigen Tropfen zu schlucken. Geduldig verabreichte sie ihm auf diese Weise den ganzen Inhalt des Teebechers und versuchte es anschließend mit der Brühe. Andreas hatte sehr wohl den Unterschied im Geschmack bemerkt und öffnete plötzlich die Augen.

„Sehr gut", sagte Kara lächelnd und fuhr fort, ihn beinahe tropfenweise zu füttern.

Andreas versuchte, sich aufzusetzen. Kara fasste mit zu. Er rutschte mit dem Rücken bis an die Wand und sie steckte ihm wieder das Fell unter, damit er bequemer sitzen konnte.

„Danke. Ich liebe dich."

Kara schloss die Augen, streichelte seine gesunde Hand. „Ich liebe dich auch."

Andreas sah die Fleischberge liegen und langsam kam die Erinnerung wieder.

„Du hast den Hirsch geholt?"

Sie nickte. „Hirsch und Andreas. Kara zieht Hirsch, Kara zieht Andreas, Kara zieht Hirsch, Andreas, Hirsch, Andreas. Nicht wegnehmen Hirsch und Andreas. Nein, nein!"

Ungläubig schüttelte er den Kopf. Er konnte sich vorstellen, was sie in den letzten Stunden für Ängste ausgestanden hatte. „Du bist sehr tapfer. Aber wie geht es dir?"

Sie versteckte ihre verletzten Arme hinter dem Rücken. „Kara gut." Dabei nickte sie heftig.

„Zeig mir deine Arme", bat Andreas und Kara hielt sie ihm zaghaft hin. „Nimm die Salbe aus der Tube." Er zeigte auf ihre Handgelenke, die damit schnell geheilt worden waren.

Kara schüttelte den Kopf. „Nein! Andreas braucht!"

„Mir kann die Salbe nicht helfen, aber dir. Deine Arme sind doch schon ganz entzündet. Die Salbe ist für Kara."

Schweren Herzens holte Kara das Wundermittel herbei. Hauchdünn trug sie es auf.

„So ist es gut", lobte Andreas. „Hilfst du mir beim Aufstehen? Ich muss dringend mal raus."

Kara setzte sich neben ihn, legte sich seinen gesunden Arm um die Schulter und zog ihn beim Aufstehen hoch. Erstaunt bemerkte Andreas, dass sie nach dem Speer fasste. So, wie die Waffen bereitstanden, schien sie das Haus nie ohne sie verlassen zu haben.

Bemüht, ihr nicht sein ganzes Gewicht aufzubürden, wankte er neben ihr her. Sie konnte ihn auch am Zielort nicht loslassen, sonst wäre er glattweg wieder zusammengebrochen.

Andreas stellte schließlich fest, dass es sicher viel schlimmere Situationen gab, obwohl er sich gerade jetzt völlig hilflos fühlte. Kara war froh, dass sie es überhaupt irgendwie auf die Reihe bekam. Ob es auch anders gegangen wäre, interessierte sie im Augenblick nicht. Sie atmete erst auf, als Andreas, in halb sitzender Position, wieder im Bett war. Der kurze Weg hatte ihn sehr angestrengt.

Kara, die noch sehr viel Arbeit hatte, stellte ihm Tee, Brühe und Fladenbrot auf eine Bank, die sie genau neben sein Bett rückte. Sie nahm die Waffen wieder mit hinaus, um endlich die Därme des Hirschkalbs noch einmal waschen zu können. Sie legte die Stücke weg, die sie mit Wurstmasse füllen wollte, ehe sie die zukünftige Bogensehne verdrillte und zum Trocknen zwischen zwei dünne Bäume spannte.

Andreas schaute eine Weile zu, dann schlief er ein. Erst, als Kara mit den Töpfen klapperte, wachte er wieder auf. Sie schnitt soeben die winzigen Fleischwürfelchen, die zu Wurstmasse gekocht werden sollten.

Kritisch schaute sie die Därme an, dann entschied sie sich, weniger Masse anzusetzen, als Andreas beim letzten Mal, weil es ja nur ein kleines Kälbchen gewesen war.

„Wenn ich dir nur helfen könnte", seufzte er.

Kara stellte den Topf ins Feuer. „Nicht helfen." Sie zeigte auf seinen Arm und schüttelte den Kopf. Nun kam sie zu ihm. „Mach so!" Sie bewegte ihre Finger.

Andreas traten wieder Schweißperlen auf die Stirn, als er die Finger des verletzten Armes zur Faust schloss.

„Es geht! Es geht!", jubelte Kara. „Gut! Gut!"

„Hoffentlich", murmelte Andreas, dem vor Schmerz regelrecht übel wurde. Aber irgendwo hatte sie ja recht. Wenn er die Finger bewegen konnte, dann bestand Hoffnung, dass die Sehnen wenigstens in Ordnung waren.

Kara werkelte den ganzen Tag im Haus und Andreas staunte, was sie sich alles von ihm abgeschaut hatte. Sie schnitt Fleisch zum Trocknen, fädelte die Streifen auf Bastschnüre und hängte sie, weil sie nicht richtig an die Dachbalken heranreichte, einfach an die Wände. Andreas schmunzelte. Kara wusste sich recht gut zu helfen. Zwischendurch schaute sie immer wieder nach, ob er etwas benötigte.

Abends konnte er das erste Mal für eine halbe Stunde das Bett verlassen und sich zu ihr an den Tisch setzen. Sie hauchte ihm einen Kuss auf die Lippen.

„Das macht Appetit auf ganz andere Sachen", seufzte er.

Kara blinzelte. Wenn er schon wieder solche Gedanken hegte, dann musste es ihm wirklich bedeutend besser gehen. Und ganz sicher würde es ihm noch besser gehen, wenn er bekam, was er sich wünschte. Andreas hatte eigentlich nicht damit gerechnet. Umso erfreuter war er, als sich Kara nach getaner Arbeit ihr Kleid abstreifte und ihm die Jeans auszuziehen begann.

Seine sehr deutliche sichtbare Vorfreude ließ auch Karas Augen leuchten. All das nutzend, was er ihr beigebracht hatte, gelang es ihr tatsächlich, ihn für eine Weile die lästigen Schmerzen zwar nicht vergessen, doch wenigstens ignorieren zu lassen.

Völlig geschafft, aber mit einem zufriedenen Lächeln, schlief Andreas ein. Kara schob noch etwas Holz in die Glut, um sich nicht noch einmal über sich selber ärgern zu müssen, wickelte sich in ihr Katzenfell und schlummerte tief und fest bis zum Sonnenaufgang durch.

Geweckt wurde sie durch das Türklappen, als Andreas vom Toilettengang zurückkam. Er hatte sich gleich ohne Hose auf den Weg gemacht, weil er sie mit einer Hand nicht anziehen konnte und wohl kaum ein gefiederter Urwaldbewohner an diesem Anblick Anstoß genommen hätte.

Kara ließ ihre Fingerspitzen über seinen Oberschenkel huschen, als er an ihr vorbeiging. Am Ziel traf sie auf so eindeutiges Wohlwollen, dass das Frühstück um eine ganze Stunde verschoben wurde.

„Ich glaube, du bist pure Medizin für mich", flüsterte ihr Andreas zärtlich ins Ohr. „Wenn ich nur mit beiden Händen könnte, wie ich wollte …"

Kara nahm die Streicheleinheiten lustvoll an, egal, ob ein- oder zweihändig. Fast bedauernd half sie ihm anschließend bei Hosenknopf und Reißverschluss.

„Heute Abend gibt es bestimmt wieder eine Schmusestunde", prophezeite Andreas.

Diesmal schmeckte Kara das Frühstück besonders gut. Andreas ging es erheblich besser, das Kuscheln war wundervoll gewesen und sie fühlte sich einfach von allen Sorgen befreit. Andreas versuchte sogar schon wieder, die Hand des verletzten Armes zu benutzen, um wenigstens das Fladenbrot festzuhalten, um es auseinanderreißen zu können.

Als Kara hinaus ging, um Unkraut zu rupfen und das Hirschfell zu gerben, setzte er sich auf die Bank vor dem Häuschen, damit sie sich nicht so einsam fühlte. Kara holte den Hirschschädel herbei und schlug mit einem großen Stein darauf, bis der Knochen brach und sie das Gehirn entnehmen konnte, welches sie zerrieb und in die feuchte Haut knetete. Dann rollte sie alles zusammen, trug es ins Haus und steckte draußen ein großes Rippenstück zum Grillen übers Feuer. Andreas lief schon das Wasser im Mund zusammen.

„Dazu müsste man dann nur noch Kartoffeln und Buttergemüse haben", sinnierte er.

Kara hob bedauernd die Hände. Das waren sicher Dinge aus seiner alten Welt, die hier nirgends zu bekommen waren.

„Ist nicht schlimm", sagte Andreas. „Was du kochst, schmeckt sehr gut."

Kara freute sich. Etwas Neues zu lernen, machte Spaß und sie gab sich immer die größte Mühe, fehlerfrei zu arbeiten. Logisch, dass bei ihr, die von Geburt an auf Nahrungssuche geprägt war, das Zubereiten aller Speisen zuerst in Fleisch und Blut überging.

Jeden winzigen Handgriff merkte sie sich und konnte ihn sofort wiederholen. Nun löste sie für Andreas das Fleisch von den garen Rippchen und schnitt es in mundgerechte Häppchen.

„Du verwöhnst mich", stellte Andreas dankbar fest.

Kara lachte. „Ja. Spaß für Andreas. Andreas immer Spaß für Kara. Dann Andreas viel schlafen."

„Ja, ich werde auf deinen Rat hören. So richtig gut geht es mir tatsächlich noch nicht."

Er verschwand auch wirklich nach dem Essen sofort im Bett. Kara räumte auf und huschte mit unter die Decke. Andreas merkte es nicht einmal, so schnell war er eingeschlafen. Sie mochte sich gar nicht vorstellen, was geschehen wäre, wenn Andreas den Jagdunfall nicht überlebt hätte. Ohne ihn leben zu können, erschien ihr von Tag zu Tag unmöglicher.

Andreas wachte nach zwei Stunden auf. Kara blinzelte ihn völlig verschlafen an. Sie verspürte überhaupt keine Lust, gleich aufzustehen, und kuschelte sich lieber noch ein paar Minuten an seine Schulter.

„Schmusetierchen", witzelte Andreas, seine Wange an ihrer Stirn reibend.

Kara blies scherzhaft seine Barthaare beiseite. Andreas grinste amüsiert. Es hatte ziemlich lange gedauert, bis er sich überhaupt daran gewöhnt hatte, Bart tragen zu müssen, weil irgendwann die letzte Rasierklinge den Geist aufgegeben hatte und er nicht unbedingt mit dem Jagdmesser Hand anlegen wollte. In den letzten drei Tagen war ihm auch nicht danach zumute gewesen, den Bart mit der Schere zu kürzen, und so sah er nun etwas wild aus. Kara störte es nicht, sie kannte ihn nur mit Bart und konnte es sich bestimmt auch nicht vorstellen, dass es Männer gab, die keinen Vollbart trugen. Schließlich raffte sich Kara doch noch auf, aus dem Bett zu steigen. Andreas folgte ihr. Sie blieb stehen und berührte mit dem Zeigefinger die eingetrockneten Blutflecke auf seiner Kleidung, welche er noch immer nicht gewechselt hatte. Andreas nickte.

„Wärst du so lieb, das für mich zu waschen?", bat er.

„Ja. Kara macht das." Sie hielt ihm sofort die Hände hin.

Aus der Hose zu kommen, war für ihn kein Problem, anders, als den verbundenen Arm aus dem Lederhemd zu ziehen. Kara assistiere vorsichtig und half ihm auch, damit er nicht ganz nackt herumlaufen musste, das langärmelige Hemd überzuziehen. Die Ärmel krempelte sie nach oben, wie er es ihr mit einer Hand zeigte.

„Warte! Im Beutel steckt eine Bürste und ich komme mit!"

Mit Handwaschbürste und voller Bewaffnung liefen sie zum Bach, wo Kara die Kleider einweichte und am Ende Fleck für Fleck einzeln ausbürstete.

„Das ist sehr gut", erklärte sie mit tiefer Zufriedenheit, auf die kleine Bürste zeigend. Normalerweise hätte sie jetzt ewig mit den Fingern reiben müssen und bestimmt nur mäßigen Erfolg gehabt.

Zu Hause warf sie die Jeans über einen Strauch in der Sonne, während sie das lederne Hemd in den Schatten hängte. Andreas untersuchte die Nähte seiner Hose und stellte fest, dass sie, für die lange Zeit, wo er sie täglich tragen musste, noch recht passabel aussahen. Der Stoff allgemein hatte zwar einige dünne Stellen, aber noch keine Risse.

Ihm gingen wieder tausend Ideen durch den Kopf, wie man aus dem Bast der Bäume notfalls Kleidung häkeln oder stricken konnte. Das würde zwar völlig albern aussehen und auch nicht lange halten, aber der Zweck heiligte die Mittel.

Kara würde ihn mit größter Sicherheit für völlig verrückt erklären und lieber eine Lederhose nähen. Im Augenblick begutachtete sie das Kürbisbeet, jagte einen riesigen Tausendfüßler davon und freute sich wie ein Kind, dass an jeder Pflanze mindestens zwei apfelsinengroße Früchte wuchsen, an einer sogar schon vier.

Das Getreide stand wie ein kleiner Wald, von dem sie immer wieder Schmetterlingsraupen absammelte, bevor diese Schaden anrichten konnten. In wenigen Wochen werde es erntereif sein. Andreas saß mit halbgeschlossenen Augen auf der Bank in der Sonne. Kara kam herbei, setzte sich neben ihn.

„Wie Arm?"

„Es geht", wiegelte Andreas ab.

Kara wiegte den Kopf, als wolle sie sagen: Du kannst mir viel erzählen! Ich sehe doch, dass es dir schlecht geht.

Andreas grinste ertappt. „Na ja, es könnte besser gehen. Morgen schaue ich mal unter den Verband, wie es überhaupt aussieht." Er bewegte leicht die Finger. „Das wird schon wieder."

„Kara Sorge", erwiderte sie sehr ernst.

Er zog sie auf seinen Schoß. „Ich weiß. Es tut mir leid, dass du meinetwegen Stress hast."

„Kara Andreas sehr lieb. Kara traurig." Sie streichelte kaum merklich seinen kranken Arm.

Andreas hielt sie ganz fest. Er wunderte sich auch nicht, dass sie sich plötzlich den Umstand, weil er nur das Hemd trug, zunutze machte, um ihm zu zeigen, wie lieb sie ihn hatte. Die Begeisterung beruhte schon nach Sekundenbruchteilen auf völliger Gegenseitigkeit.

Der Spruch, man gönnt sich ja sonst kein Vergnügen, traf sowieso genau ins Schwarze. Und weil Andreas für Kara die Nahrungsbeschaffung regelrecht revolutioniert hatte, gönnte sie sich eben, wann immer es ging, das besondere Vergnügen der besonders innigen Zweisamkeit.

Inzwischen vermutete Andreas jedoch größere genetische Unterschiede, denn die vielen heißen Nächte und Tage blieben ohne Folgen. Dabei wäre es ihm herzlich willkommen gewesen, ihre Liebe durch Nachwuchs gekrönt zu sehen. Kara wirkte seit einiger Zeit auch jedes Mal etwas deprimiert, wenn sich ihr monatliches Problemchen einstellte.

Als Andreas schließlich nachfragte, warum sie so traurig sei, reagierte sie derart panisch, dass er lieber das Thema ganz aussparte. Sie hegte ganz einfach die

Befürchtung, er würde sich eine andere Frau suchen, wie es die Männer ihrer Sippe getan hatten, wenn der ersehnte Kindersegen so lange ausgeblieben war.

Andreas fasste nach seinem Verband. Seit ein paar Stunden juckte es darunter, dass es kaum noch auszuhalten war.

„Hoffentlich trifft das zu, dass es heilt, wenn es juckt", murmelte er mit verdrossenem Gesicht.

Ein zusätzliches Problem konnte er beim besten Willen nicht gebrauchen. Mit entschlossenem Griff löste er das Pflaster und begann, die Binde abzuwickeln. Kara kaute vor lauter Aufregung auf ihren Fingernägeln, was sie sonst niemals tat. Die letzte Lage, dann betrachteten beide erstaunt seinen Arm.

Die Narbe war zwar sehr groß, aber dafür, dass sie eigentlich hätte genäht oder geklammert werden müssen, sah sie hervorragend aus. Das neu wachsende Gewebe war rosig und gut durchblutet. Keine Wundabsonderungen mehr, kein unangenehmer Geruch. Das untere Querpflaster hatte sich gelöst und hauptsächlich das juckende Gefühl verursacht.

„Alles wird gut", versprach Andreas und Kara nickte erfreut.

Damit es auch wirklich so kommen konnte, wickelte er die Binde wieder darüber, sehr genau darauf achtend, dass der saubere Teil auf der Narbe und der benutzte außen lag.

„Nicht schön, aber leider habe ich keine Wahl", kommentierte er es.

Kara klebte das Ende wieder mit einem Pflaster fest. Beflügelt durch den Heilungserfolg, begann Andreas langsam, seinen Arm zu belasten. Als erste Aktion bereitete er mit Kara das Abendbrot vor und hängte das Trockenfleisch von der Wand an die Dachbalken um.

Vor dem Zubettgehen spielte er mit ihr sogar noch eine Partie Mühle. Nun erst glaubte Kara wirklich daran, dass er es fast überstanden hatte. Er bestand auch darauf, dass sie wieder mit im großen Bett schlief.

„Moment!", rief Kara und eilte aus dem Haus. Vor lauter Freude hatten sie glatt vergessen, die Wäsche hereinzuholen. Nun landete diese halbfeucht auf einer Bank vor dem Kamin, wo sie bis zum Morgen ausreichend Zeit zum Trocknen hatte.

Bedrohliche Phänomene

Andreas erholte sich in den nächsten Wochen zusehends und der Arm tat endlich wieder seinen vollen Dienst. Gerade rechtzeitig, um vor der neuen Regenzeit Kürbis und Co. ernten zu können. Als die ersten Gewitter über dem Wald tobten, saßen sie in ihrem Häuschen und pulten Körner aus.

Andreas hatte in den vergangenen zwei Wochen aus halbierten dünnen Baumstämmen eine Art Wasserleitung vom Bach bis zum Häuschen verlegt und von da einen Graben zum Fluss gezogen, um das Abwasser wegleiten zu können.

Und weil er gerade mal in Baulaune war, erhielt das Haus einen außen angebauten Donnerbalken mit dauerhaft laufender Wasserspülung. Die Hauswasserleitung kam durch die Wand ins Haus, mündete in einem großen ausgebrannten Baumstamm, der als Waschbecken fungierte, und lief dann durch eine dünne Baumstammrinne nach draußen, wo es gleich die Toilette spülte. Kara war perplex und Andreas für sie ab sofort der Gott der Übergötter.

Endlich musste man nicht mehr bei Wind und Wetter die Büsche aufsuchen, sondern hockte relativ bequem und geschützt unter einem Dach. Und diesmal war das umso besser, weil die Regenfälle einfach kein Ende nehmen wollten. So viel Kautschuk gab der gute alte Baum gar nicht her, um Karas Stiefel wieder wasserdicht zu bekommen.

Der Bach schwoll bedrohlich an, der Fluss trat über die Ufer und beide waren froh, sich im Haus waschen zu können. Alles andere wäre viel zu gefährlich gewesen. Täglich schaute Andreas nach, ob das Haus noch sicher war, oder ob mit einem Hochwasser gerechnet werden musste, welches ihre ganze Existenz bedrohen konnte.

Manchmal fiel so viel Regen, dass er sogar über den Boden ins Haus floss, den Fußboden aufweichte und die Bewohner zwang, sich vorwiegend im Bett oder auf den Bänken aufzuhalten. Wenigstens gab es genug zu essen, auch wenn das ständige Menü aus Fladenbrot, Trockenfleisch, Trockenfisch und Kürbissuppe langsam eintönig wurde.

Trotz des wochenlangen Eingesperrtseins auf engstem Raum, blieb Andreas immer der gleiche liebenswerte und zuvorkommende Mann, wie Kara dankbar feststellte.

Entweder hatte er keine schlechte Laune und wenn doch einmal, dann ließ er sie nicht an ihr aus. Um die Langeweile sinnvoll totzuschlagen, ließ sich Kara täglich mehrere Stunden in Andreas' Muttersprache unterrichten. Bald schon konnte sie ihm wirklich zusammenhängend aus ihrem alten Leben erzählen und hörte mit heißen Ohren zu, wenn er berichtete.

Sie lernte, seine Lieblingslieder zu singen und Andreas amüsierte sich prächtig, wenn sie, bei bestimmt über 30 Grad Celsius, Schneeflöckchen – Weißröckchen trällerte. Kara zuckte mit den Schultern und sang unbeirrt weiter. Schnee kannte sie und war beileibe nicht böse, dass es den hier nicht gab.

Inzwischen soff draußen sogar der Kräutergarten ab. Andreas rettete ein paar Pflanzen, indem er sie in Töpfen unter das Dach stellte und nur hin und wieder in den niederrauschenden Regen hielt, um sie mit Wasser zu versorgen.

Kara kam von der Toilette, hielt sich den Finger vor den Mund, griff nach Andreas' Bogen, nebst zwei Pfeilen und huschte wieder davon. Wenige Augenblicke später kam sie triefend nass zurück und präsentierte einen pfauenähnlichen Vogel, welchen sie soeben erlegt hatte.

„Endlich frisches Fleisch!", jubelte sie und küsste Andreas stürmisch.

„Kara, du bist die Beste!", rief Andreas überrascht. „Schnell, zieh dein nasses Kleid aus und mein langes Hemd über! Ich rupfe deine Beute derweil."

Kara befolgte seinen guten Rat und hängte ihr Lederkleid in die Nähe des Kamins. Mit strahlenden Augen schaute sie zu, wie Andreas den Vogel für den Grillspieß vorbereitete. Die Innereien legte er zur Seite, um sie später zu kochen. Eine Stunde später war das Fleisch gar und die Haut knusprig braun. Die langen Federn schmückten, als Strauß in einem Krug, den Tisch, während die kürzeren Federn bei denen der anderen erbeuteten Vögel in einem Korb lagen.

„Ich habe ein schlechtes Gewissen", sagte Andreas plötzlich. „Ich habe dir schon lange einen eigenen Bogen versprochen und ihn noch immer nicht gebaut."

„Nicht so schlimm", winkte Kara ab.

„Ich tu es noch heute", versprach Andreas und holte nach dem Essen sofort alles herbei, was er dafür schon lange besorgt hatte.

Drei Stunden später nahm Kara stolz ihren eigenen Bogen entgegen. Trotz strömendem Regen ging sie hinaus, um ein paar Probeschüsse zu machen. Andreas grinste amüsiert, denn sie ließ, um nicht noch einmal nasse Kleidung zu haben, alle Hüllen fallen, weil sie es

kaum erwarten konnte, ihre gefährliche Waffe einzu-
weihen.

Das amüsierte Grinsen wich völliger Verblüffung,
denn Kara präsentierte innerhalb weniger Minuten ein
Hörnchen, welches sie glatt vom Baum geschossen
hatte.

„Nicht viel, aber lecker", freute sie sich, das Tier Andreas am Schwanz entgegenhaltend. „Der Bogen ist sehr
gut. Danke." Sie stellte ihn in die Ecke, legte die Pfeile
wieder an ihren Platz, schaute nach dem Kleid, das
immer noch feucht war und kam lächelnd auf Andreas
zu. „Lust zum Kuscheln?"

„Aber immer! Nichts lieber, als das!" Andreas beeilte
sich, aus seinen Sachen und zu ihr ins Bett zu kommen.

Es wurde eine heiße Nacht, aber nicht nur durch Sex
bis zu Erschöpfung. Andreas stellte irgendwann fest,
dass sich die feuchte Luft schon fast nach Sauna
anfühlte. Durstig kroch er aus dem Bett, trank etwas
kalten Tee und machte sich auf den Weg zur Toilette.

Der Regen hatte aufgehört. Dafür zog Nebel, dick wie
Fischleim, durch den Wald, der unwirklich und
unheimlich aussah. Andreas war froh, als er die Tür
hinter sich von innen schließen konnte. Kara hatte im
Schlaf die Decke weggeschoben und warf sich hin und
her. Andreas bereitete es einige Mühen, unbemerkt ins
Bett zurückzukommen.

Es dauerte auch ewig, bis er endlich wieder einschlief.
Irgendwann schlug er die Augen auf und begegnete
Karas ängstlichem Blick. Was mochte sie nur haben?
Plötzlich fiel ihm auf, dass es für den frühen Morgen zu
still war – viel zu still, denn aus dem Urwald drang
nicht ein einziger Vogelruf. Kara hatte das wohl schon

lange bemerkt. Ihre Stimme zitterte ein wenig, als sie flüsterte: „Ich habe Angst, sehr große Angst."

Dieses unnatürlich Schweigen des Waldes hatte in der Tat etwas Bedrohliches, wie Andreas recht schnell feststellte, als er aus der Tür spähte.

Kara klammerte sich an seine Hand. „Andreas! Angst!"

„Nutzt alles nichts, ich muss raus", erwiderte er.

Kara schüttelte wild den Kopf. „Nein, nein! Ich habe Angst!!!"

„Ach, was soll ich denn nur mit dir machen?", stöhnte er und schaute sich um. „Ich hab es!"

Er holte sein langes Bergsteigerseil und band es, mit drei Meter Abstand beiden um die Hüften. Den langen Rest hängte er sich über die Schulter. Kara beruhigte sich ein wenig. So konnte sie seine Nähe spüren, auch wenn er gerade auf der Toilette hockte. Dann wartete er seinerseits auf Kara. Sie schaute sich ständig wie ein gehetztes Tier um und steckte schließlich noch Andreas an.

Das ging so weit, dass sie sogar gemeinsam Brennmaterial für die nächsten drei Tage ins Haus schleppten und alles einsammelten, was vor der Tür nicht niet- und nagelfest war, wie man in der modernen Welt sagen würde.

Gegen Mittag lichtete sich der Nebel, die Sonne kam heraus und der Himmel nahm eine unnatürlich gelbe Farbe an, was Andreas nur von Sandstürmen aus der Wüste kannte. Schon drei Mal war er auf Safari in solche Unwetter geraten und war immer wieder geschockt, über die entfesselten Kräfte der Natur, gewesen.

Nicht einmal eine Stunde später brannte die Sonne unbarmherzig hernieder. Dann begann sogar die Luft, zu flimmern. Andreas kam es vor, als wölbte sich ihm der sichtbare Bereich entgegen, dann wieder meinte er, in der Luft vertikale Wellenringe zu sehen, und schließlich plagte ihn wegen der vielen optischen Phänomene ein ganz gemeiner Brechreiz. Kara lag mehr auf der Bank, als sie saß und ihr schien es ähnlich zu gehen. Sie hielt sich den Kopf und stöhnte.

„Angst, Angst", hauchte sie immer wieder und Andreas befand es schließlich für besser, mit ihr ins Häuschen zu gehen und auch dort zu bleiben. Wasser und Nahrung hatten sie zur Genügem und irgendwann musste sich das ausgesprochen verrückte Wetter ja wieder mal bessern. Nur ignorieren konnte er es nicht, denn das Pochen hinter den Schläfen artete langsam zu migräneähnlichen Schmerzen aus.

Kara löste das Problem auf ihre Weise – sie zog das viel zu warme Lederkleid aus, legte sich ins Bett und schloss die Augen. Augenblicke später packte sich Andreas im Adamskostüm daneben, nahm sie schützend in die Arme und schlief irgendwann ein.

Lautes Klopfen an der Tür und Karas ängstlicher Aufschrei riss ihn aus seinen Träumen.

„Hallo, ist jemand zu Hause?", fragte eine Männerstimme auf Englisch und Andreas glaubte zu halluzinieren.

„Ja, kommen Sie rein!", rief er, deckte Kara und sich schnell zu und starrte wie gebannt auf den Eingang.

Der schwere Riegel wurde beiseitegeschoben, die Tür schwang auf und Andreas bekam riesengroße Augen. „Professor Helmbrecht?! Wie kommen Sie denn hierher???"

„Junger Mann, ich wohne hier und Sie haben meinen Rasen ruiniert", erwiderte der Professor lachend, Andreas die Hand reichend, wobei er ziemlich ungeniert und irgendwie verblüfft Kara betrachtete, die fast unter der Decke verschwand.

Andreas blinzelte ihr zu, nahm die dargebotene Hand. „Tut mir leid, Professor, wir sind gerade nicht in gesellschaftsfähiger Montur, wenn Sie einen kleinen Moment draußen warten würden?"

„Aber natürlich." Professor Helmbrecht schloss hinter sich die Tür.

Andreas zog seine Jeans und das hirschlederne Hemd über. Kara lag noch immer wie erstarrt. Wo kam der fremde Mann plötzlich her und was hatten die beiden gesprochen? Solche Laute hatte sie nie von Andreas gehört. Offenbar beherrschte Andreas mehrere Sprachen, nur die ihre nicht.

Er hielt ihr schließlich das Kleid hin und half ihr beim Anziehen, weil sie kaum reagierte. Als sie fertig war, ordnete er ihr Haar, nahm sie bei der Hand und führte sie hinaus, wo sie beide völlig perplex stehen blieben.

Ihre Hütte stand, statt im Wald, völlig frei auf einem exakt gekürzten englischen Rasen und im Hintergrund prunkte eine weiße Villa. Andreas ließ seinen verdatterten Blick zwischen dieser und dem Holzhäuschen hin und her huschen, schaute den Professor an und fragte: „Welches Jahr haben wir? Und wo sind wir überhaupt?"

„Sie sind auf meinem Anwesen in der Nähe von Stonehenge und wir haben das Jahr 2019. Es ist, exakt auf den Tag, drei Jahre her, als sie spurlos verschwanden, Herr Winkler."

Andreas schüttelte ungläubig den Kopf. „Sie wissen davon? Kommen Sie herein. Setzen wir uns einen Moment. Meine Frau hat große Angst, weil sie nicht begreifen kann, was hier geschehen ist."

Der Professor sah Andreas erstaunt an. „Man hat stets nur von einer verschollenen Person gesprochen."

„Das ist richtig. Sie stammt aus dieser anderen Zeit, wo man nur Jagen, Sammeln und sofort alles Verzehren kennt."

Andreas streichelte Karas Hand. „Du musst keine Angst mehr haben. Alles wird gut."

„Gut", nickte Kara, ohne seine Hand loszulassen.

Der Professor blickte sich in Andreas' Häuschen um. Alles lag wohlgeordnet, Vorratstöpfe standen auf einem Regal. „Sagten Sie nicht: Jäger und Sammler?"

„Diese vielen kleinen Annehmlichkeiten sind mein Werk", schmunzelte der Angesprochene. Er wandte sich Kara zu. „Möchtest du ihm sagen, wer das alles gemacht hat?"

„Ja. Andreas hat das alles gemacht. Die Töpfe, Teller, das Haus, das Bett und sehr, sehr gutes Essen." Dann hielt sie dem Professor stolz ihren Schmuck hin. „Die Kette ist auch von Andreas. Brot hat Andreas gemacht, Fisch geangelt, Wurst und Mehl gemacht." Sie breitete die Arme aus. „Alles war Andreas. Kara hat probiert und geholfen."

Andreas lachte. „Kara hat Leder gegerbt und Kleidung genäht. Kara hat Vögel und Hamster gefangen. Sie hat Wildschweine und Hirsche mit mir gejagt und Bett und Tisch mit mir geteilt."

„Sie heißt Kara?", fragte der Professor überrascht und schaute die junge Frau beinahe liebevoll an, was sich Andreas nicht erklären konnte.

Kara bedachte ihrerseits Professor Helmbrecht mit einem Blick, der den ganzen Stolz auf Andreas zeigte. Dann sprang sie auf und holte das Mühlespiel hervor. „Andreas auch Spiel und Spaß gemacht."

Der Professor schüttelte erstaunt den Kopf. Er betastete das Spielbrett, die Figuren und schließlich den Beutel.

„Was ist das für ein Fell?", fragte er interessiert.

Kara hatte ihn zwar nicht verstanden, aber die fragenden Augen gesehen. „Andreas sagt: Großer Hamster."

„Es war Karas erste Beute, nachdem sie selbst fast eine geworden wäre", erklärte Andreas und berichtete fast zwei Stunden lang, auf welche Weise er Kara kennen und lieben gelernt hatte und was ihnen seitdem widerfahren war.

Kara servierte dazu Kräutertee und Trockenfleisch, von dem sich der Professor gern bediente.

„Dann sollten wir uns lieber immer deutsch unterhalten, damit Ihre Frau wenigstens etwas verstehen kann", bot er an.

„Dafür wäre ich Ihnen sehr dankbar", freute sich Andreas.

„Sie werden Papiere für sie brauchen", stellte Helmbrecht sofort fest.

Andreas erschrak. „Ach du lieber Himmel! Daran habe ich in der Tat nicht gedacht."

Der Professor grinste breit. „Nun, ich hätte einen Vorschlag. Ich nehme Sie unter Vertrag, helfe Ihnen, Ihre Forschungsergebnisse bezüglich der vergangenen drei Jahre zu Geld zu machen. Ich kann meine eigenen Studien vorantreiben und verspreche, Ihnen im Gegenzug, Papiere für Kara zu beschaffen.

Sie wird die Identität meiner Enkelin annehmen, die seit einigen Jahren verschollen ist. Ihr Kajak wurde gekentert aufgefunden, mit dem sie unterwegs gewesen war.

Von ihr fehlt bis heute jede Spur. Kara sieht ihr sehr ähnlich und es würde mich ernsthaft wundern, wenn die Sache auffliegen würde. Dann werden wir eine rauschende Hochzeit feiern, wo Ihnen Kara vor dem Gesetz rechtmäßig angetraut wird und kein Hahn wird danach krähen, woher sie wirklich stammt. Ihre merkwürdige Ausdrucksweise rührt von einer völligen Amnesie her und kann sich mit viel Übung durchaus verbessern."

Andreas dachte einen Moment nach. „Wenn Sie mir in einem Geheimpapier schriftlich zusichern, dass an Kara weder Experimente noch entwürdigende anthropologische Untersuchungen vorgenommen werden und ich stets unterrichtet und körperlich anwesend bin, wobei ich immer und jederzeit mein Veto einlegen kann, wenn sie irgendetwas betrifft, dann wäre ich durchaus bereit, zu unterschreiben."

„Das schwöre ich!", rief der Professor. „Ich überlasse Ihnen hier auch für geringen Mietpreis eine Zimmerflucht, weil Kara sicher eine Weile brauchen wird, um in unserer Welt zurechtzukommen."

„Vor allem muss gewährleistet sein, dass sie stets in meiner direkten Nähe sein kann. Ich werde keinen Schritt ohne sie gehen."

Kara zupfte an Andreas' Ärmel und schaute ihn fragend an. Er zog sie an seine Brust. „Alles wird gut. Niemand wird dir Böses tun."

„Ich muss keine Angst haben?"

„Nein, du musst keine Angst mehr haben. Wir gehen jetzt in das Haus von Professor Helmbrecht."

„Helm-brecht?"

„Richtig. Pro-fes-sor Helm-brecht."

„Sagen Sie einfach beide John", bot Helmbrecht an.

„John", wiederholte Kara. „Richtig?"

„Richtig", lobten die Männer.

Kara half Andreas, den Rucksack zu packen. Er erklärte ihr, dass sie nun in ein sehr viel größeres Haus umziehen würden.

Kara presste die Lippen aufeinander und zeigte auf den Honigtopf. „Essen mitnehmen?"

„Keine Sorge, wir holen später unser Essen. Deinen Honig darfst du mitnehmen."

„Oh, danke, sehr gut." Kara strahlte und Professor Helmbrecht wechselte amüsierte Blicke mit Andreas.

Vor der Hütte bat Helmbrecht darum, einige Handyfotos machen zu dürfen. Er lichtete das glückliche Paar von allen Seiten mit dem Häuschen ab.

„Wir müssen mit irgendwas die Presse füttern", murmelte er.

Andreas verdrehte die Augen. „Na, die fehlt mir im Augenblick am meisten. Ich hatte schon Entzugserscheinungen."

Der Professor brach in schallendes Gelächter aus.

Auf dem Weg zur Villa schreckte Kara zusammen.

„Was hast du?", fragte Andreas.

„Mein Schmuck", hauchte Kara. „Im Haus."

Andreas drehte sofort um. „Bleib bei John, ich gehe ihn holen."

„Nein, nein!" Kara hielt Andreas fest.

„Nichts zu machen. Ich muss sie mitnehmen", sagte er zu Helmbrecht.

Wenige Sekunden später waren sie wieder da. Kara trug ihre Keramikschatulle und Andreas nun den Honigtopf.

Der Professor witzelte. „Frauen sind wohl immer und überall gleich – egal, was passiert, der Schmuck muss mit."

„Männer wohl auch", warf Andreas ein. „Sie hatte keinen Zierrat und ich habe sie damit überhäuft."

„Ich schätze, den prachtvollen Zopf haben Sie auch geflochten. Ich kann mich nicht erinnern, je über dieses Zeitalter von so etwas gelesen zu haben. Wenn, dann wurde das Haar nur einfach mit Bast oder Lederschnüren zusammengebunden."

„Stimmt!" Andreas zupfte Kara scherzhaft am Zopf, die sich sofort umwandte und entrüstet: „Nein, nein!", rief.

„Sehen Sie, John, das ist auch bei allen Frauen gleich. Wenn sie eine schicke Frisur haben, dann muss sie tadellos sitzen und wehe, es fasst einer auch nur ein Haar an."

„Wobei ich glaube, dass es ihr, bevor Sie in ihr Leben traten, völlig egal war, wie wirr ihr Haar aussah", mutmaßte John.

„Vollkommen korrekt", bestätigte Andreas.

Kara blieb stehen, um das, für ihre Begriffe riesige, Bauwerk zu bestaunen. Eine Katze lief vorbei.

„Da!", rief sie mit funkelnden Augen.

„Oh je!", stöhnte Andreas. „Das wird ein Haufen Überzeugungsarbeit, ihr beizubringen, dass man hier keine Tiere töten darf." Er hielt Kara am Arm zurück. „Hier", er deutete in die Runde, „sind alle Tiere tabu. Alle Tiere – Tabu! Hast du verstanden, Kara?"

Sie zeigte auf die Katze. „Tabu?"

„Ja, Tabu."

„Vogel auch tabu?"

„Auch der Vogel ist tabu", bekräftigte Andreas. „Trotzdem wirst du immer zu essen haben."

Sie erreichten den Springbrunnen vor der Freitreppe und Kara staunte über die Goldfische und Kois.

„Alles Tabu!", wiederholte Andreas. „Diese Tiere sind zum Spaß da, nicht zum Essen."

Kara wedelte mit beiden Händen, zum Zeichen, dass sie endlich verstanden hatte. „Spaß. Nicht essen."

„Richtig", lobte Andreas.

„Sie gehorcht Ihnen auf Wort?", fragte John überrascht.

„Nicht unbedingt. Sie bringt auch eigene Wünsche vor, wie Sie ja vorhin gerade gesehen haben. Ich habe sie stets als Partnerin und nicht Beute oder als Haussklavin behandelt. Das kannte sie vorher nicht. Deshalb ist sie aber selbstbewusster als andere Frauen in ihrer Welt. Mein Wille ist zwar Gesetz, aber man kann es diskutieren. Für Kara bin ich eine Art Magier, der weit über den Schamanen ihrer Zeit steht", erwiderte Andreas.

John öffnete die große Haustür. Kara blieb vor der Schwelle, wie angewurzelt, stehen. Erst, als Andreas ihre Hand nahm, trat sie ein.

„Sehr kalt", sagte sie und zeigte auf den kunstvoll gefliesten Boden.

John klingelte nach der Haushälterin und orderte Pantoffeln. Andreas steckte sie Kara an die Füße.

„Danke, John, warm", sagte Kara lächelnd und betrachtete neugierig das ungewohnte Schuhwerk. Bisher war sie barfuß gelaufen oder hatte sich die einfachen Ledersohlen um die Füße gebunden. Nun setzte sie ganz vorsichtig einen Fuß vor den anderen, um weder zu stolpern, noch die Pantoffeln zu verlieren.

„Sehr groß", flüsterte sie Andreas zu, deutete den lichten Treppenschacht hinauf und schüttelte immer wieder den Kopf. Auch, wenn Andreas Hochhäuser und ameisenkleine Menschen aufgemalt hatte, konnte sie sich nie wirklich eine Vorstellung davon machen. Nun war sie überwältigt. Vom dritten Stock aus, den ihnen John zur Miete überlassen wollte, schaute sie noch einmal über das Geländer. „Hoch."

„Ja, das ist sehr hoch", bekräftigte John. „Hast du Angst?"

„Nein, nein." Kara lachte fröhlich. „Bei Andreas habe ich keine Angst." Und ihre Augen sagten: Weißt du denn nicht, dass mir gar nichts passieren kann, wenn er in meiner Nähe ist?

John öffnete eine Tür. „So, da hätten wir das Wohnzimmer. Hier sind die Türen zum Schlafzimmer und zur Küche", die er ebenfalls aufklinkte. Andreas stellte seinen Rucksack ab, den Honigtopf daneben und bedeutete Kara, ihr Schmuckkästchen ebenfalls hierzulassen. Sie gehorchte auch sofort, um ganz schnell wieder zu Andreas zu laufen und an seiner Seite die neue, fremde Welt zu erkunden.

„Oh! Ein schönes Bett!", rief sie erfreut.

Andreas blinzelte ihr verschwörerisch zu und John, der das sehr wohl gesehen hatte, schmunzelte amüsiert.

In der Küche schaute Kara wirklich in jeden Schrank. Da gab es tausend Dinge, von denen sie nicht wusste, wozu die gut waren. Andreas würde bestimmt ganz genau wissen, was man damit machen konnte und sicher wieder tolle Sachen zaubern. Das viele blinkende Metall beeindruckte sie.

„Wenn Sie mir einen Wunschzettel schreiben, lass ich noch heute aus der Stadt alle Lebensmittel mitbringen, die Sie haben möchten", bot Professor Helmbrecht an.

„Ich habe eigentlich nur einen wirklichen Wunsch", seufzte Andreas. „Ich möchte ein Stück Butterkäse haben und für Kara süße saftige Weintrauben."

Helmbrecht kicherte. „Ich hätte eher auf ein Bier getippt."

Andreas winkte lächelnd ab. „Darauf kann ich locker verzichten. Alkohol zu erzeugen, wäre dort kein Problem gewesen. Es gab genügend Obst zum Vergären. Aber Milch hätten wir uns nirgends besorgen können."

Sie besichtigten noch drei andere möblierte Zimmer, wo sich Andreas gleich eines als Arbeitszimmer aussuchte und das große helle Bad, mit dem Kara gar nichts anfangen konnte.

„Ich verlasse Sie jetzt für zwei Stündchen. 13 Uhr erwarte ich Sie im kleinen Salon zum Mittagessen", erklärte Helmbrecht und ließ die beiden allein.

„Komm, Kara, wir packen unsere Sachen aus." Andreas öffnete den Rucksack. Diesmal nahm er all die Dinge heraus, die Kara nur einmal kurz gesehen hatte. Zuerst steckte er sein Handy zum Laden an das Kabel und suchte die nächste Steckdose.

„Mist! Wir sind doch in England!" Stecker und Dose passten nicht zusammen.

Da klopfte es auch schon und Professor Helmbrecht brachte einen Adapter und einen Verteiler, den Andreas nutzen konnte. „Mir war klar, dass Sie zuerst die Technik einsatzbereit machen würden", sagte er blinzelnd.

„Im Bad sind jetzt auch Handtücher und alles, was der Mensch sonst noch braucht."

„Absolute Spitze!" Andreas nahm alles dankend entgegen und setzte, unter Karas erstaunten Blicken, die begonnene Arbeit fort.

„Das hier ist sehr gefährlich", sagte er sehr eindringlich. „Man kann sterben." Er machte die Handbewegung: Kehle durchschneiden.

Kara schreckte zurück. „Andreas! Angst!"

„Du muss um mich keine Angst haben. Ich passe sehr gut auf."

„Ja, gut, gut. Ich liebe dich."

Andreas richtete sich auf. Er schaute sie forschend an. Sie liebte ihn wirklich so sehr, dass sie ständig in Sorge war, wenn etwas Fremdes auf sie einstürzte, das sie nicht fassen konnte.

„Deine Welt …" Sie wiegte langsam den Kopf, um ihm zu verstehen zu geben, dass sie völlig überfordert war.

„Du wirst es lernen", versprach er. „Ich bin immer bei dir und helfe dir dabei."

Kara zuckte hilflos die Schultern. Alles in dieser fremden Welt verwirrte sie – Tiere, die man nicht essen durfte, ein kleines Ding, das töten konnte, obwohl es keine Zähne zum Beißen und keinen Stachel zum Stechen hatte und das noch dazu in der Wand steckte. Überall blinkende, glänzende Dinge, die sie an Andreas' Messer und Werkzeuge erinnerten und ihr schon deshalb ein wenig Furcht einjagten.

Rasch schloss Andreas noch den kleinen Laptop und die Kamera an, in der Hoffnung, dass die Akkus wieder zum Leben erwachten. Oder wenigstens, dass Bilder und Daten noch da waren.

„Jetzt werden wir Spaß haben", blinzelte er und zog Kara an der Hand Richtung Bad. Er stöpselte die Wanne zu, ließ Wasser ein und goss, aus dem Flakon auf dem Rand, duftenden Badezusatz mit hinein. Dann erklärte er Kara die Geheimnisse der Toilette.

Während sie mit großen Augen alles betrachtete, schnitt er seinen wilden Vollbart so kurz, dass er ihn schließlich mit einem der Einmalrasierer aus dem Wandschränkchen endgültig verschwinden lassen konnte. Mit den langen zusammengebundenen Haaren würde er wohl noch ein paar Tage leben müssen.

Kara setzte sich auf den Toilettendeckel. Andreas' neuer Anblick war für sie buchstäblich umwerfend. Außerdem duftete er einfach herrlich.

„Gut so?", fragte er schließlich.

„Ja, gut, gut, seeeehr gut", strahlte Kara. Sie hauchte ihm einen Kuss auf die Lippen, dann auf die Wange. „Macht Spaß!"

Andreas zog sich aus und zeigte auf die Wanne. „Das macht auch Spaß."

„Ja, ja, Spaß!" Kara schlüpfte aus ihrem Kleid und stieg vorsichtig mit hinein. „Oh, gut, gut", seufzte sie. Das warme Wasser und der duftende Schaum ließen ihr Herz schneller schlagen. Sie schloss die Augen und ließ das nie gekannte Gefühl auf sich wirken. „Es ist schön und tut gut", versuchte Kara alle Worte in die richtige Reihenfolge zu bringen. „Richtig?"

„Sehr richtig! Das hast du sehr gut gemacht!", freute sich Andreas.

Offenbar hatte Kara Sorge, sie müsse die schöne neue Welt wieder verlassen, wenn sie sich nicht bemühte, ganz exakt zu sprechen. Mit ihrem Ehrgeiz musste sie sich einfach schnell an das Unbekannte gewöhnen. Da war sich Andreas ganz sicher.

Als langsam die vereinbarte Mittagszeit nahte, wusch Andreas Karas langes Haar, nachdem er seines gespült hatte. Am Ende trocknete er es mit dem Fön. Kara war völlig aus dem Häuschen. Zuerst verschwand das Wasser aus der Wanne irgendwohin und nun fauchte etwas heißer, als die Sonne brennen konnte.

Andreas frisierte Kara, dann verließen sie das Badezimmer. Von außen klebte eine Haftnotiz an der Tür. Frische Kleidung liegt im Schlafzimmer. John.

„Wunderbar!" Andreas rieb sich die Hände.

Für Kara lag ein weites hellblaues Kleid mit Streublümchen auf dem Sessel, das mit einem breiten Gürtel zusammengehalten wurde, und ein Beutelchen mit bunten Zopfgummis. Andreas fand eine helle Leinenhose mit Gummizugbund und, zu Karas Kleid passend, ein blaues, kurzärmeliges Hemd vor.

Außerdem hatte ihm John auch ein paar Pantoffeln bringen lassen, damit er seine alten Treter beiseitelassen konnte, denen man die Strapazen der letzten Jahre überdeutlich ansah. Kara drehte sich schließlich mit strahlenden Augen vor dem Spiegel, dem sie zuerst mit äußerster Skepsis begegnet war. Erst, als ihr einfiel, dass Wasser auch ein Bild zeigte und nicht die Identität stahl, genoss sie ihren Anblick. Andreas legte ihr die Keramikkette wieder um, suchte ein passendes Armband aus ihrem Schmuckkästchen und nickte zufrieden.

„Du siehst wunderschön aus."

„Andreas auch", lachte sie glücklich. „Ja, sehr schön."

Sie hängte sich in Andreas' Arm ein und ließ die andere Hand über das Geländer der Treppe gleiten. Schließlich hatten die Pantoffeln schon mehrere Fluchtversuche unternommen, sodass Kara befürchtete, noch zu stürzen. Andreas hatte schmunzelnd zugesehen und gesagt: „Ich kaufe dir, so schnell es geht, Schuhe, die wirklich passen."

John beobachtete die beiden auf ihrem Weg nach unten. Kara sah in ihrem neuem Outfit umwerfend aus, was er ihr natürlich sofort sagte.

Kara lächelte so strahlend, dass es ihm richtig zu Herzen ging. Unbegreiflich, wie man dieses bezaubernde Wesen an einen Bären verfüttern konnte! Andreas rückte für Kara den Stuhl zurecht. Sie schaute mit immer größer werdenden Augen auf den Tisch. Als ersten Gang gab es eine Vorsuppe.

Kara wartete, nach welchem der vielen Löffel Andreas fasste und nahm sich den gleichen von ihrem Gedeck. Professor Helmbrecht beobachtete Kara sehr genau, ohne es sich anmerken zu lassen.

Sie fischte zuerst die festeren Bestandteile vom Teller, ehe sie die Flüssigkeit langsam auslöffelte, wie sie es immer tat, seit sie gelernt hatte, mit Besteck zu essen. Als Andreas leicht den Teller ankippte, um an den Rest zu kommen, ahmte sie es sehr erfolgreich nach. Sie legte am Ende auch den Löffel auf den Tellerrand, genau wie er.

Das Hauptgericht beäugte sie zuerst sehr argwöhnisch. Was waren das für gelbliche runde Dinger?

„Das sind Kartoffeln", erklärte Andreas. „Und dies hier ist ein Schnitzel von einem Schwein."

„Oh, Schwein, sehr gut", erwiderte Kara.

Die Gemüsebeilage identifizierte sie als Möhren und Erbsen, auch wenn es anders aussah, als das, was sie bisher gegessen hatte. Die widerspenstigen Kartoffeln bändigte Kara sehr vorsichtig, nachdem sie gemerkt hatte, wie schnell die vom Teller rutschen konnten.

Bei Andreas schaute sie sich ab, wie man sie am besten essen konnte, ohne auf dem Tisch Schaden anzurichten. John schmunzelte. Die junge Frau war einfach goldig.

„Wie alt mag sie sein?", wollte er wissen.

Andreas hob die Schultern. „Da bin ich völlig überfragt. Dort gibt es nur die Einteilung in Kinder und, ab der Geschlechtsreife, in Frauen und Männer. Ich würde sie zwischen 17 und 20 ansiedeln. Mit 30 ist ein Mensch in ihrer Welt alt und mit 40 meist schon tot. Das harte Leben, mit Tausende Kilometer weiten Wanderungen, fordert hohen Tribut. Aber das kennen Sie von Ihrem Fachgebiet ja besser als ich."

Kara spähte inzwischen nach dem Eis, das Johns Haushälterin auf einem Tablett hereintrug. Sie nahm ein Löffelchen voll.

„Au! Kalt! Sehr, sehr kalt!", rief sie, das Gesicht verziehend.

Andreas lachte. „Ganz wenig auf den Löffel nehmen und ganz langsam essen", mahnte er mit einem Blinzeln.

„Hm", machte Kara, zog die Augenbrauen zusammen. Sie fing lieber mit den vielen Fruchtstücken an. Aber recht schnell siegte die Neugier und Süßschnabel Kara widmete sich doch dem Eis.

„Das ist sehr lecker", erklärte sie.

John freute sich, dass es ihr schmeckte und Andreas lobte: „Du hast alles richtig gesagt."

„Sie wundert sich gar nicht über die Gläser", stellte John fest, als sie ganz selbstverständlich trank.

„Durchsichtige Gegenstände kennt sie. Ich hatte zwei Plastikflaschen und die Angelschnur im Dauergebrauch. Nur, was der Unterschied zwischen Glas und Plastik ist, muss sie noch lernen."

„Ja, Kara will lernen", sagte sie ganz flüssig und ohne überlegen zu müssen.

„Das ist sehr gut", erwiderten beide Männer zugleich, was Kara wirklich lustig fand, wie ihr amüsiertes Kichern zeigte.

Nach dem Essen gingen alle zum Blockhaus, wo Andreas und Kara die Lebensmittel einpackten, um sie in die Villa zu bringen.

John saß am Tisch und schaute interessiert zu, wie Trockenfleisch, Trockenfisch und geräucherte Würste im Rucksack verschwanden. Über die Vorräte an wildem Getreide freute er sich riesig, denn die wollte er mit Andreas gemeinsam erforschen und analysieren. Bei dem Gedanken hielt er inne.

„Andreas!"

Der Angesprochene hob fragend den Kopf.

„Ich habe gründlich nachgedacht. Mir würden eine komplette Computertomografie und eine Blutprobe von Kara genügen. Dann hätten Sie beide Ruhe vor mir. Das, was ich sonst noch wissen will, das können wir auch in Gesprächen klären. Ich würde mich schäbig fühlen, Sie beide mit mehr zu belästigen. Sie ist eine wundervolle Blume, die ganz in Ruhe und Geborgenheit blühen soll. Ich werde es, genau so, schriftlich niederlegen."

Andreas drückte spontan Johns Hand. „Dafür bin ich Ihnen unendlich dankbar."

„Das hat auch alles Zeit", fügte Professor Helmbrecht noch hinzu.

Andreas rieb sich mit beiden Händen das Gesicht.

„Wenn zu viel auf Sie einstürzt und Sie Hilfe brauchen, dann genieren Sie sich nicht. Sagen Sie, wo der Schuh drückt", bat der Professor.

„Stichwort", murmelte Andreas. „Wir bräuchten dringend komplett neue Kleidung. Vor allem Kara sollte, gut sitzende, Schuhe bekommen. Ich muss meinen Eltern Bescheid geben, dass ich noch lebe und meine Konten überprüfen."

John winkte ab. „Falls Sie Kara überzeugen können, in ein Auto zu steigen, fahren wir als erste Aktion einkaufen. Sie müssen auch nicht schon morgen für mich arbeiten. Wenn Sie in sieben Tagen, von heute an, beginnen, bin ich zufrieden. Kaum gerettet und schon im Vollstress, das wäre mehr, als viel zu viel verlangt. Klären Sie in Ruhe Ihre privaten Dinge, erholen Sie sich etwas von all der Aufregung, dann sehen wir weiter. Ich kümmere mich inzwischen darum, dass mit Karas Papieren alles klargeht."

Kara schaute die Männer fragend an, nachdem immer wieder ihr Name gefallen war. Andreas nahm ihre Hand und zog sie auf seinen Schoß.

„Möchtest du heute ganz viele neue Dinge lernen?"

„Ja, ich will lernen", sagte sie sofort.

„Du wirst vielleicht Angst haben, aber ich bin immer bei dir", erklärte Andreas.

„Dann ist alles gut." Kara versuchte, zu lächeln, um ihn zu beruhigen.

John stand auf. „Bringen wir die Lebensmittel rüber und dann fahren wir."

„Zuerst zum Schuhgeschäft", bat Andreas. „Meine Wanderschuhe lösen sich soeben in ihre Bestandteile auf." Er zeigte die lose Sohle vor.

„Oh, oh, nicht gut", stellte Kara fest und verbesserte sich sofort. „Das ist nicht gut."

John nickte erfreut über so viel Lernwillen. Andreas küsste Kara zärtlich. „Ich liebe dich."

„Ich liebe dich auch", hauchte sie.

Schöne, neue, verrückte Welt

Andreas legte die Lebensmittel in der Küche ab. Abends war sicher noch genug Zeit, sie ordentlich zu verstauen. John suchte zur gleichen Zeit auf dem Dachboden nach einer Kiste, in der noch Flipflops seiner verschwundenen Enkelin stecken mussten. Auch das Kleid, das Kara jetzt trug, hatte einst ihr gehört. In der vierten Kiste wurde er fündig. Er trug sie rasch hinunter, klingelte an der Wohnungstür der beiden Untermieter und bekam ein schlechtes Gewissen, weil Kara erschreckt aufschrie.

„Nicht weiter tragisch", beruhigte ihn Andreas. „Kara muss jetzt ja schon selber darüber lachen."

John atmete auf. „Ich habe etwas gefunden, damit sie nicht barfuß gehen muss, was doch sehr auffällig wäre. Mal schauen, ob sie einigermaßen klarkommt."

Andreas half Kara beim Anziehen. Sie lief ein paar Schritte hin und her.

„Oh, oh", seufzte sie. „Das ist nicht gut."

„Ich weiß", sagte John, um Entschuldigung bittend. „Du bekommst dann andere Schuhe."

„Du musst nicht weit laufen", erklärte Andreas.

„Kara will probieren", sagte sie resigniert und rieb ihre Wange an Andreas' Schulter.

„Es wird alles gut. Ich verspreche es dir." Er trug sie sogar die Treppe hinunter und setzte sie genau vor dem Auto ab. Er stieg zuerst ein. Kara zögerte. Dann fiel ihr ein, dass sie versprochen hatte, heute viel lernen zu wollen. Außerdem konnte es nicht gefährlich sein, wenn Andreas sofort da hineingeklettert war. John schloss von außen die Tür. Andreas schnallte Kara an, dann sich. Karas Herz wummerte so laut, dass es sogar John auf dem Fahrersitz hören konnte.

„Ist alles in Ordnung?", fragte er besorgt.

Kara fasst nach Andreas' Hand und antwortete. „Ja, ich will lernen. Mit Andreas habe ich keine Angst."

„Dann geht es jetzt los", sagte John und drehte den Zündschlüssel herum.

Kara drückte Andreas' Hand fester. Und noch fester, als sich das Auto in Bewegung setzte. Es verließ langsam das Grundstück, um auf der Landstraße Geschwindigkeit aufzunehmen. Kara wurde völlig vom Rausch des Fahrens gefangen genommen. Die Landschaft huschte vorbei, hin und wieder ein Haus, eine Herde Schafe oder andere Autos.

Noch bevor sie das kleine Städtchen erreichten, schüttelte Kara den Kopf.

„Andreas, alle Tiere sind gleich", dann zeigte sie auf die andere Seite der Straße. „Da auch gleiche Tiere. Was ist das und wo sind andere Tiere?"

Er antwortete bekümmert: „Ach, Kara, es gibt so viele Menschen, da ist kein Platz für andere Tiere. Diese hier, heißen Schafe. Sie geben Milch und auch Wolle für Kleidung."

„Woher kommt dann das Essen?"

„Das ist natürlich auch von anderen Tieren. Du wirst alles lernen."

Kara nickte und betrachtete wieder das weite flache Land. Dann kamen die ersten Häuser in Sicht. Das Auto wurde langsamer. Es tauchten Hunde, Katzen und Vögel auf, die Kara vorher einfach nicht beachtet hatte. Beim Anblick der Neuen hellte sich auch ihr Gesicht wieder auf.

Nur die Hunde beobachtete sie mit Sorge. Warum hatte man diese seltsamen Vierbeiner, die sie auch noch nie zuvor gesehen hatte, versklavt? Jeder trug ein Band um den Hals und hing an einer langen Leine, die ein Mensch in der Hand hielt. Genau wie sie, als man sie zum Bären brachte.

Seltsam nur, wie friedlich die Tiere liefen, sich streicheln ließen und sogar freudig mit dem Schwanz wedelten. Eine Frau hob ihren kleinen Kläffer auf den Arm und schmuste mit ihm.

„Ohhhh, zum Spaß!", rief Kara und drückte sich die Nase an der Scheibe platt.

„Das ist ein Hund. Der wohnt mit im Haus, bekommt zu essen und ist glücklich", erzählte Andreas.

„Im Haus?" Kara glaubte, sich verhört zu haben. „Nicht Essen suchen?"

Andreas schmunzelte. „Hier darf man keine Tiere töten."

„Stimmt. Hab ich vergessen." Sie seufzte. Ganz sicher, dass sie das alles begreifen werde, war sie nicht. Aber bisher war Andreas auch stolz auf sie gewesen. Das musste auch so bleiben.

Hier gab es nämlich unzählige Frauen, sodass es ihm sicher nicht schwerfallen würde, sich eine zu suchen, die schneller begriff. Kara zog die Nase hoch.

Andreas schmunzelte. Er kannte diese versteckte Trotzreaktion und ahnte, was gerade in ihrem Kopf vorging. Dabei war ihm nicht einmal bewusst, dass er zu der Gruppe Mädchen auf der Straße hinübergesehen hatte.

„Was hat sie?", fragte John erstaunt.

„Sorge, dass ich mir hier noch andere Frauen suchen könnte", erwiderte Andreas. Ihre Reaktion ist ziemlich deutlich. Dabei bin ich etwas erstaunt, dass sie die anderen überhaupt als Konkurrentinnen ansieht."

„Ist das nun gut oder schlecht", wollte John wissen.

„Wenn ich es wüsste, wäre mir wohler", gab Andreas zu.

Kara taxierte derweil die Männer auf dem Gehweg und stellte fest, dass sie, schon rein optisch, schlechter als Andreas abschnitten. Noch ein Grund mehr, auf der Hut zu sein.

John parkte das Auto genau vor dem Schuhgeschäft. Andreas stieg aus, öffnete für Kara die Autotür und half ihr, den Gurt zu lösen. Nun führte er sie hinein. Kara riss die Augen auf. Überall Schuhe! Solche, wie Andreas trug, ähnliche, wie John hatte und sogar das, was sie gerade an den Füßen trug, nur in unzähligen Farben. Sofort widmete sich die Verkäuferin den Ankömmlingen.

„Ich hätte gern für meine Frau sehr bequeme, flache Schuhe", erklärte Andreas. „Möglichst mit Klettverschluss oder nur zum Hineinschlüpfen."

„Sandalen oder festeres Schuhwerk?", wurde er gefragt.

„Sowohl als auch. Wir stehen beide etwas verloren da."

„Oh, Ihnen ist wohl das Gepäck auf der Flugreise abhanden gekommen?"

Der Gedanke ließ Andreas schmunzeln. „So ähnlich."

Augenblicke später fand sich Kara inmitten von Sandalen wieder.

„Kaufen Sie ihr ruhig mehrere Paare. Im Notfall helfe ich aus." John zeigte auf seine Brieftasche in der Jacketttasche.

Die Verkäuferin merkte recht schnell, dass ausschließlich der Mann agierte. Möglicherweise hatte die junge Frau ein gesundheitliches Problem, das ihr das selbstständige Einkaufen unmöglich machte.

Kara probierte mehrere Paare Sandalen an, lief hin und her und sagte schließlich, auf die entsprechenden Schuhe deutend: „Das ist sehr gut. Das ist gut. Das ist nicht gut."

„Okay, dann hätten wir schon mal zwei Paar Sandalen", freute sich Andreas. „Suchen wir noch die richtigen Halbschuhe aus."

Das dauerte deutlich länger, weil alles zu ungewohnt für Kara war. Am Ende bekam sie ein Paar sportliche Schuhe und zwei Paare, die auch sehr gut zu Kleidern und Röcken getragen werden konnten.

„Stopp! Hausschuhe fehlen noch!", rief Andreas.

Kara entschied sich für Gummiclogs, bei denen ein Riemen die Ferse halten konnte.

„So, nun bin ich dran", blinzelte er.

Ganz genau wissend, wie er sich seine Traumschuhe vorstellte, war das Richtige schnell gefunden – Sportschuhe und etwas Edles zum Anzug. Als Hausschuhe wählte er die gleichen Clogs, nur in einer anderen Farbe.

An der Kasse stellte er überaus erfreut fest, dass seine Geldkarte noch funktionierte. Um Platz zu sparen, ließ er sich die Einkäufe ohne Kartons in zwei große Beutel packen und steckte alles in den Kofferraum. Mit Ausnahme der Schuhe, die Kara und er sofort anzogen, um gesellschaftsfähig zu sein. Gegenüber war ein Friseursalon, dem er einen sehnsüchtigen Blick zuwarf.

„Tun Sie es", riet John.

„Willst du mit John spazieren gehen oder lieber hier im Auto auf mich warten?"

„Warten", sagte Kara etwas ängstlich.

John nickte und stieg mit ihr ein. Andreas eilte über die Straße. Kara konnte durch die großen Schaufenster genau beobachten, was er da drüben machte. Und das tat sie so intensiv, dass es John für richtig hielt, sie nicht dabei zu stören.

Er schaute nur hin und wieder in den Rückspiegel, um seinerseits Kara zu beobachten. Nicht einmal eine halbe Stunde später war Andreas wieder da.

„Das sieht sehr, sehr schön aus", strahlte Kara und begutachtete den Kurzhaarschnitt von allen Seiten.

John ließ den Wagen wieder an und fuhr zwei Straßen weiter auf den nächsten Parkplatz. Das kleine Bekleidungskaufhaus sollte sicher das Richtige für die beiden auf Vorrat haben.

Für Andreas war es kein Problem, etwas Passendes zu ergattern. Er kaufte sich zwei Jeans, eine Großpackung verschiedenfarbiger T-Shirts und einen dunklen Anzug, komplett mit Hemd und Krawatte. Nur für Kara wurde es problematisch.

Damit sie überhaupt etwas anprobieren konnte, erstand John in einer anderen Abteilung schnell ein gut aussehendes Unterwäscheset und brachte es den beiden.

Mit stoischer Ruhe probierte ihr Andreas eine Jeans nach der anderen an, bis alles stimmte. Dann bekam sie ebenfalls verschiedenfarbige T-Shirts, damit sie wenigstens auch eine Grundausstattung hatte.

Am Wühltisch erspähte er Socken und preiswerte Unterwäsche. Also packte er den Einkaufskorb randvoll. Das Auto mutierte zum Lastesel.

„Jetzt noch rasch in den Supermarkt und dann ab nach Hause", stöhnte John mit gespielt verdrehten Augen.

Kara war inzwischen immer stiller geworden und die Männer befürchteten, dass sie unter diesem Kulturschock zusammenbrechen könne. Sie schlief auf den nächsten Metern im Auto einfach ein. So erschöpft hatte sie Andreas noch nie erlebt.

John blieb bei ihr, während er schnell mit den benötigten Dingen den Einkaufswagen füllte. Dann wechselten sie, damit John ebenfalls seine Einkäufe tätigen konnte.

Kara hörte nicht einmal das Klappen der Türen. Sie wachte erst auf, als Andreas zu Hause leise ihren Namen rief.

Völlig verschlafen blinzelte sie ihn an und stellte Sekunden später fest, dass das, was sie gerade erlebt hatte, doch kein wirrer Traum gewesen war. Sie trug Schuhe und in einem Ding, das sich rasend schnell bewegen konnte, saß sie auch.

Andreas half ihr beim Aussteigen. Amüsiert bemerkte John, dass sie ihrem Schatz im Vorbeihuschen einen Kuss auf die Wange hauchte.

Kara schien sehr glücklich zu sein. Sie half Andreas, die vielen Beutel auszuladen, und trug sie zur Treppe, um gleich die nächsten zu holen. Plötzlich bückte sie sich und strich mit dem Finger über das Leder ihrer Sandalen. Andreas schaute sie fragend an.

„Die Schuhe sind schön und be-quem", formulierte Kara lächelnd die Erklärung.

Andreas tippte ihr auf die Nasenspitze. „Und du hast alles richtig gesagt."

„Das ist auch schön", lachte Kara verschmitzt. Dabei wusste sie ganz genau, dass er jetzt am Überlegen war, ob sie den Nasentupfer oder das Lob meinte.

Sie mussten drei Mal gehen, um alles in die Wohnung zu bekommen. John verabschiedete sich. Die beiden wollten heute für den kurzen Rest des Tages sicher ihre Ruhe haben. Kara war so ausgepumpt von den unglaublichen Ereignissen, dass sie auf dem Stuhl einschlief, obwohl sie nur kurz verschnaufen wollte.

Andreas trug sie ins Bett, wo er sie vorsichtig entkleidete und zudeckte. Die Tür einen Spalt offen lassend, ging er ins Arbeitszimmer und schaute nach seiner Technik.

Zuerst checkte er den Laptop. Er ließ sich einschalten und fuhr anstandslos die Programme hoch. Über das Haustelefon bat Andreas John um den Zugangscode zum Internet. Wenige Minuten später loggte er sich in sein Bankkonto ein, welches in den vergangenen drei Jahren eine heftige Ebbe erlebt hatte.

Für das, was er sah, war er dennoch recht zufrieden. Er startete das Videofonieprogramm und bekam überraschenderweise sofort einen Kontakt.

„Andreas???", hörte er seinen Vater völlig entgeistert fragen.

„Ja, ich bin es wirklich. Die Welt der Lebenden hat mich wieder. Moment noch, meine Kameralinse hat etwas gelitten. Ah! Jetzt kannst du mich sicher auch sehen."

„Wo bist du? Wie geht es dir?"

„Ich bin heute früh in England angekommen. Professor Helmbrecht, der bekannte Anthropologe, hat mich und meine Leidens- und nun Lebensgefährtin aufgenommen."

„Wann kommst du nach Hause?"

„Vorerst gar nicht. Ich muss erst mal wieder Geld verdienen. Der Professor hat mir einen Job angeboten und eine Wohnung zur Verfügung gestellt."

„Dürfen wir dich besuchen kommen?"

„Natürlich. Jederzeit." Andreas nickte erfreut. „Ich habe noch sechs freie Tage, bevor ich meinen Dienst aufnehme."

„Wir fliegen noch heute Nacht!", rief Vater Winkler sofort. „Brauchst du irgendwas? Sollen wir dir Dinge aus deiner Wohnung mitbringen?"

„Nur, wenn es keine Umstände macht. Alles an Kleidung, was in den Koffer passt." Andreas überlegte, was noch wichtig sei. „Ein Schlafanzug wäre nicht ganz schlecht."

„Worüber würde sich dein Schatz freuen?", wollte Vater wissen.

„Über alles, wenn du es genau wissen willst", schmunzelte Andreas. „Wir sind noch etwas geschockt über die Vorgänge der letzten beiden Tage. Sie ist völlig fertig und schläft wie ein Murmeltier. Ich werde mich gleich neben sie packen und auch an der Matratze horchen."

„Dann gib mir bitte noch schnell die Adresse, damit wir auch im richtigen Ort ankommen."

Andreas diktierte sie, nebst Telefonnummer und Routenbeschreibung, weil Vater sicher ab London ein Auto mieten würde. „Wie geht es Mutter?", fragte er dann.

„Nicht besonders. Als du plötzlich verschwunden warst, brach sie seelisch zusammen und vegetiert mehr vor sich hin, als, dass sie lebt. Sie schläft übrigens auch schon."

„Grüße sie von mir und sag ihr, dass ich mich sehr freue, euch wiederzusehen."

„Kannst du mir nicht doch noch einen kleinen Tipp zu einem Mitbringsel für deinen Schatz geben?"

„Okay, dann schenke ihr einen Teestrauß oder ein Honigset. Damit punktest du garantiert."

Vater Winkler verabschiedete sich, um die Flugtickets zu buchen und Mutter schonend auf das Wiedersehen vorzubereiten. Die Zeit reichte sogar noch, außer, die Sachen aus Andreas' Wohnung zu holen, um im nächstgelegenen Einkaufstempel ein paar Kleinigkeiten als Willkommensgeschenke zu besorgen. Anschließend jagte er seinen Wagen über die Autobahn zum Flughafen.

Andreas schrieb John noch eine Mail, damit der sich darauf einrichten konnte, zwei Besucher zusätzlich im Haus zu haben. Anrufen wollte er zu so nachtschlafener Zeit nicht noch einmal. Dann streifte er seine Kleidung ab und kroch todmüde zu Kara unter die Decke.

Kara fühlte sich am nächsten Morgen, als sei sie zwischen kämpfende Wollnashörner geraten. Der vergangene Tag war viel zu aufregend gewesen. Andreas bereitete ihr das Frühstück zu.

Er hatte Brötchen aufgebacken und der Duft der knusprigen Köstlichkeiten lockte Kara schließlich doch noch hervor. Sie war zwar ungewöhnlich blass, aß aber mit großem Appetit ihr Honigbrötchen. Dazu gab es heißen Kakao. Kara genoss ihn mit halb geschlossenen Augen.

„Das schmeckt so gut!" Sie rieb sich den Bauch.

„Freut mich", schmunzelte Andreas. Ihm ging es mit seiner Tasse Kaffee ähnlich.

Kara betrachtete die dunkle Flüssigkeit neugierig und kostete schließlich.

„Brrrrrr!" Sie schüttelte sich. Das war das erste Mal, dass sie etwas nicht mochte, das Andreas zubereitet hatte. Umso dankbarer war sie für ihr Getränk.

„Kara, wir bekommen heute Besuch", versuchte Andreas zu erklären. „Mein Papa und meine Mama kommen", sagte er, in der Hoffnung, dass Kara diese Worte verstehen könnte. Und tatsächlich, Kara schaute ihn irritiert an.

„Ma–ma?"

„Ja, meine Mama und mein Papa kommen hierher." Andreas malte drei Strichmännchen. Zwei große und ein kleines Männchen. Er zeigte mit dem Finger darauf. „Papa, Mama, Andreas."

„Kara?", fragte sie zaghaft.

Er lächelte sie an und malte neben sich selber noch eine Figur, die er an der Hand hielt und sagte: „Kara." Nun nahm er sie auf den Schoß. „Ich liebe dich."

Kara kuschelte sich fest in seine Arme.

„Ich passe gut auf dich auf", versprach Andreas, worauf sie sich etwas beruhigte. In ihrer Welt hatte es Besuche nicht gegeben. Da wohnte man eh auf einem Fleck und arbeitete täglich zusammen. Aber das war Vergangenheit, im wahrsten Sinne des Wortes. Für Kara gab es bisher solche Begriffe nicht. Man lebte für den Tag und was am nächsten war, das konnte man nicht wissen.

Erst Andreas hatte ihr gezeigt, dass es auch ein anderes Leben geben konnte. Eines, wo man nicht täglich nach Nahrung suchen musste, weil man sie, mit ein bisschen Aufwand, lange haltbar machen konnte. Oder man pflegte die entsprechenden Pflanzen auf einem

Beet, damit man nicht erst lange Wege hatte, um mühsam zu sammeln.

Hier, das hatte sie begriffen, musste man nur tauschen, wie sie es auch von ihrer Sippe kannte. Nur, was hatte Andreas für die vielen bunten Dinge getauscht, die er gestern aus den großen Häusern geholt hatte? Sie beschloss, ihn sofort zu fragen.

„Was hast du getauscht?" Sie deutete auf ihre Hausschuhe.

Er holte seine Geldkarte und begann zu erklären. Am Ende hatte Kara zwar grundsätzlich begriffen, wie das mit dem Geld funktionierte, aber dafür schwirrte ihr der Kopf wie ein wildgewordener Bienenschwarm.

Nur war das noch lange nicht alles, was Kara heute neu lernen sollte. Erstaunt schaute sie zu, wie Andreas in der Küche das Spülbecken zustöpselte, den Wasserhahn aufdrehte und ihr Rot und Blau mit heiß und kalt verriet. Ein Spritzer aus der Flasche mit dem gelben duftenden Inhalt, es schäumte ein bisschen und schon glänzte das Geschirr.

Dann nahm Andreas ein Tuch aus dem Schrank und trocknete ab. Kara beobachtete und merkte sich den Arbeitsablauf. Sie stellte das Geschirr dahin zurück, wo es Andreas hergenommen hatte. Auch, dass man das Becken gleich ausspülen musste, registrierte sie.

Ganz nebenbei wagte sie einen Blick aus dem Fenster. Mit dem Finger betastete sie vorsichtig die Scheibe.

„Damit musst du sehr vorsichtig sein, das geht schnell kaputt", sagte Andreas.

Kara nickte. „Das sehr, sehr schön." Und sofort verbesserte sie sich. „Das ist sehr, sehr schön."

Andreas legte ihr von hinten beide Arme um die Schultern und seine Wange an die ihre. „Du bist auch sehr, sehr schön."

„Wirklich?"

„Ja, wirklich." Er schob sie sanft zum großen Spiegel im Flur.

Kara betrachtete das glückliche Pärchen, das aus dem Glas schaute. Sie erinnerte sich an die Frauen vom vergangenen Tag. Mit dem Kleid, das ihr John geschenkt und den vielen Kleidungsstücken, die Andreas für sie gekauft hatte, sah sie kein bisschen anders aus als diese. Sie schloss die Augen und streichelte mit einer Hand Andreas' Wange.

Plötzlich fühlte sie sich hochgehoben. Sie öffnete die Augen nicht, sondern tastete mit allen Sinnen nach dem Geschehen. Andreas legte sie sacht auf dem Bett ab und begann ein derart heißes Liebesspiel, dass all ihre Selbstzweifel in einem einzigen Augenblick dahinschmolzen.

„Kara ist glücklich", flüsterte sie und sofort darauf: „Nein. Ich – bin – glücklich."

„Sehr richtig", schmunzelte Andreas. „Und ich bin auch glücklich." Er schaute auf die Uhr. In etwa drei Stunden müssten seine Eltern eintreffen, falls das Flugzeug keine Verspätung hatte.

„Backen wir einen Kuchen für unseren Besuch?", fragte er.

„Oh. Kuchen. Was ist das?"

„Etwas Leckeres."

Kara sprang aus dem Bett. „Ja, wir machen das. Lecker ist gut."

Andreas lachte herzlich. Eine Gugelhupfform hatte er am Vortag im Schrank erspäht und reichlich Zutaten am vergangenen Nachmittag eingekauft. Nun stellte er eine große Rührschüssel und alles andere bereit.

Er zählte auf: „Wir nehmen vier Eier, zwei Tassen Zucker, eine Tasse Öl, drei Tassen Mehl, ein Päckchen Backpulver, etwas Salz und eine Tasse Orangenlimonade."

„Das wird Kuchen, keine Suppe?", fragte Kara zweifelnd.

„Du wirst es sehen", schmunzelte Andreas. „Aber vorher heize ich die Backröhre vor, fette die Form und brösele sie mit Semmelmehl aus, damit der Teig nicht hängenbleibt."

„So viele neue Worte!", stöhnte Kara. „Aber ich will das lernen."

Mit Argusaugen beobachtete sie, wie Andreas Eier, Zucker und Öl schaumig schlug, dann Mehl, Backpulver und Salz zugab und weiter fleißig mit einem komischen silbernen Ding rührte. „Wie heißt das?", wollte sie wissen.

„Schneebesen."

„Besen?"

„Ganz wirklich, auch wenn es anders aussieht, wie der zum Haus kehren", bestätigte Andreas.

„Hm", machte Kara. Es gab Namen, die musste man wohl nicht verstehen, Hauptsache, man wusste, was gemeint war und was man damit machen konnte.

„Nun schütte ganz langsam die Limonade hier hinein", bat Andreas und rührte und rührte und rührte.

„Huch!" Kara erschrak. Die gelbe Flüssigkeit schäumte plötzlich auf und spritzte in winzigen Tropfen durch die Gegend.

Dann wurde die Masse in der Schüssel ganz weich und geschmeidig und sie duftete lecker. Aber was war mit der silbernen Schüssel mit den Krümeln? Andreas kippte die gelbliche dünnflüssige Masse hinein und schob die Backform auf die mittlere Schiene der Backröhre.

„So, jetzt muss es bei 175 Grad Celsius backen", verriet er. Er zeigte auf die Temperaturskala. „Dann wird es da drin heiß wie Feuer. Man muss sehr vorsichtig sein."

Kara nickte. Sie interpretierte ganz einfach die Beleuchtung als Feuer und wo Feuer war, da musste es ja logischerweise heiß sein. Andreas begann die Arbeitsplatte zu putzen, während Kara vor dem Herd hockte und in die Kuchenform starrte.

Ziemlich lange passierte gar nichts, nur die Hitze war bis hier draußen deutlich fühlbar. Dann bewegte sich die Masse in der Form plötzlich.

„Da! Da!", rief Kara. „Das tut was."

„Jetzt geht der Teig auf. Gleich wird die ganze Form bis zum Rand voll sein und manchmal wächst der Kuchen ganz weit heraus", beschrieb Andreas. „Dann wird er dunkel und wir müssen aufpassen, dass er nicht anbrennt."

Kara schaute fasziniert zu, wie der Kuchenteig über den Rand schaute, sich immer höher schob und plötzlich ringsum einriss.

„Das muss so sein", beruhigte sie Andreas. „Siehst du, da drin ist er noch flüssig und außen wird er fest."

„Ja, ich sehe das", murmelte Kara.

„Wenn man zu zeitig den Herd öffnet, fällt der Teig zusammen, der Kuchen wird nicht gut und alles war umsonst."

Ein paar Minuten später machte Andreas die Ofenklappe auf und stach vorsichtig ein Holzstäbchen in den Kuchen. Kara hielt die Luft an. Was, wenn nun alles kaputtging?

„Er wird schon braun, ist innen aber noch roh. Nun müssen wir ihn zudecken."

Womit, überlegte Kara. Etwa mit der Bettdecke?

Andreas nahm eine silberfarbene Rolle aus dem Schrank, riss ein großes Stück ab und legte es auf die Kuchenform. „Das hält die Hitze von oben ab und er kann von unten gut ausbacken."

Wenn er das sagte, dann würde das schon stimmen. Für sie war das ganze Innenleben des Ofens heiß, egal, woher die Hitze kam. Eine Viertelstunde später schaute Andreas wieder nach dem Kuchen, den Kara nicht eine Sekunde aus den Augen gelassen hatte.

„Ahhh! So ist er gut", freute er sich und schaltete den Herd ab. „Noch zehn Minuten stehen lassen, dann holen wir ihn raus und warten, bis er kalt ist."

„Kalt?", fragte Kara verdattert.

„Ja. Solcher Kuchen schmeckt nur, wenn er kalt ist. Du wirst ihn sicher mögen."

Na ja, man konnte auch gebratenes Fleisch kalt essen, ging es Kara durch den Kopf. Warum sollte man dann nicht auch Essen heiß bereiten, damit man es kalt essen konnte. Plötzlich stutzte sie. „Ist das wie Fladenbrot, nur ganz anders? Da ist auch Mehl drin."

„Vollkommen richtig gedacht", freute sich Andreas. „Mit Mehl kann man ganz tolle Sachen backen. Auch in den Brötchen zum Frühstück war Mehl."

Sie schaute ihn nachdenklich an.

„Ich weiß, was du denkst. Im Wald gab es keine Hefe und kein Backpulver." Er hielt ihr zwei kleine Beutelchen hin. „Nur damit wird Brot und Kuchen so groß und locker. Und wir hatten dort keinen Zucker und kein Öl."

„Stimmt." Kara nahm seine Hand. Ihr Blick verriet: Du weißt unglaublich viel und Kuchen ist auch ganz großer Zauber.

Andreas zog zwei dicke unförmige Küchenhandschuhe an und nahm die Form aus dem Herd. Über einem großen Holzbrett drehte er sie vorsichtig um, der Kuchen rutschte heraus. Kara klatschte vor Freude in die Hände. Das sah ja soooo gut aus. Sie half Andreas beim Tischdecken.

Dankbar war sie, dass er nicht derart viele verschiedene Besteckteile auflegte, wie es bei John der Fall gewesen war. Mit der kleinen Gabel neben dem Teller und dem Löffelchen neben der Tasse war für sie der Tisch perfekt.

„Zucker und Sahne für die Kaffeetrinker", schmunzelte Andreas, als er Dose und Kännchen brachte. „Möchtest du Tee oder lieber heißen Kakao wie heute Früh?"

„Kakao", antwortete Kara sofort. „Der ist sehr lecker."

„Den sollst du bekommen." Andreas füllte inzwischen den Tank der Kaffeemaschine mit Wasser und den Filter mit gemahlenen Bohnen.

„Das riecht sehr gut." Kara deutete auf die Vorratsdose.

„Du kannst auch Kaffee mit Milch und Zucker haben."

„Weiß nicht. Probieren?"

Andreas schmunzelte. „Natürlich darfst du probieren. Wenn es dir nicht schmeckt, kannst du immer noch Kakao bekommen."

Kara, die Glückliche

Beim Geräusch der Türklingel schreckte Kara wieder heftig zusammen. Sich daran zu gewöhnen, dauerte bestimmt noch eine ganze Weile. Andreas zog sie an der Hand hinter sich her. „Komm, wir begrüßen unsere Gäste."

„Wie?"

Er ließ sie los, reichte ihr die Hand und sagte: „Guten Tag."

„Ja. Ja. Guten Tag."

Als er öffnete, hielt sich Kara doch etwas ängstlich hinter ihm. Zwei Menschen stürmten auf Andreas ein, umarmten ihn, lachten und weinten.

Kara stand mit großen Augen stumm daneben. Endlich hatte sich Andreas befreit und stellte sie seinen Eltern vor. „Das ist Kara. Das meine Mama und mein Papa."

„Guten Tag", sagte Kara, etwas verlegen lächelnd.

Andreas blinzelte ihr zu, was hieß: Du hast alles richtig gemacht.

Vater Winkler wickelte vorsichtig etwas aus Papier. Mit den Worten: „Ein Blumenstrauß voller Wunder für eine wundervolle Blume", reichte er ihn ihr.

Kara bedankte sich erfreut. Das Gebinde war in der Tat ungewöhnlich.

„Das ist ein Teestrauß", verriet Andreas.

„Oh, Tee. Hm, ja, es duftet so", stellte Kara sofort fest.

Von Andreas' Mutter bekam sie zusätzlich noch ein Honigtöpfchenset verschiedener Sorten. Kara strahlte über das ganze Gesicht.

Andreas führte alle ins Wohnzimmer, wo schon der gedeckte Tisch wartete.

„Kaffee kommt sofort", erklärte er, auf die Geräusche in der Küche lauschend.

„Ich habe nicht mehr zu hoffen gewagt, dich lebend wiederzusehen." Mutter Winkler wischte immer noch Tränen aus den Augen. „Was hat man euch bloß angetan?"

Andreas seufzte. „Genau genommen nichts. Wenigstens mir nicht. Kara war um einiges schlechter dran."

Neugierige Blicke trafen das hübsche junge Mädchen und Mutter Winkler stellte einige Fragen. Kara schaute Andreas Hilfe suchend an.

„Sie spricht nur wenig Deutsch. Ihr müsst langsam und deutlich reden und vieles muss ich, für sie verständlich, übersetzen." Andreas holte den Kaffee, schenkte ihn aus und schnitt den Kuchen.

„Woher stammt sie?", wollte Vater wissen.

Andreas holte Luft. „Habt ihr gute Nerven? Aus einer Zigtausend Jahre entfernten Vergangenheit – aus der Zeit der Jäger und Sammler. Ich habe sie dort gefunden, als mich ein Zeitphänomen in ihre Welt geworfen hatte und hier plötzlich verschwinden ließ.

Ich wurde nicht gefangen gehalten. Ich konnte nur einfach nicht mehr weg. Kara hingegen war ein Menschenopfer. Ich habe sie buchstäblich in letzter Sekunde dem Tod von der Schippe gerissen. Sie hat unsere Welt vorgestern erstmalig betreten. Sie kennt all diese Dinge hier nicht. Und damit eines gleich klar ist, sie ist die Frau, die ich heiraten werde."

Andreas' Eltern wechselten beunruhigte Blicke.

„Ich bin nicht verrückt", schmunzelte Andreas und griff zum Handy. „John, wären Sie so lieb, zu uns zu kommen?"

Kara ging öffnen. Vor John hatte sie schließlich keine Angst. Sie holte auch sofort ein Gedeck für ihn, als Andreas darum bat.

„Ich schätze, Ihre Eltern haben Probleme mit der Tatsache, wo Sie sich die letzten drei Jahre aufgehalten haben und wer Ihre Lebensgefährtin ist", sagte Professor Helmbrecht sofort.

„So ist es."

„Seien Sie versichert, dass Andreas die volle Wahrheit sagt. Das Blockhaus vor meiner Tür tauchte vorgestern früh gegen sieben Uhr buchstäblich aus dem Nichts auf. Mit ihm die zwei verstörten jungen Leute, die nicht wussten wie ihnen plötzlich geschah."

Er zog sein Handy und rief die Bilder auf, die er gleich nach der Ankunft der beiden aufgenommen hatte. „Dass Kara den Schock so gut verkraftet, ist einzig Andreas zu verdanken, dem sie blind vertraut. Gestern sah es noch so aus, als breche sie unter der Last des Neuen zusammen. Heute strahlt sie schon wieder."

Er bekam von beiden ein dankbares Lächeln.

Andreas wandte sich, über seine Schulter zum Schrank deutend, an seinen Vater. „Jetzt ahnst du sicher auch, warum ich diese Art der Geschenke vorschlug. Ich habe sie dort gelehrt, Tee zu bereiten und als Süßigkeit kennt sie nur Honig, den sie noch dazu über alles mag."

„Sie wird sicher auch Schmuck mögen", schmunzelte Winkler.

Kara lächelte, strich mit den Fingern über ihre Keramikkette. „Den Schmuck hat Andreas gemacht. Er ist sehr schön."

„Seit wann kannst du töpfern?", murmelte Vater Winkler.

„In der Not kann der Mensch vieles." Er begann zu erzählen, was er alles mit Kara unternommen hatte.

„Andreas kann sehr, sehr viel", bestätigte Kara stolz. „Aber Tiere mit Beinen muss Kara töten und das Fell abziehen."

Er hauchte ihr einen Kuss auf die Wange. „Ja, du bist die Jägerin und ich der Angler."

„Andreas kocht und bäckt." Sie zeigte auf den Kuchen, der regen Zuspruch erhielt. „Ich muss es lernen."

Mutter Winkler schmeckte es ausgezeichnet. „Aus welchem Backbuch stammt das Rezept?"

Andreas tippte an seine Stirn. „Das Rezept steckt irgendwo da drin und kam heute früh plötzlich raus, wie so viele Dinge in den letzten Jahren. Kara hat mich beflügelt, ihr immer neue Dinge aus unserer Welt beizubringen."

„Was hat sie für Narben an den Handgelenken?", fragte die Eltern.

Kara versteckte sofort ihre Hände unter dem Tisch. Andreas zog eine wieder hervor und streichelte sie zärtlich. Er erzählte von jenem Tag, als er Kara kennenlernte. „An den Narben bin sicher ich schuld", gab er zu. „Ich konnte sie nur retten, indem ich sie mir schnell an den gefesselten Händen auf den Rücken hängte."

Kara schüttelte wild den Kopf. „Nein, du bist nicht schuld! Kara ist nicht tot. Alles ist gut. Nicht schuld. Nein. Nein."

„Für ihre Rettung wird sie Andreas ihr ganzes Leben lang dankbar sein", schmunzelte Professor Helmbrecht. „Zumal er sie nicht als Sklavin erbeutet hat, sondern als Partnerin und das ist völlig ungewöhnlich für ihre Welt."

„Wenn ich könnte, dann würde ich sie vom Fleck weg heiraten", erklärte Andreas sehr ernst.

„Was ist heiraten?" Kara zupfte ihn vorsichtig am Ärmel.

„Dann gehöre ich für immer zu dir und du für immer zu mir. Niemand kann einfach sagen, ich nehme dir deinen Schatz weg. Ich könnte nicht sagen, geh weg, ich will dich nicht mehr haben. Auch du könntest das nicht mehr zu mir sagen. Man gehört dann zusammen, solange man lebt."

Andreas nahm die Hände seiner Eltern. „Siehst du diese Ringe? Daran kann es jeder sofort sehen. Man muss keinen Ring tragen, aber fast alle tun es. Du wirst auch den Namen meiner Familie tragen und gehörst ganz fest dazu."

„Andreas?"

Nun musste sogar Andreas' Vater schmunzeln.

„Ich bleibe Andreas und du Kara, aber wir heißen noch dazu Winkler – Andreas und Kara Winkler."

„Oh!", murmelte Kara sichtlich verwirrt.

Andreas lächelte. „Hier haben alle Menschen zwei Namen oder mehr. Sie haben einen Rufnamen und einen Familiennamen. Ich bin Andreas von der Familie Winkler, also heiße ich Andreas Winkler."

„Wie stellst du dir das mit der Hochzeit vor?", fragte Andreas' Mutter. „Kara hat ja nicht mal Papiere."

„Hier komme ich ins Spiel", hakte Professor Helmbrecht ein. „Wenn wir dich plötzlich Kira nennen, wäre das sehr schlimm für dich?"

Kara schaute ihn aus unnatürlich großen Augen an. „Kira?"

„Hm, hm – Kira."

„Nein, nicht schlimm. Ich verstehe es aber nicht." Kara biss sich wieder auf die Unterlippe, wie immer, wenn sie gar kein Land mehr sah.

John Helmbrechts Gestalt straffte sich. „Okay. Ich habe die ganze Nacht überlegt, ob es richtig ist, was ich tun will. Ich bin Wissenschaftler, aber ich glaube auch an die Vorsehung oder das Schicksal. Ganz wie ihr wollt."

Er zog einen Pass aus der Tasche und legte ihn so auf den Tisch, dass alle Bild und Schrift erkennen konnten. Das Foto ähnelte Kara so verblüffend, dass Andreas danach fasste und das Dokument genau studierte. Nach ein paar Augenblicken legte er es kopfschüttelnd, aber mit hoffnungsvollem Blick wieder an die alte Stelle. Karas Augen waren noch größer geworden.

„Das sind die Dokumente meiner Enkelin, die vor vier Jahren vermutlich genau so umgekommen ist, wie mein Sohn und meine Schwiegertochter. Nur, dass ihre Leiche nie gefunden wurde. Die beiden anderen schon.

Ich brachte es bis heute nicht übers Herz, sie für tot erklären zu lassen. Sie hieß Kira. Wie gesagt, ich glaube an die Vorsehung, zumal das Alter ungefähr passen dürfte. Kira wäre jetzt 22." Helmbrecht seufzte.

Er legte Kara den Pass in die Hand. „Von jetzt an heißt du Kira Helmbrecht. Wenn dich Andreas heiratet, wirst du Kira Winkler heißen. Gib das hier Andreas. Er

165

wird sehr, sehr gut darauf aufpassen. Du darfst es niemals verlieren."

Kara verstand zwar nicht, was hier geschah, nur, dass es überaus wichtig sein musste. Sie streichelte Johns Arm. „Danke. Ganz, ganz sehr."

Helmbrecht lächelte. „Für uns bist du Kara. Wenn andere Menschen fragen, wie du heißt und wer du bist, dann sagst du: Kira Helmbrecht."

„Gut, Ich werde es lernen", versprach Kara, die Worte gewissenhaft setzend. „Ich bin Kira Helm …"

„… brecht", half ihr John.

„Ja. Ich bin Kira Helmbrecht."

„Genau. Du bist das Kind von meinem Kind", erklärte der Professor.

Jetzt fiel bei Kara schlagartig der Groschen. Das Kind von Johns Kind war tot und er nahm sie für dieses Kind in seine Familie auf. Jetzt war sie Kira von der Familie Helmbrecht. „Jetzt da drin!", sagte Kara aufatmend und tippte an ihren Kopf.

Die alten Winklers tauschten einen Blick. „Na, wenn der Junge so wild entschlossen ist, Kara zu heiraten, dann sollten wir wohl gleich alle miteinander ein paar Absprachen treffen."

Andreas lachte. „Mit Anfang dreißig wird es ja auch langsam Zeit, eine eigene Familie zu gründen."

„Das ist das eine", warf seine Mutter ein. „Jetzt, wo ich sicher weiß, dass du lebst, will ich nur noch, dass es dir gut geht. Mit Kara bist du wirklich durch alle Höhen und Tiefen gegangen. Sie kann nur die richtige Frau für dich sein."

„Nicht anders", bestätigte Andreas und küsste Kara so leidenschaftlich, dass Mutter Winkler vor Rührung feuchte Augen bekam. „Nur können wir nicht garantieren, dass ihr irgendwann Enkel haben werdet. Ob die genetischen Details wirklich passen, werden wir irgendwann herausfinden."

„So gravierend sollten die Unterschiede eigentlich nicht sein", grübelte Helmbrecht laut.

Andreas war froh, dass Kara nicht verstand, worum es soeben ging. Sie wäre mindestens tomatenrot angelaufen.

„Mir fällt es wirklich extrem schwer, zu begreifen, dass sie aus einer so weit entfernten Zeit stammt", gab Mutter Winkler zu. „Es zu akzeptieren, ist kein Problem."

Andreas wiegte den Kopf. „Ich habe, seit wir hier sind, ein ganz anderes Problem. Hinter jeder Ecke und nach jedem Schritt vermute ich ein Zeittor, das mich wieder zurück oder wo ganz anders hin werfen könnte. Und davor habe ich Angst, schlicht und ergreifend – Angst."

Kara fasste, auch, wenn sie nicht verstanden hatte wovor, sofort nach Andreas' Hand. Egal, was passiert, ich werde mit dir und um dich kämpfen, sagte ihr Blick.

„Na ja, so ganz geheuer ist mir mein Vorgarten auch nicht mehr", gestand der Professor. „Inzwischen glaube ich auch einige der wilden Geschichten über Stonehenge. Hier ist ja praktisch das Gleiche geschehen und vor meinen Augen jemand aufgetaucht, der seit Jahren verschollen war.

Und nicht nur das! Bei mir hat sich sogar ein ganzes Haus mit seinen Bewohnern materialisiert. Dabei ist der magische Kultort einige Kilometer entfernt und ich dachte immer, hier sei es sicher. Oder fast sicher", präzisierte er einen Moment später. „Dieses Anwesen habe ich nämlich auch unter ziemlich mysteriösen

Umständen sehr preiswert zum Kauf angeboten bekommen."

Andreas klopfte John auf die Schulter. „Bloß gut, dass Sie es genommen haben! Andere hätten Kara und mich gleich frei Haus als Laborratten an die Amis ausgeliefert."

„Ekelhafter Gedanke", brummte Vater Winkler und schüttelte sich.

„Ach, reden wir lieber von schönen Dingen", rief Andreas. „Zum Beispiel von der Hochzeit." Er zog das Handy aus der Tasche, rief den Kalender auf und schlug einen Samstag nach Ablauf von genau drei Monaten vor. „Da ist Zeit, alle Papiere zu ordnen, für Kara ein wundervolles Brautkleid zu kaufen und bis dahin haben wir uns auch an das zivilisierte Leben gewöhnt."

Alle stimmten freudig zu und so erklärte er Kara, dass sie, wenn der Mond noch drei Mal rund und voll war, Kira Winkler werden würde. Er beschrieb ein großes Fest mit vielen Menschen, mit Musik und Überraschungen. Kara zeigte auf Mutter Winklers Ring.

„Natürlich bekommst du auch einen Ring", schmunzelte Andreas. „Und bis dahin musst du sehr viel lernen. Du musst nämlich deinen Namen schreiben können."

„Ja. Ja, ich werde sehr, sehr viel lernen", versprach Kara mit strahlenden Augen.

Andreas küsste sie. „Ich bin sehr stolz auf dich."

„Das soll auch so bleiben!", rief Kara.

Mutter Winkler überkam es einfach. Sie ging auf die andere Tischseite und nahm Kara ganz fest in die Arme. Das Mädchen aus der Urzeit war wohl der bedeutendste Grund, aus dem Andreas den Albtraum so gut überstanden hatte. Kara erwiderte glücklich diese Geste und die Männer tauschten sehr zufriedene Blicke.

Besonders Vater Winkler fielen ganze Gebirge vom Herzen. Die letzten Jahre waren die Hölle gewesen, weil sich seine Frau immer mehr in sich selbst zurückgezogen hatte.

Erst die Nachricht, Andreas sei noch am Leben, hatte sie aus ihrer Lethargie geweckt. Und nun bekam sie noch eine ganz patente Schwiegertochter dazu, die so manches Mädchen aus der heutigen Zeit locker in den Schatten stellen konnte.

Den schnellsten Beweis trat sie gerade an, indem sie in der Maschine Kaffee ansetzte, obwohl sie es nur ein einziges Mal gesehen hatte. Andreas stand nur pro forma daneben, um notfalls eingreifen zu können.

Alten Filter raus, neuen Filter rein, für jede Person einmal auf den Spender drücken und Wasser in den Tank füllen, bis zu dem Zeichen Kringel mit Schwänzchen nach oben, was andere als die Zahl Sechs bezeichnet hätten. Nun Knopf drücken und abwarten, bis die dunkle Brühe mit lautem Blubbern in der Glaskanne landete.

„Bleibt mir nur, dann auszuschenken", schmunzelte Andreas, als sie wieder am Tisch saßen. „Alles, was mit Essen und Trinken zu tun hat, speichert sie sofort ab."

Kara lachte. „Stimmt!" Dann wurde sie ernst. „Ich weiß, was schlimmer Hunger ist."

Andreas streichelte ihre Hand, worauf Kara sofort strahlend lächelte.

„Bei Andreas immer viel Essen für Kara. Andreas kocht sehr lecker."

Er schmunzelte. „Ganz ohne Zucker und Salz, weil es das bei uns nicht gab. Dafür mit Honig und Kräutern."

„Mit Hamsterfett und Wildschweinspeck", fügte Kara noch hinzu.

„Oh je", murmelte Mutter Winkler. „Ich wäre entweder verhungert oder hätte mich versehentlich mit irgendwas vergiftet."

„So ein Botaniker ist eine feine Sache", witzelte Vater Winkler, seinem Sohn auf die Schulter klopfend.

Andreas nahm Karas Hand. „Ohne meine kampfbereite Jägerin, hätte ich das Abenteuer trotzdem nicht überlebt." Er zog den Ärmel des Shirts etwas nach oben.

„Oh, mein Gott! Das sieht ja furchtbar aus!" Mutter Winkler schlug die Hände vor das Gesicht.

„Nur Kara weiß wirklich, was und wie es passiert ist. Sie hat mich halb tot nach Hause geschleppt, mitsamt einem Hirschkalb, wegen dem der ganze Schlamassel passierte."

Ausnahmslos alle schauten die zierliche Frau neugierig an.

„Große Katze, von da bis da, dann Schwanz", erklärte Kara, die Tischlänge anzeigend, wobei das noch ziemlich kurz bemessen war. „Von Baum auf Andreas gefallen. Kara mit Speer Katze …" Sie stieß mit den Armen immer wieder vor. „Katze so!" Sie zeigte ihre, wie Krallen gekrümmten, Finger und die Narben, die sie selber davongetragen hatte.

„Dann Speer in Nase und Katze weggelaufen zu Katzenkind. Alle weg und Hirsch alleine gelassen. Andreas krank und nicht helfen Kara. Kara Hirsch und Waffen getragen und nach Brücke auch Andreas. Ein Stück Hirsch, ein Stück Andreas. Immer sehen, nicht wegnehmen Tiere Andreas, nicht wegnehmen Hirsch. Zu Hause Andreas sehr krank und Kara große Angst."

Sie nickte heftig. „Kara jetzt nicht alles richtig gesagt, aber da alles richtig gemacht."

„Zweifellos. Sonst hätte er es sicher nicht überlebt", bestätigte sein Vater. „Du bist sehr tapfer."

„Andreas hat gemacht, dass Kara lebt und Kara hat gemacht, dass Andreas lebt. Ich bin immer für Andreas da und Andreas für Ka … für mich", verbesserte sie schnell.

„Ist es sehr schwer, diese Sprache zu lernen?", fragte Mutter Winkler.

Kara nickte. „Ja, sehr schwer. Aber Andreas sagt, Kara muss auch schreiben lernen. Kara macht das. Nein. Ich mache das. So richtig."

Mutter Winkler nahm Karas Hand. „Du hast das richtig gesagt und du schaffst das auch mit dem Schreiben."

Kara spähte nach dem Kugelschreiber in Johns Brusttasche. „Mit so was kann Andreas Bilder malen. Darf ich sie holen?"

„Ja, das darfst du", schmunzelte Andreas. „Es sind nur ein paar schnelle Kritzeleien", erklärte er den anderen.

Kara kam zurück und legte ihm den Block und die vielen losen Blätter fast übervorsichtig hin. „Das ist alles sehr, sehr schön", schwärmte sie, noch bevor er die erste Zeichnung herumreichte.

„Von wegen Kritzeleien! Das sind Kunstwerke!", rief Helmbrecht sofort, als er die Detailstudien von Kara in den Händen hielt.

„Nur von Andreas gibt es kein Bild", sagte Kara leise. „Ich kann nicht malen."

„Dafür kannst du andere Sachen", tröstete er sie. „Jeder Mann würde neidisch werden, weil du bei der Jagd besser bist. Du bist treffsicher, wie die besten

Filmindianer. Du kannst die Häute deiner Beute gerben und wundervolle Kleidung aus dem Leder nähen. Hier ist der Beweis!" Andreas zog das Bild von der Hamsterjagd hervor, das den Speer mit Habicht und Hamster zeigte. „Zwei auf einen Streich", witzelte er.

„Der Vogel hat unseren Hamster geklaut", rief Kara entrüstet. „Da habe ich ihn mir zurückgeholt und den Vogel gleich mit. Andreas hat die Körner vom Hamster ausgegraben und ganz viel Mehl daraus gemacht, für ganz viel Fladenbrot. Die Federn vom Dieb sind hinten an unseren Pfeilen."

Vater Winkler lachte. „Eine resolute Frau, die ganz genau weiß, was sie will."

„Was meint du", wandte sich Mutter Winkler an Andreas, „würde Kara auch in ein Auto steigen?"

„Da war ich schon drin", lachte Kara fröhlich. „Das brummt laut und läuft schnell wie ein Hirsch. Es ist sehr stark und trägt alle Beutel von John und Andreas und Kara hinten in einer Tür."

Die Winklers wechselten erstaunte Blicke.

„Absolut fantastisch erklärt!", rief John überrascht.

Mutter Winkler schaute in die Runde. „Dann könnten wir doch morgen nach Andover fahren und nach einem Brautkleid Ausschau halten? Länger als zwanzig Minuten fährt man doch nicht, wenn ich mir das richtig gemerkt habe."

Kara hatte nicht viel verstanden und so fragte Andreas: „Möchtest du morgen noch einmal in einem großen Haus einkaufen gehen?"

Sie presste die Lippen aufeinander. „Ich weiß nicht."

Andreas blinzelte. „Wollen wir Geld für ein schönes Kleid zur Hochzeit eintauschen, damit du Kira Winkler werden kannst?"

Kara bekam wieder riesengroße Kulleraugen und nickte heftig. „Ah, ja – Einkaufen ist Geldeintauschen. Ja, ja, ich möchte das. Bitte."

Vater Winkler zuckte lustig mit den Schultern. „Welche Frau kauft nicht gerne ein?" Irritiert hielt er inne, weil Kara plötzlich ein nachdenkliches Gesicht zog.

„Was hast du?", fragte Andreas sofort.

Kara knetete ihr Ohrläppchen. „Ist genug zum Tauschen da? Weil man es doch nicht sehen kann", fügte sie, erklärend und wie um Entschuldigung bittend, hinzu.

„Das Kleid und was sonst noch dazugehört bekommst du von uns!", rief Mutter Winkler sofort. „Das traurige Gesicht kann ja glatt einen Stein erweichen!"

„Oh", seufzte Kara.

Die Männer lachten. Das Mädchen aus der Urzeit war völlig hin und weg. So eine freundliche Aufnahme in eine fremde Sippe schrie förmlich nach allen Superlativen, zu denen ihr aber komplett die richtigen Worte fehlten.

Sie hatte es oft genug erlebt, dass es die jungen Frauen sehr schwer hatten. Sie wurden von den Müttern ihrer Männer argwöhnisch beäugt und nicht selten in der Rangordnung ganz hintenangesetzt. Von Andreas' Familie wurde sie nun genau so liebevoll angenommen, wie er es getan hatte.

Der Professor ergriff ihre Hand. „Opa John wird sich um die schönste Feier kümmern, die es hier je gegeben hat!"

„O-pa John?", wiederholte Kara leise. „Was ist das?"

„Du bist doch jetzt das Kind von meinem Kind", erklärte John.

„Ja, ich bin das Kind von deinem Kind und heiße Ka … nein, Kira Helmbrecht."

„Sehr richtig!" John und Andreas wechselten stolze Blicke. Kara lernte in der Tat unglaublich schnell. „Nun", fuhr John fort und malte ein Strichmännchen, „das ist Kara." Er malte noch Männchen. „Das ist der Papa von Kara." Und zuletzt noch ein Figürchen. „Das ist der Papa vom Papa von Kara. Der Papa vom Papa heißt bei uns Opa."

„Ich glaube, das war zu viel an Information", befürchtete Vater Winkler.

Kara nahm das Blatt, taxierte die Reihe und tippte ein Männlein nach dem anderen an: „Andreas, Papa, Opa."

„Phänomenal", hauchte Mutter Winkler.

„Und wie heißt die Mama von der Mama?", fragte Kara sofort.

„Die heißt Oma", verriet Andreas.

„Oma?"

„Ja, die heißt Oma."

Kara nickte. „Andreas, Mama, Oma. Andreas, Papa, Opa. Kara, Mama, Oma. Kara, Papa, Opa John."

„Alles richtig!" Andreas drückte Kara glücklich an sich.

John konnte sich mit bestem Gewissen verabschieden. Seine Arbeit im Labor rief lauthals nach Erledigung.

Kara räumte den Tisch ab, Andreas sortierte das Geschirr in den Spüler, dann führten sie ihre Gäste hinunter in den Garten, um ihnen das Häuschen zu zeigen, in welchem sie zusammen gelebt hatten.

„Das hast du allein gebaut?", staunten Andreas'
Eltern.

„Mir blieb nichts weiter übrig", schmunzelte der.
„Wie ich schon sagte, in der Not kann der Mensch
vieles."

Kara präsentierte ihnen die Jagdwaffen, die vielen
Felle und halb fertigen Schnitzarbeiten aus den Knochen der verschiedenen Tiere, zu welchen sich Andreas
manchmal abends hinreißen ließ. „Mein Schmuck ist im
großen Haus", verriet sie. „Andreas hat mir sehr viele
schöne Sachen geschenkt."

Vater Winkler hatte natürlich die tiefen Kratzer von
außen an der Tür bemerkt. Und Kara sprudelte die
ganze Geschichte förmlich heraus. Andreas erzählte
von seiner Trophäenkette. „Die ist natürlich auch in
der Wohnung sicher verwahrt", fügte er lachend hinzu,
weil Kara vor lauter Aufregung in ihre Sprache gefallen
war, die hier natürlich keiner verstand.

„Oh", sagte sie, als sie es bemerkte und grinste vergnügt.

Die Winklers begannen daraufhin ebenfalls, herzhaft
zu lachen. Kara stimmte ein.

„Schade ist, dass unsere Beete und Karas wundervolle
Orchidee nicht mit in diese Zeit gekommen sind",
seufzte Andreas. „Auch die Bank, die vor dem Häuschen stand und unser WC sind weg."

„WC?", Vater Winkler glaubte, sich verhört zu haben.

„Kein Irrtum. Ich hatte tatsächlich eine Toilette mit
Wasserspülung kreiert", berichtete Andreas und
beschrieb den Aufbau. „Wir haben für die damaligen
Verhältnisse sehr futuristisch und absolut komfortabel
gelebt. Karas Sippe hockte noch in primitiven Leder-
zelten und wanderte den Beutetieren hinterher."

„Andreas hat mich verwöhnt", erklärte Kara, wobei sie ihn fragend anschaute, ob sie es richtig gesagt hatte. Dabei zog sie ihre gummierten Stiefel unter dem Regal vor.

„Wir wussten uns recht gut zu helfen." Andreas stupste Kara mit dem Finger auf die Nase.

Vater Winkler schüttelte staunend den Kopf. „Das scheint mir allerdings auch so."

„Vielleicht waren wir ja zu gut und mussten weg, damit wir den Lauf der Geschichte nicht veränderten. Also hat man uns lieber gemeinsam gehen lassen."

„Interessanter Gedankengang", flüsterte Vater Winkler. „Ich habe früher nie an Zeitphänomene und Portale geglaubt. Seit ein paar Stunden allerdings ..." Er sprach den Satz nicht zu Ende. Die Erkenntnis erschreckte ihn wohl selber.

„Gehen wir zurück", bat Mutter Winkler, „mir ist das hier alles unheimlich. Ich habe fast Angst, die vielen Felle könnten sich plötzlich wieder mit Leben füllen."

Andreas nickte und verriegelte von außen die Tür. Oben, in der hellen freundlichen Wohnung, entspannte sich Mutter Winkler recht schnell und bewunderte die vielen Schmuckstücke, die Kara mit strahlenden Augen auf dem Tisch ausbreitete. Zu jedem erzählte sie haarklein, wie es entstanden war und welche kleinen und großen Dramen sich darum rankten.

„Du sprichst wirklich schon ganz ausgezeichnet Deutsch", lobten die Winklers Karas flammende Worte.

Beim anschließenden Abendbrot, zu dem auch John eingeladen wurde, gab es die vielen Spezialitäten aus der Urzeit, die Andreas und Kara mitgebracht hatten. Eine komplette Probe von allem hatte John schon am Vortag in Sicherheit gebracht und ließ es sich schmecken. Die Katzenwurst empfand er auch als recht fad, wogegen er die Wildschwein- und Hirschwurst als sehr delikat bezeichnete.

Kara hob in einer plötzlichen Eingebung den Kopf. „Du, John." Sie dehnte die Worte, wie immer, wenn ihr ein Problem durch den Kopf ging, das in einer Bitte gipfelte. „Darf ich auf den Beeten helfen?"

„Wie? Was?", fragte der Professor etwas desorientiert.

„Auf den Beeten mit dem Korn. Unser Garten ist weg." Kara knabberte wieder an ihrer Lippe.

Andreas legte ihr tröstend den Arm um die Schulter. „Natürlich darfst du uns helfen. Ich weiß doch, wie sehr du dich freust, wenn alles prächtig wächst und gedeiht. Und niemand hat mehr Ausdauer beim Unkrautzupfen als du."

John nickte erfreut. „Emilia hat einen Kräutergarten hinter dem Haus. Ihr kannst du sicher auch helfen."

„Oh!", seufzte Kara ganz verzückt und die Winklers schmunzelten.

„Dann muss ich mir auch keine Sorgen machen, dass du dich langweilen könntest", erklärte Andreas.

Die Freude darüber, dass sie auch in dieser Welt, wo es das Essen zu kaufen gab, eine wichtige Aufgabe bekommen sollte, ließ Kara nachts von einem großen Garten träumen, in dem alles wohlgeordnet wuchs.

Am nächsten Morgen deckte Kara den Tisch, rief sich ins Gedächtnis, wie die Kaffeemaschine funktionierte und ließ sich von Andreas aufmalen, was am Kurzzeitwecker einzustellen sei, wenn man wirklich leckere Frühstückseier haben wollte. Der Anblick der vollen Eierpackung ließ Karas Augen glänzen.

Am Tisch fragte sie natürlich Andreas wieder Löcher in den Bauch und Vater Winkler erzählte ihr schließlich alles über Hühner. Er malte sogar eine Henne und einen Hahn auf.

„Oh!", staunte Kara. „Ja, ja, die kenne ich!"

„Woher?", fragte Andreas vollkommen überrascht.

„Vom Auto!", rief Kara stolz. „Schäfe … nein, Schafe, Hund und Vogel gesehen. Vogel braun und rot auf dem Kopf." Sie zeigte auf den Kamm.

„Du hast recht! Wir sind wirklich an Hühnern vorbei gefahren", bestätigte Andreas. „Die legen jeden Tag Eier."

„Jeden Tag?"

„Jeden Tag."

„Hmmm, lecker!" Kara rieb sich den Bauch. „Vogel nicht braten, dann keine Eier mehr."

„Leckermäulchen", kicherte Andreas.

Mutter Winkler blinzelte Kara zu. „Aber vollkommen logischer Gedankengang. Keine Henne, kein Ei."

„Kein Ei, kein leckerer Kuchen", überlegte Kara weiter, worauf auch Vater Winkler zu lachen anfing. Wenn Kara irgendwann vielleicht lesen lernen würde, dann wäre wohl kein Back- oder Kochrezept vor ihr sicher.

„Ja. Ja, Kara muss üben. Erst schreiben und dann lesen." Sie stutzte. „Ich muss üben", verbesserte sie sich.

Mutter Winkler nickte heftig. „Und ich helfe dir dabei. Heute Abend probieren wir ein bisschen."

„Danke!", strahlte Kara.

„Wir kaufen dann gleich Hefte und aus dem Internet lade ich Übungsmaterial für die erste Klasse runter", versprach Andreas.

Ein schönes Kleid, Stifte und Papier? Kara flog nach dem Tischabräumen dem Auto regelrecht entgegen. Andreas schüttelte amüsiert den Kopf.

Kara trug heute Jeans, ein lindgrünes T-Shirt und Sandalen, sah darin einfach großartig aus und niemand ahnte, welche Mühe es Andreas bereitet hatte, ihr die vielen ungewohnten Kleidungsstücke in der richtigen Reihenfolge anzuziehen.

Besonders mit Unterwäsche tat sich Kara ziemlich schwer. Seufzend zog sie sie schließlich doch noch an, weil sie unbedingt den Frauen hier gleichen wollte, um nicht aufzufallen.

„Ohne darf man auch keine Kleider anprobieren", erklärte Andreas.

Kara zog einen Flunsch. „Hm, ja, hab es vergessen." Sofort erinnerte sie sich wieder daran, wie John etwas für sie besorgt hatte, damit ihr Andreas ihre ersten Jeans kaufen konnte.

Der Gurt im Leihwagen der Winklers sah zwar etwas anders aus, aber Kara fand nach kurzem Nachdenken heraus, wie er eingeklickt werden musste. Andreas schmunzelte. Alles, was ihr Spaß machte, wurde ganz offensichtlich blitzschnell fest eingespeichert. „Bereit?", fragte er lachend.

„Ja", erhielt er mit strahlendem Lächeln zu Antwort.

Kara schaute wie gebannt aus dem Fenster, als der Wagen ansprang und langsam aus dem Grundstück rollte. Mutter Winkler betrachtete weniger die Landschaft, sondern beobachtete viel mehr ihre zukünftige Schwiegertochter. Sie mochte diesen quirligen Sonnenschein aus der Urzeit. Andreas wiederum beobachtete durch den Spiegel in der Sonnenblende seine Mutter, deren Mimik eindeutiges Wohlwollen ausdrückte.

„Ah! Da sind die Vögel mit den Eiern!" Kara tippte Andreas auf die Schulter. In einem Hof wimmelten tatsächlich weiße und braune Hühner durcheinander.

Kurz vor Andover kamen ihnen ein Lastwagen und ein Reisebus entgegen. Kara klebte buchstäblich an der Scheibe und verrenkte sich fast noch das Genick, um den riesigen Fahrzeugen hinterzuschauen. Das war einfach nur unglaublicher Zauber.

Andreas erklärte, dass das Essen mit solchen Autos zu den Märkten gebracht wurde und all die anderen Dinge, die Kara gesehen hatte. Vater Winkler steuerte eine Tankstelle an. Kara entging nicht die kleinste Bewegung, die er nach dem Aussteigen machte.

„Was passiert mit dem Auto?", fragte sie, als die Tankpistole in Aktion trat.

„Du musst trinken und essen, damit du leben kannst. Das Auto bekommt neues Benzin, damit es fahren kann", erzählte Andreas.

„Und das da?" Kara zeigte auf den Zähler an der Zapfsäule.

„Das Gerät zählt, wie viel das Auto jetzt bekommt und sagt uns, was wir von der Geldkarte dafür eintauschen müssen."

Kara erschrak. „Halt an, halt an", flüsterte sie, als könne sie die Anzeige beschwören. „Oh je! Dafür muss man bestimmt ganz, ganz viel eintauschen!"

„Das ist wohl wahr", seufzte Mutter Winkler. „Autofahren ist teuer."

„Und wir müssen uns erst mal eins kaufen", erwiderte Andreas.

„Muss man hier ein Auto haben?", wollte Kara wissen.

„Nein, aber ohne Auto braucht man sehr, sehr viel Zeit."

„Das verstehe ich nicht." Kara zog die Augenbrauen zusammen.

Andreas streichelte ihre Wange. „Du wirst es merken, wenn ich für John arbeite, was es bedeutet, keine Zeit zu haben."

Kara nickte. Diese Welt war ihr ein Buch mit sieben Siegeln und sie wusste nicht, ob sie jemals wenigstens eines davon lösen konnte. Aber aufgeben war nicht. Sie hob den Kopf. „Ich werde es lernen!"

„Ganz sicher", freute sich Andreas.

Lernen, lernen, nochmals lernen

Einige hundert Meter weiter stellten sie das Fahrzeug auf einen Parkplatz und schlenderten an unzähligen Schaufenstern vorbei. Ein Auto hupte und Kara schaute sich erschreckt um, wobei ihr die Geschäfte auf der anderen Straßenseite ins Blickfeld kamen.

„Oh", murmelte sie ihr Lieblingswort, „das Kleid ist sehr schön."

„Wirklich? Welches denn?" Andreas folgte ihrem ausgestreckten Zeigefinger. „Ach, da hast du genau das gefunden, was wir suchen", lachte er. „Das ist ein Hochzeitskleid."

Rasch überquerten sie die Straße. Je näher sie kamen, umso größer wurden Karas Augen. Das war kein Kleid, das war ein Traum! Blütenweiße Seide mit Spitze und aufgestickten Perlen. Wie festgewachsen blieb sie stehen und staunte.

Andreas musste sie mit sanfter Gewalt in den Verkaufsraum ziehen. Dort waren unzählige Kleider ausgestellt. Kara schaute sich jedes eingehend an, verglich es mit dem aus dem Schaufenster und seufzte.

„Ich glaube, sie hat sich auf den ersten Blick in das Prachtstück da draußen verliebt", schmunzelte Vater Winkler.

„Oh, ha!" Andreas hatte sehr wohl den Preis gesehen und nun kratzte er sich mit einer leidenden Miene am Ohr.

„Du musst es doch nicht bezahlen!", kicherte seine Mutter und wandte sich an den Verkäufer. „Ich hätte gern das wundervolle Exemplar aus der Auslage, in den Maßen der jungen Dame hier."

„Das ist ein Einzelstück", erhielt sie zur Antwort.

„Umso besser. Dann machen sie es passend."

Kara traute sich kaum, sich zu bewegen, als ihr Andreas und seine Mutter beim Ankleiden halfen.

„Wahnsinn", erklärte Andreas. „ich kann es kaum erwarten, dich in diesem herrlichen Stück neben mir gehen zu sehen."

Das Kleid musste geringfügig enger und kürzer gemacht werden. Ehe es aber endgültig abgesteckt wurde, bekam Kara noch weiße Schuhe mit einem kleinen Keilabsatz, damit die Länge auch wirklich stimmte.

„Sie können es in einer Woche abholen", versprach die Schneiderin.

Andreas suchte sich einen schwarzen Anzug mit dunkel geblümter Seidenweste heraus, schwarze Schuhe und schwarze Fliege.

„So, das geht alles auf unsere Rechnung", stellte Vater Winkler sofort klar.

„Bleibt mir nur, Ringe und Schmuck für meine wunderschöne Braut zu kaufen", schmunzelte Andreas.

Kara war wie in Trance. Sie konnte nicht fassen, dass solche Pracht nur für einen einzigen Tag bestimmt war.

„Es soll der schönste Tag im ganzen Leben sein", verriet Mutter Winkler und Kara strahlte. „Ja, das glaube ich."

Bei den Ringen brauchte sie erheblich länger, um sich entscheiden zu können. Am Ende zeigte sie auf ein Paar mit eingravierten Blumenranken.

„So soll es sein", bestätigte Andreas. „Nun schauen wir noch nach einem Collier und Ohrringen."

Andreas fand recht schnell den Schmuck ganz nach seinen Vorstellungen, nur gab es die Ohrringe nicht mit

Clip. Kara schaute seine Mutter an, die Ohrlöcher hatte.

„Kann ich das auch haben?", fragte sie zaghaft.

„Gern, wenn du möchtest", antwortete Andreas ziemlich erstaunt.

„Schräg gegenüber ist ein Piercingstudio, das sehr gut arbeitet", verriet der Verkäufer. „Dann klappt es in drei Wochen auch mit diesen Ohrringen."

„Wir haben sogar fast drei Monate", überlegte Andreas. „Okay, dann lassen wir die Löcher sofort stechen."

Kaum, dass die Einkäufe bezahlt waren, suchten sie das Studio auf. Der junge Mann hörte sich die Wünsche an, füllte ein Blatt Papier aus und reichte es Kara. „Sie müssen unterschreiben, dass ich Ihnen die Löcher stechen darf. Sonst wäre es Körperverletzung."

„Ich … ich kann nicht schreiben", hauchte Kara resigniert.

„Wie?" Der Inhaber des Shops schaute Kara ungläubig an.

Andreas legte ihren Pass auf den Tisch. „Sie sagt die Wahrheit. Sie hatte aufgrund eines schweren Schocks eine vollständige Amnesie und erinnert sich nur langsam an das, was sie einmal konnte."

„Na gut. Gestatten Sie, dass ich mir eine Kopie des Passes zur Sicherheit ziehe?"

„Ja, natürlich", sagte Andreas sofort und atmete auf. „Ist schon gut", wandte er sich an Kara. „Nun kannst du deine Ohrlöcher bekommen. Alles wird gut." Er reichte dem Inhaber seine Visitenkarte. „Wenn es irgendwelche Fragen geben sollte, dann wenden Sie sich bitte an mich oder Professor John Helmbrecht, den Großvater meiner Lebensgefährtin."

„Geht in Ordnung. Schreiten wir zur Tat. Wollen Sie Stecker oder lieber Creolen für den Anfang haben?"

„Creolen", legte Andreas fest. „Damit liegt es sich besser."

Wenige Minuten später war Kara stolze Trägerin goldener Creolen, mitsamt der dazu nötigen Löcher.

„Es wird ein paar Tage ein bisschen weh tun, aber man überlebt es", tröstete sie Mutter Winkler.

„Für Andreas überlebe ich alles", versprach Kara und blinzelte ihr zu. Sie hatte sich die ganze Prozedur viel schmerzhafter und langwieriger vorgestellt und ziemlich erstaunt in den Spiegel gesehen, als es nach zwei Wimpernschlägen schon erledigt war.

Logisch, dass sie nun unterwegs jede Frau taxierte und feststellte, dass beinahe alle Ohrringe trugen und überdies auch Männer damit geschmückt waren. Sogar welche mit riesigen Rollen in den Ohren sah sie und Andreas erzählte ihr, dass diese seltsamen Schmuckstücke Tunnel Plugs hießen und mitunter gigantisch groß sein konnten.

„Du siehst ohne das sehr gut aus", sagte Kara sehr ernst und fuhr ihm zärtlich durch das kurze Haar, welches ihr an ihm auch viel besser gefiel, als die wilde Mähne aus der Vergangenheit.

„Sie hat wirklich guten Geschmack", stellte Vater Winkler zufrieden fest und machte mit dem Handy ein Bild von den beiden Turteltauben, die nach wie vor miteinander schmusten, als sei es der erste gemeinsame Tag.

In einem gemütlichen Restaurant aßen sie zu Mittag und Kara lernte etwas über Dienstleistungen und, dass selbige sehr teuer sein konnten.

Auf dem Rückweg zum Auto legte sich Mutter Winkler noch diverse Kleinigkeiten zu, wie sie es nannte. Kara überlegte ernsthaft, wozu jemand eine Tasche brauchte, wenn er doch schon eine in der Hand hielt.

Dann fiel ihr das Schmuckkästchen ein, in welchem sich einige Ketten befanden, obwohl sie eine trug, und musste grinsen. Unbewusst fasste sie danach und Andreas brach in schallendes Gelächter aus. Karas Mimik war allzu deutlich gewesen.

„So sind Frauen", witzelte er. „Die Tasche und der Schmuck muss immer zur Farbe der Kleidung passen und möglichst auch noch zu den Schuhen."

„Verstanden", kicherte Kara.

„Ooops!" Andreas mimte den Erschrockenen.

Vater Winkler lachte ebenfalls. „Das hast du nun davon!"

Kara winkte ab, zeigte ihre leeren Hände. „Ich habe nichts zum Tauschen."

Sofort wurde Andreas ernst. „Sag mir, wenn du etwas haben möchtest. Dann überlegen wir gemeinsam, ob wir es kaufen können. Später, wenn du in dieser Welt richtig Bescheid weißt, bekommst du Taschengeld, womit du machen darfst, was dir gefällt. So, nun besorgen wir erst einmal die Hefte und Stifte, damit du es auch wirklich lernen kannst, mit Geld umzugehen."

Andreas fragte im Buchladen gleich gezielt nach deutschem Material.

„Oben haben wir eine kleine antiquarische Abteilung", sprach die Verkäuferin, „Da finden Sie vielleicht auch solche Spezialitäten."

So kam es dann auch. Die Bücher waren wohl mehr als ein Mal im Gebrauch gewesen, kosteten aber fast nichts. Also erstand Andreas im Schreibwarenladen noch selbstklebende durchsichtige Buchfolie, Klebeband und diversen Kleinkram, um die losen Seiten für Kara wieder zu einem richtigen Buch zusammensetzen zu können, mit dem es sich auch wirklich arbeiten ließ.

Seine Mutter blinzelte verschwörerisch, als sie dickes Bunt- und Krepppapier einpackte, nebst Schleifenband. Während die anderen noch schnell den Supermarkt heimsuchten, machte sie einen Abstecher in eine andere Richtung, ohne, zu verraten, wohin. Sie stand auch schon am Auto, als sie kamen, und trug etwas Großes, Eingepacktes in der Hand, das sehr zerbrechlich zu sein schien.

„Absolute Vorsicht", mahnte sie, als es ihr Vater Winkler abnahm, um es im Kofferraum zu verstauen.

Kara saß im Auto und lächelte glücklich. Niemand in der großen fremden Stadt hatte gemerkt, dass sie nicht wie die anderen Frauen war.

Andreas' Vater hatte sich eine Überraschung für Kara ausgedacht. Er hielt einfach da noch einmal an, wo die vielen Hühner herumliefen, und bat den Bauern, Kara in den Stall zu führen, weil sie von weit her stamme, wo es keine Hühner gab. Der Obolus, mit dem er winkte, schmolz sofort jegliches Eis und Kara durfte sogar ein paar Eier aus den Nestern und mit nach Hause nehmen.

„Noch frischer geht es nicht", kommentierte das Mutter Winkler.

Emilia, Johns Haushälterin, bat alle zum 16 Uhr Tee in den großen Salon.

„Hast du wieder viel erlebt?", fragte John Kara.

„Ja. Sehr viel", bekam er zur Antwort und Karas Augen sagten noch viel mehr. Nämlich, dass sie alles erst wirklich verarbeiten musste, um darüber sprechen zu können.

Das hielt sie aber nicht davon ab, Emilia ein bisschen beim Austeilen des Kuchens zu helfen. Dann schaute sie nachdenklich hinterher, als Emilia, statt mit am Tisch Platz zu nehmen, aus dem Salon verschwand.

Warum behandelt John seine Frau so komisch, rumorte es in ihren Gedanken. Er nimmt sie nie in den Arm, lächelt sie nie liebevoll an und nie darf sie mit am Tisch sitzen. John ist doch sonst so nett. Vielleicht ist er mit ihr böse, weil sie nicht so gut Andreas' Sprache spricht? Oder ist sie seine Sklavin? Aber dafür ist er sehr gut zu ihr. Na ja, vielleicht verstehe ich es irgendwann.

„Du magst doch Geschenke?", fragte Andreas' Mutter plötzlich.

Kara nickt heftig. „Ja, die mag ich sehr."

„Und du bist immer noch traurig, weil deine schöne Orchidee weg ist?"

„Ja, sehr traurig. Die hat mir Andreas geschenkt und nun ist sie weg."

„Welche Farbe hatte sie denn?"

„Das kann ich nicht sagen", murmelte Kara und Andreas half: „Sie war gelb."

Vater Winkler kam zur Tür herein und reichte seiner Frau das zerbrechliche Päckchen, welches er zuletzt in den Kofferraum gestellt hatte. Mutter Winkler begann das Papier zu lösen und holte eine strahlend weiße Schmetterlingsorchidee mit riesigen Blüten und einem himmelblauen Keramikübertopf hervor.

„Die soll dir gehören, damit du nicht mehr traurig sein musst."

Kara seufzte überwältigt auf und wischte unzählige Freudentränen weg. Dann drückte sie Andreas' Eltern ganz fest an sich. „Ihr alle so lieb zu Kara."

Andreas strahlte ebenfalls über das ganze Gesicht. „Diese wundervolle Blume stellen wir auf das Fensterbrett im Wohnzimmer, damit du sie immer sehen kannst."

„Im Haus?" Kara riss überrascht die Augen auf.

Andreas stutzte kurz. „Hier würde die Pflanze sterben, müsste sie vor dem Haus stehen. Deshalb darf sie ins Haus hinein. Du musst ihr aber regelmäßig Wasser geben."

„Erklärst du es mir ganz genau?"

„Das mache ich!", versprach Andreas und streichelte die überglückliche Kara.

„So viel ist neu!", rief sie und hielt sich den Kopf.

Mutter Winkler machte sich Sorgen. „Oh weh! Und nun sollst du auch noch schreiben und lesen lernen und das möglichst schnell."

Kara kicherte. „Mit Andreas immer alles neu. Ich kenne das. Ich will das lernen, auch ganz schnell."

„Dann fangen wir morgen an. Die Männer schicken wir …"

„Angeln", beendete John Frau Winklers Satz.

„Dann gibt es leckeren Fisch", freute sich Kara.

„Und schon stehen wir in der Pflicht", witzelte Vater Winkler, der in seinem ganzen Leben noch nie geangelt hatte.

John Helmbrecht grinste breit. „Das dürfte kein Problem werden. Ich habe da hinten einen großen Teich, wo einem die Fische fast von allein in die Pfanne springen."

Die Frauen schauten sich an und zuckten mit den Schultern. Natürlich folgten sie den Männern hinaus, um sich den Teich anzusehen. Kara atmete ganz tief durch.

„Was hast du?", fragte Andreas sofort.

„Diese Fische darf man essen, die Fische beim Haus nicht. Die Eier von den Vögeln hier darf ich nicht aus dem Nest nehmen, die vom Huhn schon. Einmal zum Spaß, einmal zum Essen."

Andreas nahm sie in den Arm. „Es gibt viele Dinge, die auch für uns schwer zu verstehen sind. Man muss immer fragen, was man tun darf und was nicht."

„Ich merke es mir", flüsterte Kara. „Die Fische zum Spaß sind sehr schön. Die Fische zum Essen nicht so schön." Sie deutete auf einen graublauen Karpfen. „Aber der ist bestimmt lecker." Dann zeigte sie auf die Katze auf der anderen Seite. „Katze zum Spaß und auch nicht lecker."

John lachte. „Aber diese Katze kann man streicheln. Lizzy, come to me!", rief er und schnalzte mit der Zunge.

Lizzy schlich vorsichtig heran, rieb sich an Johns Bein und sprang ihm auf den Schoß, wo sie sich zusammenrollte und zu schnurren begann. Kara blieb der Mund offen stehen. Nach einer Weile hatte die Katze genug, streckte sich, taxierte Kara, stupste ihr das rosa Näschen mitten ins Gesicht und stellte sich mit den Vorderpfötchen auf ihren Oberschenkel.

„Sie will gestreichelt werden", sagte Andreas und kraulte das Kätzchen unterm Kinn.

Kara streckte ganz zögerlich die Hand aus. Alle Katzen, die ihr bisher nahegekommen waren, hätten sie aufgefressen, wenn sie sich nicht gewehrt hätte. Plötzlich kam so ein Winzling, der nichts weiter als kuscheln wollte und der das mit solcher Hingabe tat, dass Kara schließlich mit beiden Händen das glänzende Fell kraulte. „Katze, du bist lieb", flüsterte sie.

„Lizzy ist ihr Name", sagte John.

„Ah. Lizzy. Die Katze heißt Lizzy", wiederholte Kara für sich und nickte. Man sagte ja auch zu Mädchen und Jungen nicht: Junge komm her und Mädchen komm her! Man rief sie beim Namen. „Ich bin Kara. Du bist Lizzy", schmunzelte sie, das weiche Fell weiterstreichelnd.

„Und Kara ist glücklich", blinzelte Andreas.

„Ja. Das bin ich."

Zur Abendunterhaltung genehmigten sich die Männer Bier und Andreas kredenzte seiner Mutter Weißwein.

„Möchtest du auch probieren?", fragte er Kara, die wieder mit großen Augen die seltsam riechenden Getränke betrachtete.

Kara nickte zaghaft und bekam ein halbes Glas Wein. Sie stieß ganz vorsichtig mit an und verzog nach dem Kosten das Gesicht. Wobei Andreas nicht deuten konnte, was das nun bedeuten sollte.

„Das ist komisch", stellte Kara kurz darauf mit zusammengezogenen Augenbrauen fest.

„Was denn?", fragte Andreas.

„Na, das!" Kara zeigte auf das Glas. „Darum wenig, weil komisch?"

Andreas begriff. „In Wein und Bier", erklärte er, auf die Gläser deutend, „ist Alkohol. Der steigt in den Kopf. Davon kann man sogar krank werden, wenn man zu viel trinkt."

„Ja. Genau da!" Kara, die zum ersten Mal ein alkoholisches Getränk gekostet hatte, massierte ihre Schläfen.

„Ich möchte das nicht haben." Sie holte sich lieber ein Glas Orangensaft.

Ziemlich spät beendeten sie den wirklich lustigen Abend. Kara zog T-Shirt und Jeans aus, wobei Andreas äußerst interessiert zuschaute. Bevor sie weitermachen konnte, zog er sie aufs Bett und widmete sich selber mit Inbrunst den Dessous.

In den Läden hatte sich Kara noch gewundert, warum das Darunter genau so aufwendig gefertigt war, wie die normale Bekleidung, wo das doch niemand sehen konnte.

Nun wurde ihr schlagartig die Antwort klar. Männer ließen sich damit in helle Begeisterung versetzen. Und das merkte sich Kara besonders gut. Ihr lag sehr viel daran, Andreas immer den höchstmöglichen Genuss zu bieten, um alle anderen Frauen aus dem Feld zu schlagen. Denn von denen gab es in der Stadt so viele, wie Sand in der Wüste. Andreas hatte zwar heute nicht eine angeschaut, aber sie waren definitiv da.

Und wenn sie so an das dachte, was in ihrer alten Sippe die Männer den Frauen beim Sex boten, dann konnte sie nur noch müde lächeln. Andreas kannte Zärtlichkeiten, da hatten alle anderen keine Ahnung, dass es so was überhaupt geben konnte.

In dieser Nacht ließ sich Kara ausgiebig verwöhnen und zahlte sofort in gleicher Währung zurück. Den kurzen Rest der Nacht schlief sie, fest in Andreas' Arme gekuschelt, wie ein Murmeltier. Die Sicherheit in diesem großen Haus aus Stein war das Tüpfelchen auf dem i.

Mit den ersten Sonnenstrahlen huschte Kara aus dem Bett, besuchte ihre Orchidee im Wohnzimmer, um anschließend beruhigt zu duschen. Kara schloss wohlig die Augen, als das warme Wasser den duftenden Schaum von ihrer Haut spülte. Sie registrierte, wie sich die Schiebetür einen Spalt öffnete, Andreas zu ihr in den sanften Regen der vielen Düsen in den Wänden trat und sie zärtlich küsste.

„Du siehst glücklich aus."

„Ich bin glücklich." Kara legte ihren Kopf an seine Brust. „Wenn du arbeiten musst, werden wir dann auch noch Zeit zum Kuscheln haben?"

„Das werden wir. Ich verspreche es dir."

„Das ist sehr gut." Sie streichelte seinen Sixpack.

Andreas brummte erfreut. Karas Hand glitt tiefer, wo sie auf noch mehr Wohlwollen stieß und in wenigen Sekunden einen sehr glücklichen Mann zur Folge hatte. „Ich revanchiere mich heute Abend", flüsterte er.

„Nicht vergessen", gab Kara blinzelnd zurück und unterbrach die Wasserzufuhr.

Rasch Zähne putzen, anziehen und sich von Andreas einen wundervollen Zopf flechten lassen – schon wirbelte Kara in der Küche, um Kaffee zu kochen und das Geschirr auf den Tisch zu tragen. Andreas füllte Wasser in den Eierkocher. Kara schob ihm die frischen Eier vom Besuch auf dem Hühnerhof hin. Darauf hatte sie sich schon die ganze Zeit gefreut.

Die wenigen Augenblicke bis seine Eltern am Tisch erschienen, verbrachten sie eng umschlungen am Fenster, um die goldenen Lichtfinger der Morgensonne zu beobachten.

„Guten Morgen, ihr Turteltäubchen", wünschten die Winklers synchron.

Worauf Vater Winkler sofort mit dem Handy im Internet Turteltauben aufrufen musste, um Kara ganz genau zu erklären, was das sei. Andreas und seine Mutter grinsten sich vergnügt an.

Beeindruckend, dass Kara nie in ehrfürchtige Schockstarre verfiel, sondern immer sofort den Dingen auf den Grund ging. Seit sie Andreas kannte, wusste sie, dass ganz großer Zauber immer eine natürlich Ursache hatte und der Zauberer selber ein ganz großer Könner war, den man deshalb auch ehrlichen Herzens bewundern konnte.

Nach dem Frühstück sagte Mutter Winkler: „Kara, nun wird es ernst. Wenn Kinder bei uns das erste Mal in die Schule kommen, um Lesen und Schreiben zu lernen, dann bekommen sie eine Zuckertüte, die ihnen das Lernen versüßen soll. Hier ist eine für dich, damit du, genau wie alle anderen auch, Freude haben sollst."

Sie überreichte ihr die lustig-bunte Tüte, die sie nachts noch schnell gebastelt und mit Süßigkeiten gefüllt hatte. Karas Augen strahlten nicht weniger, als die der Kinder, als sie das liebevoll gestaltete Geschenk entgegennahm.

„Ihr kommt doch allein klar?", vergewisserte sich Andreas, bevor er mit seinem Vater zum Teich ging.

„Ja", antworteten beide Frauen und nickten.

Mutter Winkler begann mit dem Buchstabenunterricht, wie sie es damals mit Andreas gemacht hatte, als der in die erste Klasse ging. Schon das A faszinierte Kara.

„Oh, wie bei Andreas", murmelte sie verzückt.

„Richtig", lachte Mutter Winkler. „Da ist es zweimal drin, genau wie bei Kara."

„Ja, Kara auch zweimal", stellte die wissbegierige Schülerin erfreut fest. „Macht Spaß!"

Nach fast zwei Stunden hängte Mutter Winkler eine kurze Rechenstunde an und stellte zufrieden fest, dass Kara mit den Zahlen bis zehn ausgezeichnet operieren konnte, bis fünfzig sehr gut, und sie nur noch die geschrieben Zeichen lernen musste. Kara verriet, dass Andreas oft mit ihr Zählen und Rechnen geübt hatte. Mit etwas Mühe fand sie sich auch bis zur 100 zurecht. Beide waren mit den ersten Unterrichtsstunden überaus zufrieden.

Andreas erschien und bat Kara, Geschirr und Besteck in einen Korb zu packen. John hatte ihm erlaubt, den großen Grill auf der Terrasse hinter dem Haus zu nutzen, und ganz frisch schmeckte es doch am besten. Er suchte selber noch Soßen und Gewürze zusammen, legte die Alufolie bereit und trug einen Kasten voller Getränke hinunter. Mutter Winkler, schnitt Brot und nahm die Gläser mit hinaus.

„Haben wir alles?", fragte Kara, sich noch einmal in der Küche umschauend.

„Sieht so aus." Mutter Winkler zog die Wohnungstür zu.

Emilia brachte frische Kräuter.

„Setzen Sie sich ein wenig zu uns!", bot Andreas an.

Die Hausfee winkte lächelnd ab. „Ich habe noch sehr viel Arbeit. Ein Andermal vielleicht."

Kara schaute wieder sehr nachdenklich hinterher.

Der Tag am Grill ging fast nahtlos bis zum Abend durch, wo sich John mit zu ihnen gesellte. Er hatte eingelegte Steaks und Würste dabei, diverse frische Salate und einen vollen Getränkekasten. Mit Einbruch der Dämmerung schaltete er die bunten Lampengirlanden an und entzündete ein paar Gartenfackeln gegen die lästigen Mücken.

Kara schaute, staunte und war unbeschreiblich glücklich. Die Männer sprachen über Johns Projekte und kamen notgedrungen darauf, dass er von Kara und Andreas Blutproben brauchte, um genetische Untersuchungen vornehmen zu können.

Kara zupfte Andreas am Ärmel. „Ist eine Blutprobe schlimm?"

„Nein, so eine Probe zu nehmen, ist wie ein Mückenstich", bekam sie zur Antwort. „John macht es morgen früh bei mir und du schaust es dir an. Dann sagst du, ob du es auch tun willst."

„Gut." Kara nickte. Andreas hätte ja auch einfach verlangen können, dass sie gehorchte. Zumindest hätte ihr das bei ihrer Sippe geblüht. Der Anführer befahl und alle hatten seine Anweisungen zu befolgen.

„Mein Assistent ist morgen nämlich da und kann die Proben gleich in den gesicherten Bereich mitnehmen, damit sie nicht Unbefugten in die Hände fallen", fügte John erklärend hinzu.

„Ist er informiert?", fragte Andreas kurz.

„Nein. Das habe ich auch nicht vor. Dafür sind die Informationen zu brisant. Es reicht völlig aus, dass wir vier Bescheid wissen, was es mit Kara auf sich hat."

„Sehr gut." Andreas wandte sich wieder dem Wenden des Grillgutes zu, wobei ihm Kara assistierte. Wie sich die beiden wortlos verstanden, beeindruckte alle Anwesenden. Mutter Winkler lehnte an der Schulter ihres Mannes und lächelte genau so glücklich wie Kara.

Gleich nach dem Aufstehen am nächsten Morgen fanden sich Andreas und Kara in Johns Labor im Keller ein. Er trug einen weißen Kittel und Handschuhe. Auf einem Tablett lagen zwei Spritzen mit Kanülen zur Blutentnahme bereit. Kara beäugte diese äußerst argwöhnisch. Andreas setzte sich, John legte ihm einen Venenstauer um den Oberarm, desinfizierte die Einstichstelle und setzte die Kanüle an.

Kara hielt die Luft an. Andreas' Blut lief sofort in den Spritzenkörper. Als der voll war, koppelte John die Kanüle ab und füllte noch ein kleines Reagenzglas. Schließlich zog er sie aus Andreas' Arm, legte einen kleinen Tupfer auf den Einstich und bat: „Halten Sie einen kleinen Moment fest, dann gibt es ein Trostpflaster."

Andreas lachte. „Aber bitte ein schönes buntes Pflaster mit Tierchen."

„Immer diese Sonderwünsche", feixte John und kramte in einem Behälter mit Glasdeckel. „Dürfen es Fische sein?"

„Na gerne doch!", kicherte Andreas. „Oi! Die glitzern sogar! Meine Güte, haben Sie Schätze!"

John klebte Andreas lachend das Pflaster auf. Andreas erhob sich.

„Hm", machte Kara, setzte sich und legte ihren Arm auf das Injektionskissen, wie sie es bei Andreas gesehen hatte. Die Prozedur sah sicher gefährlicher aus, als sie war und außerdem konnte das nicht schlimmer sein, als Ohrlöcherstechen. Das hatte sie schließlich auch überlebt und es tat nicht einmal sonderlich weh, obwohl es erst vorgestern gewesen war.

Und in der Tat, sie bemerkte den Einstich kaum. Dafür bekam sie auch ein Pflaster mit Glitzerkatzen.

„Bald ist nichts mehr davon zu sehen. War es schlimm?", fragte John.

Kara schüttelte den Kopf. „Ich habe ja auch ganz neue Löcher für Schmuck", erklärte sie, auf ihre Ohren deutend.

„Also doch!" John staunte. „Ich habe gestern Abend schon immer überlegt, ob nur die Ohrringe oder auch die Löcher neu sind."

Kara strahlte. „Alles neu. Für die Hochzeit. Alle Frauen haben Löcher in den Ohren, nur Kara hatte keine."

„Aha und da hat der liebe Andreas gleich die passenden Ohrringe zu den Löchern spendiert."

„Hm, hm." Kara blinzelte Andreas lustig zu.

John schüttelte amüsiert den Kopf. Kara passte sich so blitzschnell an, dass einem glatt schwindlig werden konnte. Er packte die Proben in den Kühlbehälter. „Noch irgendwelche Fragen?"

„Ja", meldete sich Kara sofort. „Warum sagt Andreas zu dir Sie und du zu ihm auch?"

„Das ist eine Höflichkeitsform Menschen gegenüber, mit denen man nicht verwandt oder befreundet ist", erklärte Andreas. „John und ich kennen uns erst seit du und ich hier angekommen sind. Da sagt man Sie."

Kara wurde rot.

„Was ist denn jetzt los?" John schaute sie groß an.

„Kara hat alles falsch gemacht. Hat einfach zu John und Mama und Papa von Andreas du gesagt."

„Du hast nichts falsch gemacht", tröstete sie John. „Du hast es nicht gewusst. Ich sage doch auch einfach du und habe dich nicht einmal gefragt, ob ich das machen darf. Außerdem bist du doch jetzt das Kind von meinem Kind. Und da sagt man du. Wir gehören doch jetzt zu einer Sippe."

Kara nickte heftig. „Darf Andreas auch du sagen? Er gehört doch zu mir."

„Aber gern", erwiderte John. „Da habe ich beileibe nichts dagegen." Er breitete einfach die Arme aus und drückte Andreas fest. „Als gern gesehener Fast-Schwiegerenkel hast du ein Recht darauf, dass ich dich herzlich in der kleinen Familie willkommen heiße, die eigentlich nur dank dir existiert. Und nun husch, ab an den Frühstückstisch, sonst kippt ihr noch aus den Schuhen."

Die Winklers begannen zu lachen, als sie die lustigen Kinderpflaster gewahrten.

„Wessen Idee war das?", fragte Vater Winkler.

„Meine", schmunzelte Andreas. „Wenn schon ein Trostpflaster, dann muss es auch bunt sein."

Kara präsentierte ihres besonders stolz. „Ich habe Lizzy bekommen."

Die Brautentführung

John übergab inzwischen seinem Assistenten vom Institut den Kühlbehälter. „Höchste Geheimhaltungsstufe. Bringen Sie es bitte sofort zur Analyse und schicken Sie mir die Ergebnisse codiert per Mail." Er gab seinem Mitarbeiter den Tagescode, damit dieser die Begleitpapiere im Safe des Institutes deponieren konnte.

Die Winklers genossen die wenigen Tage mit Andreas und Kara in vollen Zügen. Sie freuten sich jetzt schon auf das Wiedersehen zur Hochzeit, welche bald stattfinden sollte. Kara konnte inzwischen ihren neuen Namen fehlerfrei schreiben und einfache Texte lesen. Sie versprach, jeden Tag mindestens eine Stunde zu üben, und freute sich über die reich bebilderten Kinderbücher, die John vom Boden holte.

Andreas arbeitete nun täglich mit John im Labor oder in den Versuchsgewächshäusern am Rande des Anwesens. Kara besuchte die beiden mehrmals täglich und half ein wenig. Sie fühlte sich, trotz der vielen Schreib- und Rechenübungen nicht ausgelastet und erinnerte sich daran, dass John gesagt hatte, sie dürfe auch Emilia helfen.

Also tigerte sie zu Johns Haushälterin und bat um eine kleine Aufgabe im Garten. Als sie ihn das erste Mal betrat, bekam sie kullerrunde Augen. Das war ein Meer aus Pflanzen, welches gar kein Ende zu nehmen schien.

Emilia lächelte Kara dankbar an. „Ich freue mich riesig über deine Hilfe." Dann zeigte sie ihr ganz genau, was zu tun und zu lassen war. Sie schaute hin und wieder nach dem Rechten und staunte, wie akkurat und schnell Kara zu Werke ging.

John hatte keine Bedingungen gestellt und Kara erklärt, dass sie Emilia voll vertrauen konnte, was hieß, sie durfte ihr auch alles über sich erzählen.

Emilia sprach ein wenig Deutsch und so unterhielten sich die beiden Frauen manchmal auch mit Händen und Füßen, um sich verständlich zu machen. Es dauerte eine Weile, dann hatte Kara auch endlich herausgefunden, dass Emilia gar nicht Johns Frau war, sondern für ihn arbeitete, genau wie Andreas, um Geld für andere Dinge zu verdienen.

Emilia, schon immer eine Vertrauensperson für die Helmbrechts, puzzelte sich aus den vielen Einzelinformationen ein Gesamtbild zusammen.

Bisher wusste sie nur, dass die beiden Untermieter aus dem Nichts, mitsamt ihrem Häuschen, aufgetaucht waren und bis dahin irgendwo in einem Urwald gelebt haben mussten. Den Hinweis über eine völlig andere Zeitebene bekam sie von Andreas, der in ihren Pflanzenbeständen nach Vergleichsmaterial suchte.

„Dafür reagiert Kara aber erstaunlich cool auf all das Neue", meinte Emilia. „Ich freue mich für sie, dass sie Kiras Platz einnehmen darf. John ist wirklich eine gute Seele. Seit eurer Ankunft steckt er endlich wieder voller Elan und ist richtig aufgeblüht."

„Das sagt er von Ihnen auch", verriet Andreas, mit einem Auge blinzelnd.

Emilia lachte übermütig.

„Kein Wunder! Kara versprüht so viel gute Laune, da muss man doch angesteckt werden."

Kara kam gerade den Gartenweg entlang und winkte. Sie hatte zwischen den Beeten Lizzy entdeckt und die ließ sich nur zu gern durch die Gegend tragen.

„Ich habe gerade ein gefährliches Raubtier gefangen", schmunzelte Kara, während sich die Katze ankuschelte und schnurrte. Nach einer Weile setzte sie sie auf den Boden. „Du hast Glück, du schmeckst nicht und ich habe keinen Hunger."

Andreas brach in wieherndes Gelächter aus, während Emilia Kara entsetzt anschaute, die amüsiert und ziemlich breit grinste.

„Großkatzen standen tatsächlich auf unserem Speiseplan und Kara ist die treffsicherste und gefährlichste Jägerin, die ich kenne", erklärte Andreas. „Im Urwald darf man nicht wählerisch sein, da wird gegessen, was einem vor Pfeil und Bogen läuft. Aber Katze schmeckt wirklich nicht so toll, wenn man zudem ohne Gewürze kochen muss. Wir haben uns lieber an Riesenhirsche und Wildschweine gehalten. Außerdem haben die Katzen öfter versucht, uns zu fressen." Er zeigte auf Karas und seine Narben der Nahkämpfe.

„Ach, herrje", murmelte Emilia, die Hände vor das Gesicht schlagend. „Ich habe die vielen Felle in Johns Labor liegen sehen, aber nicht darüber nachgedacht, welche Dramen sich darum ranken könnten. Das Katzenfell ist erschreckend groß."

Kara erzählte ihr schließlich vom nächtlichen Überfall durch das Raubtier, und wie es am Ende, filetiert, auf den Tellern gelandet war.

John kam in den Garten. „Die Datenleitung vom Institut scheint irgendwie gestört zu sein. Mein Assistent ist in dieser Woche schon zum dritten Mal mit dem Auto her gekommen, um Material zu bringen.

Langsam mache ich mir Sorgen, obwohl von hier aus alles reibungslos zu funktionieren scheint."

„Fahren die immer gleich zu zweit?", fragte Andreas, mit Blick auf das Auto vor dem Haus.

„Eigentlich nicht. Der andere Mann scheint auch von einer anderen Sektion zu sein, denn den habe ich noch nie gesehen. Aber das ist ja der Punkt, wo ich denke, dass das ganze Institut ein Problem hat." John schnaufte genervt.

„Wunder der Technik", witzelte Andreas und nahm noch ein paar reife Samenkapseln ab. „Wir hatten höchstens Unwetter, Hochwasser und lästige Tiere."

„Ich glaube, da sind mir die überlasteten Datenleitungen lieber", lachte John und verschwand wieder im Haus.

Andreas hauchte Kara einen Kuss auf die Lippen und folgte ihm, um die frischen Samen sofort zu untersuchen.

„Dein Andreas ist auch ein ganz Netter. Ich freu mich schon sehr auf eure Hochzeit." Emilia schnitt einen Myrtenzweig ab und formte ein Kränzchen. „Weißt du, dass es Glück bringen soll, wenn ein Zweig aus dem Brautkranz Wurzeln bekommt und zu einer neuen Pflanze wird?"

„Mama Anna hat davon erzählt", erinnerte sich Kara, die weißen Blüten genau betrachtend. „Ich mag Blumen sehr."

„Ja, das merkt man." Emilia breitete, den ganzen Garten umfassend, die Arme aus. „Die Pflanzen scheinen zu spüren, wie sehr du sie magst und gedeihen nun besonders gut. Die ideale Frau für einen Vollblutbotaniker wie Andreas."

„In vier Tagen ist es soweit", zählte Kara schnell an den Fingern nach. „Dann bin ich endlich Kira Winkler."

Emilia lachte. „John ist auch schon ganz aufgeregt."

Am nächsten Morgen kamen Andreas' Eltern an und Kara freute sich riesig über das Wiedersehen. Stolz erzählte sie, was sie alles neu gelernt hatte. „Ich kann sogar schon das da!" Sie nahm den eBook-Reader zur Hand, welchen ihr Andreas geschenkt hatte und rief das Märchenbuch auf, das sie gerade las. „Auch mit dem Handy mit Andreas und John sprechen, habe ich gelernt", kicherte sie, auf die ungläubig-erstaunten Blicke. „Sie haben mir die Technik erklärt, aber das kann ich nicht verstehen. Hauptsache ist, es funktioniert. Ich weiß auch, wie man die bunter Bilderkiste an und aus macht." Sie meinte den Fernsehapparat.

„Und weil Kara keine Berührungsängste hat, spricht sie auch so fantastisch fließend", fügte Andreas hinzu. „Ein paar Brocken Englisch hat sie auch schon aufgegabelt."

„Yes, sir!", kicherte Kara.

Diesmal waren die Winklers mit dem eigenen Auto angereist und von den Strapazen der Fahrt etwas mitgenommen. Also legten sie sich nach dem Mittagessen zur Ruhe. Andreas checkte mit John noch einmal alles für Polterabend und Hochzeitsfeier durch.

Kara hatte es sich mit Lizzy auf dem Arm unter den großen Sonnenschirm auf der Terrasse gemütlich gemacht und döste im Halbschlaf vor sich hin. Andreas hatte sie, von Johns Arbeitszimmer aus, genau im Blickfeld. Nach einer halben Stunde war sie plötzlich weg. Andreas trat ans Fenster.

„Sag mal, hast du Kara gesehen?", wandte er sich an John, der von der Toilette kam.

„Nein. Aber jetzt, wo du fragst, fällt mir auf, dass Emilia auch verschwunden ist. Ich klopfe mal an ihrer Tür. Möglich, dass beide etwas zu erledigen haben, was andere nichts angeht."

„Ich komme mit."

John nickte und wandte sich Emilias Räumen zu. Er pochte mit dem Knöchel des Zeigefingers ans Holz. „Emilia!" Niemand öffnete. „Emilia!", rief John etwas lauter und klinkte an der Tür. Sie war abgeschlossen. „Das gibt es doch nicht! Sie hat noch niemals abgeschlossen", erklärte er und rief erneut: „Emilia!"

„John! Da stimmt was nicht. Hast du das komische Geräusch gehört? Klingt, als würde jemand stöhnen oder schluchzen!"

Andreas wartete nicht auf die Antwort, sondern rammte mit ganzer Kraft mit der Schulter die Tür ein. Holz splitterte, als das Schloss aus dem Türblatt gefetzt wurde. Andreas stürmte in die kleine Wohnung und prallte entsetzt zurück. Emilia lag, mit Klebeband, wie ein Paket verschnürt, auf dem Boden und stöhnte, so weit es der zugeklebte Mund zuließ. John war mit einem Satz bei ihr und versuchte möglichst schonend, das Band abzuziehen.

„Sie … sie haben Kara mitgenommen!", weinte Emilia, kaum, dass sie halbwegs sprechen konnte. „Es waren zwei Männer mit Sturmhauben. Sie haben ihr die Arme auf den Rücken gedreht und sie zu einem Auto gezerrt. Zuerst habe ich es für eine völlig ausgeflippte Brautentführung gehalten, aber dann kamen sie wieder …"

„Du rufst die Polizei, ich versuche, Kara zu finden!" Andreas rannte aus dem Zimmer.

John zückte sein Handy, um Andreas' Anweisung sofort zu befolgen. Dann löste er endlich auch noch Emilias restliche Fesseln.

Auf der Freitreppe fand Andreas nicht nur Emilias Schlüssel, den die Verbrecher weggeworfen hatten, sondern auch noch die zerrissene Lieblingskette Karas – das Keramik-Blumenherz. Zähneknirschend steckte er es in die Hosentasche.

Ehe er sich ins Auto schwang, hastete er hinauf in die Wohnung, holte Dolch und Machete. Ganz unbewaffnet wollte er sich nicht in den ungleichen Kampf stürzen.

Inzwischen hatten die fremden Männer mit Kara einige Meilen hinter sich gebracht. Man hatte sie ungefesselt in den Kofferraum verfrachtet, wo sie die ersten Minuten schreckensstarr gelegen hatte – bis das Auto abfuhr.

Der Überlebenswille mobilisierte Kara. Sie begann, die Klappe abzutasten und nach einem geeigneten Werkzeug zu suchen. Nur gut, dass sie sich, neugierig wie immer, alles über die Geheimnisse von Autos hatte erzählen lassen.

Sie wusste, dass irgendwo zumindest ein Wagenheber stecken musste, mit dem man vielleicht, mit etwas Geschick, den Kofferraum aufhebeln konnte. Andreas machte das mit Konservendosen von außen, also musste das auch mit Autos von innen gehen. Die waren schließlich auch aus Blech! Ein paar Mal schlug Kara heftig mit dem Kopf auf, weil der Fahrer wie ein Irrer über die Landstraße raste.

Endlich hatte sie den Wagenheber gefunden und zerrte ihn aus seiner Halterung. Nach kurzem Überlegen machte sie sich damit dort zu schaffen, wo das Schloss sitzen musste.

Wenn es nur nicht so finster wäre, dachte sie verzweifelt und traktierte immer wieder das Schloss. Ohne Vorwarnung sprang es auf und Kara Sekunden später aus dem fahrenden Auto.

Sie knallte auf den Randstreifen und rollte, sich überschlagend, eine Böschung hinunter. Aus unzähligen Schürfwunden blutend, krabbelte sie den Hang entlang, dahin, wo die Öffnung eines großen Betonrohres zu sehen war. Unbewusst hatte sie den Wagenheber mitgenommen, den sie auch jetzt nicht wegwarf. Sollten ihr wirklich die Fremden folgen, dann würde sie sich zu wehren wissen.

Völlig kampflos wollte sie sich keinesfalls ergeben. Ängstlich lauschte sie den Geräuschen von oben – dem Zuknallen der Autotüren, dem lauten Fluchen, weil man sie nach einem halbherzigen Blick über die Abbruchkante nicht finden konnte, Steinen, die herunterrollten und, wie nach endlos scheinenden Minuten das Auto wegfuhr, weil sich von Ferne ein anderes Auto zu nähern schien.

Kara presste den Wagenheber fest an sich, als sie sich, mit dem Rücken an die Wand, in die Röhre setzte und zu überlegen begann, wie sie wohl wieder nach Hause zurückfinden sollte. Ihren Namen und die komplette Adresse konnte sie fehlerfrei aufsagen.

Ich muss hoch, auf die Straße. Stöhnend quälte sie sich auf die Füße. Jeder Muskel schmerzte und die Schürfwunden brannten wie Feuer. Auf allen vieren kraxelte sie den Hang hinauf und stolperte direkt vor das nächste vorbeifahrende Auto.

Sie taumelte auf die Straße, Bremsen kreischten, dann prallte sie auf. Es tat nicht einmal sonderlich weh und Kara blieb mit ausgebreiteten Armen einfach quer auf der Motorhaube liegen, ohne ihren rettenden Wagenheber loszulassen.

Jemand sprach sie auf Englisch an. Kara verstand kein Wort. Sie ließ einfach die Augen zu und rührte sich nicht.

„Edward, das muss die Frau sein, die vor anderthalb Stunden entführt worden ist."

Kara verstand die Männer nicht, sie ahnte nicht einmal, dass man sie überall suchte und auch nicht, dass sie es hier mit zwei Polizisten zu tun hatte.

„Wenn sie es ist, dann spricht sie nur Deutsch", sagte der andere.

Kara fühlte sich vorsichtig hochgehoben und auf eine weiche Unterlage gebettet.

„Können Sie mich hören?", fragte jemand – auf Deutsch.

„Ja, ich höre Sie", flüsterte Kara.

„Haben Sie Schmerzen?", wollte die Stimme wissen.

„Nicht sehr", erwiderte Kara. „Ich möchte nach Hause. Ich bin Kira Helmrecht. Mein Opa ist Professor John Helmbrecht."

„Treffer!", raunte der zweite Polizist seinem Kollegen ins Ohr.

„Ich helfe Ihnen beim Aufstehen, dann bringen wir Sie zu Ihrem Großvater." Er beugte sich zu Kara hinunter, um ihr aufzuhelfen.

Kara schlug die Augen auf. „Oh! Polizei. Das ist sehr gut."

„Geben Sie mir den Wagenheber", bat einer der Männer und zeigte auf das Gerät.

„Ja. Ja, bitte." Kara ließ es sich abnehmen.

Ein silbernes Fahrzeug brauste vorbei.

Kara riss die Augen auf. „Da! Da! Das ist Andreas! Er sucht mich!"

„Schnell ins Auto, wir werden ihm folgen."

Mit einem Satz war Kara im Polizeiauto und schnallte sich an. Der Fahrer wendete, ließ die Sirene aufheulen und jagte Andreas hinterher. Nach ein paarhundert Metern hatte er ihn eingeholt. Andreas fuhr links ran, um die Beamten vorbeizulassen.

Mit sehr gemischten Gefühlen beobachtete er, wie das Fahrzeug stattdessen bremste und schräg vor ihm zum Stehen kam, worauf sich gleich drei Türen öffneten.

Dann bekam er große Augen. „Kira!" Er flog seiner vermissten Braut entgegen. „Meine Kira!" Er zog sie in die Arme, drückte sie fest an sich.

„Ich nehme an, Sie sind der Verlobte der jungen Dame", stellte einer der Polizisten fest.

„Ja. Mein Name ist Andreas Winkler. Wir wollen übermorgen heiraten", antwortete er, ohne Kara loszulassen. „Wo haben Sie sie gefunden und was ist mit ihr geschehen?"

„Was passiert ist, wissen wir auch noch nicht. Gefunden haben wir sie genau da, wo Sie an uns vorbeigefahren sind. Ich werde jetzt ein zweites Fahrzeug anfordern und Sie beide nach Hause begleiten. Die Kollegen werden die Straße und die Böschung, wo sie plötzlich auftauchte, etwas genauer unter die Lupe nehmen. Sie war mit einem Wagenheber bewaffnet." Er zeigte auf eine leichte Delle in der Motorhaube des

Streifenwagens. „Sie ist uns direkt vor das Auto gelaufen. Ein Glück, dass mein Partner schnelle Reaktionen hat."

„Dafür möchte ich ihm danken", seufzte Andreas und drückte Kara wieder an sich. „Wie geht es dir?", fragte er sie, ihr Haar streichelnd.

Kara schloss die Augen. „Du bist da und alles ist gut."

Per Handy informierte die Polizei Professor Helmbrecht, dass man Kira gefunden habe und Herr Winkler bei ihnen sei.

Bis zur Ankunft der Verstärkung versuchten die Polizisten von Kara zu erfahren, was es denn für ein Auto gewesen sei, weil es Emilia nur zum Teil gesehen hatte. Andreas rief auf seinem Handy einfach die Seite eines Gebrauchtwagenhändlers auf und Kara klickte sich durch die Angebote, bis sie ausrief: „Da! So ein Auto, aber andere Farbe. Wie das hier." Sie zeigte einen anderen Wagen mit der passenden Lackierung.

„Also, ein dunkel metallicblauer Chevrolet Camaro", notierte der Beamte.

„Sie haben mich eingesperrt." Kara deutete auf den Kofferraum. „Ich habe das Werkzeug gefunden", sie malte mit den Händen den Wagenheber in die Luft, „und habe den Riegel vom Auto kaputtgemacht."

„Ah, ja. Sie meinen das Schloss und die Verriegelung vom Kofferraum."

„Ja." Kara nickte zustimmend.

„Während der Fahrt?"

Andreas übersetzte tapfer in Worte, die Kara auch begreifen konnte.

„Ja", erwiderte Kara. „Ich bin auf die Straße gefallen und dann den Berg runter. Dort ist eine runde Höhle." Sie bewegte die Finger, wie sie sich vorangetastet hatte, um sich zu verstecken. „Das Werkzeug habe ich aus dem Auto mitgenommen."

„Klingt ganz nach einem der Betonrohre, die das Regenwasser unter der Straße ableiten sollen", warf einer der Polizisten ein.

„Ja, ja, ein Rohr!", bestätigte Kara.

Andreas ließ sich inzwischen Feuchttücher reichen, um Kara wenigstens den Schmutz aus dem Gesicht und ein wenig von dem verkrusteten Blut von den Armen wischen zu können. „Hast du Schmerzen?"

Kara nickte. „Alles tut weh."

„John wird sich zu Hause gleich um dich kümmern", versprach Andreas.

„Viel schlimmer", murmelte sie, „meine Blumenherz-Kette ist weg."

Andreas fasste in die Hosentasche. „Die ist nicht weg. Ich habe sie vor der Tür gefunden und werde sie ganz schnell wieder reparieren. Dem Herz und den Perlen ist nichts passiert."

Kara kullerten dicke Freudentränen über die Wangen, als sie mit den Fingerspitzen die tönernen Blüten streichelte. „Steck sie bitte wieder ein. Ich habe keine Tasche."

„Ein interessantes Stück", stellte ein Polizist fest. „Woher stammt es."

„Aus der Ur ... waldzeit", konnte Andreas gerade noch die Kurve bekommen. Wir waren drei Jahre im Dschungel gefangen und dort habe ich ihr die Kettenteile aus Ton gebrannt."

„Ich glaube, ich habe in der Zeitung davon gelesen." Erstaunt hob einer der Männer den Kopf. „Wollte man Ihre Verlobte damals nicht gar einem Raubtier opfern?"

„Stimmt genau. Und nun schon wieder so ein Schock. Ein Wunder, wie gut sie es verkraftet." Andreas nahm Karas Hand.

In der Ferne tauchte das angeforderte Einsatzteam auf, übernahm die Daten und die Spurensicherung an jenem Ort, wohin sie die Kollegen führten. Diese eskortierten schließlich Andreas und Kara nach Hause. Die Winklers und John liefen ihnen entgegen, kaum, dass das Auto vor der Freitreppe hielt.

„Wie geht es Emilia?", rief Andreas sofort.

„Ich habe ihr ein Beruhigungsmittel gegeben und sie ins Bett geschickt", entgegnete John. „Ich werde mich jetzt erst einmal um Kira kümmern. Die Zeit muss sein, ehe Sie mit der Befragung fortfahren", ließ er die Polizisten wissen und führte Kara sofort in sein Labor.

Nach zwanzig Minuten brachte er sie zurück. „Eine Menge Prellungen und massenhaft Abschürfungen, aber nichts gebrochen. Mit Heilsalbe und etwas Ruhe dürften wir die Sache wieder in den Griff bekommen."

„Na, Gott sei Dank!" Andreas atmete auf. „Für einen Absprung bei voller Fahrt, sieht sie wirklich recht gut aus."

„Vielleicht sollten wir die Hochzeit um zwei Wochen verschieben?", schlug John vor.

„Nein!!!" Kara und Andreas hatten synchron und so entsetzt interveniert, dass sogar die Polizisten lächeln mussten.

Nun saßen alle in Professor Helmbrechts Arbeitszimmer und versuchten herauszufinden, warum man Kira entführt haben konnte.

„Haben Sie Feinde?", fragte man John.

Der schüttelte nachdenklich den Kopf. „Nicht, dass ich wüsste. Eine Menge Neider – aber Feinde … nein, ganz bestimmt nicht."

„Woran arbeiten Sie zurzeit?"

„An einer genetischen Untersuchung, meine Enkelin und ihren Verlobten betreffend. Sicher ist Ihnen bekannt, dass man sie jahrelang irgendwo im Dschungel gefangen gehalten hat", gab John freimütig Auskunft. „Mich interessiert, wie es sich auf ihr Immunsystem ausgewirkt hat."

„Wer könnte so großes Interesse an Ihrer Studie haben, dass er dafür ein Verbrechen begehen würde?"

„Wenn ich es wüsste! Es könnten Konzerne sein, Privatpersonen, aber auch das Militär ist nicht ausgeschlossen. Meine Enkelin hat eine genetische Anomalie, die weltweit einmalig sein dürfte."

„Wer weiß davon?"

„Nur wir drei." John deutete auf Kira, Andreas und sich.

„Haben Sie das Material hier, zu Hause?"

„Nein. Das befindet sich in meinem Institut in einem Safe."

„Wer hat Zugang?"

„Mein Assistent, wenn ich ihm den aktuellen Tagescode gebe." John wurde blass. „Was sagten Sie, nach welchem Fahrzeugtyp Sie fahndeten?"

„Nach einem metallicblauen Chevrolet Camaro."

Der Professor griff sich an die Brust. „Bruno Camarque fährt so einen", flüsterte er. „Er witzelte immer über seinen Namen und den des Autos."

„Und dieser Camarque ist …"

„… mein Assistent", beendete Helmbrecht den angefangenen Satz des Polizisten.

Andreas legte ihm tröstend den Arm um die Schulter, Kara nahm seine Hand.

„Er hat offensichtlich versucht, durch die Entführung, an frisches Genmaterial heranzukommen", murmelte John und legte Karas Hand an seine Wange. „Es tut mir so leid."

„Dann hätten wir ja auch ein erstklassiges Motiv."

„Scheint mir auch so", bestätigte Andreas. „Und wäre ihnen Mrs. White nicht in die Quere gekommen, hätten wir möglicherweise wirklich an eine harmlose Brautentführung geglaubt."

„Nun gut, dann werden wir uns jetzt mit auf die Jagd nach dem Camaro machen." Die Polizisten verabschiedeten sich.

John ließ das große Tor schließen und schaltete sämtliche Überwachungsanlagen scharf, was er sonst nur machte, wenn er sich für mehrere Tage außer Haus begab. Andreas bat Kara, außerhalb des Hauses, stets in seiner Nähe zu bleiben.

Mutter Winkler, betrachtete bekümmert die vielen Blessuren, die ihre zukünftige Schwiegertochter davon getragen hatte. „Wir werden übermorgen ein bisschen tricksen müssen. Irgendwo in meinem Schminkkoffer steht Make up, das perfekt zu Karas Hauttyp passen müsste. Die Fotos müssen halt ein wenig nachbearbeitet werden, damit ihr später schöne Erinnerungen habt."

Kara zupfte Andreas am Arm. „Ich bin sehr müde."

„Leg dich hin", schlug er vor. „Soll jemand auf dich aufpassen?"

Sie schüttelte den Kopf. „Ich lege den großen Dolch neben mein Kopfkissen."

„Oh, ha!" John kratzte sich am Ohr. „Dann ist nun wirklich allerhöchste Alarmstufe."

„Das kannst du wissen! Damit ist sie unschlagbar. Der Kopf des Angreifers liegt so schnell neben dem Körper, so schnell kannst du gar nicht denken." Andreas blinzelte Kara zu. „Aber bitte erst nachschauen, wer ins Zimmer kommt."

„Versprochen." Sie hauchte ihm einen Kuss auf die Nasenspitze und stieg gähnend hinauf zu ihrer Wohnung.

„Sie ist verdammt brutal im Nehmen", staunte Vater Winkler.

Andreas seufzte. „Bloß gut! In ihrer Zeit ist man froh, wenn man den Tag überhaupt irgendwie übersteht, ohne dass man von wilden Tieren und streitsüchtigen Menschen angefallen wird."

„Dann war es also weder eine Netzwerkpanne noch ein Zufall, dass sich dein Assistent ständig persönlich hierher bemüht hat", wandte sich Andreas an John. „Der hat ausgespäht, wie er an Kara kommen kann, ohne sofort bemerkt zu werden. Was weiß er über sie?"

„Die Frage stelle ich mir auch", murmelte John. „Offiziell ist im Institut bekannt, dass sie meine Enkelin ist und in zwei Tagen heiraten wird. Auf den Blutproben standen nur die Zeichen für weiblich und männlich und ..." John wurde blass. „Minus rund 15000 Jahre", flüsterte er kaum hörbar. „Dass es frisches Menschenblut war, konnte er spätestens aus dem Analysebogen ablesen."

Andreas winkte ab. „Die wilde Geschichte würde ihm eh keiner glauben. Ich weiß, wovon ich rede", grinste er, mit einem lustigen Blinzeln an seine Eltern.

„Und ich fühle mich gar nicht angesprochen. Urzeit? Was ist das?", sagte Kara plötzlich hinter ihnen und zog ein unwissendes Gesicht. „Muss ich das Internet befragen."

Die anderen brachen in schallendes Gelächter aus. Kara mimte perfekt die lernunwillige Göre, die die Bildung bestenfalls aus der Klatschpresse und von halbgewalkten Ratgeberseiten bezog.

John wischte sich Tränen aus den Augen. „Damit führt sie jeden aufs Glatteis."

„Gehst du wirklich schon ins Internet?", fragte Mutter Winkler verdattert.

Kara grinste vergnügt. „Ach was! Ich hab keine Ahnung, was das ist. Aber im bunten Kasten höre ich den Satz so oft, dass ich ihn mir einfach gemerkt habe."

Andreas feixte. „Fernsehen ist doch manchmal recht nützlich."

„Lässt du Kara alles schauen?"

„Nein, auf gar keinen Fall. Im Augenblick sind es Tagesnachrichten, Naturserien und vor allem Kindersendungen, in denen Dinge ganz genau erklärt werden. So kann sie derzeit am schnellsten begreifen, wie alles funktioniert. Ich habe die Kindersicherung programmiert, damit sie nicht zufällig auf die Müllsender kommt und mit albernem Zeug vollgestopft wird."

„Weiß sie es?"

„Natürlich. Wir haben darüber gesprochen und Kara befand es für gut, erst einmal nur nützliche Informationen zu bekommen, wenn ich nicht dabei bin." Er zog sie auf seinen Schoß. „Doch Angst allein da oben?"

Kara schüttelte den Kopf. „Ich habe mir mit kaltem Wasser das Gesicht gewaschen und bin nicht mehr müde." Sich in seine Arme kuschelnd flüsterte sie. „Darf ich ein Eis haben?"

„Eis für alle!", rief John und stand auf.

„Ich helfe dir", meldete sich Andreas und ließ Kara vorsichtig auf den Stuhl gleiten. „Nicht, dass du noch auf die verrückte Idee kommst, Emilia zu wecken."

„Arme Emilia", seufzte Kara, dabei sah sie selber aus, als habe sie jemand mit einem groben Reibeisen ganzkörperbehandelt.

Andreas kam allein mit den Eisbechern heraus. „John schaut noch einmal nach Emilia."

Kara sagte hocherfreut: „Das ist gut." Zufrieden war sie aber erst, als John erschien und erklärte, dass Emilia ganz fest schlafe.

Allerlei Hochzeitsbräuche

Emilia war am nächsten Tag wieder fit. Zwar noch ein bisschen blass, aber gut gelaunt und sehr dankbar, dass John das Tor geschlossen hielt und sämtliche Kameras rund um die Uhr laufen ließ. John, der wusste, wie gut sich die beiden Frauen verstanden, klärte sie noch vor dem Frühstück auf, dass sich Kara selbst befreit hatte und von einer Polizeistreife zusammen mit Andreas nach Hause gebracht worden war. Allerdings hatte er völlig vergessen, ihr zu erzählen, wie übel zugerichtet Kara war. So fiel Emilia fast aus allen Wolken, als sie sie etwas später auf der Treppe traf.

„Oh, mein Gott! Ist wirklich alles in Ordnung?"

Kara zuckte mit den Schultern. „Andreas sagt immer: Mach nie die Tür auf, wenn das Auto fährt. Dann sieht man nämlich so aus, wenn man rausfällt."

„Deinen goldigen Humor möchte ich auch haben", seufzte Emilia. „Haben sie dir wehgetan?"

„Nein, nur das Rausfallen und nun tut alles weh."

„Au weia! So sieht das auch aus. Was hat John dazu gesagt?"

„Das wird wieder. Andreas hat mir seine Wundersalbe gegeben und jetzt muss ich warten."

Vor dem Tor hupte es und Emilia beeilte sich, den Lieferwagen und den Kleintransporter hereinzulassen. Die Männer brachten das Bierzelt, Tische und Bänke für die nächsten beiden Tagen. Schon heute, beim Polterabend würde es sicher recht lustig werden.

Kurz drauf hupte es wieder und Emilia holte völlig ratlos John herbei. Da draußen standen drei Autos mit deutschen Nummernschildern. John ging persönlich öffnen. Roland Winkler hatte ihm die zwölf Überraschungsgäste für Andreas schon angekündigt.

Der glaubte zu träumen, als seine alten Kumpels plötzlich vor ihm standen. Etwas irritiert musterten sie bei der Begrüßung seine Braut. Vater Winkler erzählte ihnen in Kurzform, was sich zugetragen hatte.

Kurz darauf wuchs eine kleine Zeltstadt auf der Wiese am Teich empor. Vater Winkler fungierte als persönlicher Leibwächter für Kara, indem er sie auf Schritt und Tritt begleitete und keinen Moment aus den Augen ließ.

„Wir haben ja tolle Sachen über euch gelesen!", stellte einer von Andreas' Freunden fest, worauf der, bestimmt zum 100. Mal, die Urwaldgeschichte erzählte.

Gegen 17 Uhr begann die offizielle Feier. Nur gut, dass Andreas und Emilia Kara über die unmöglichsten Rituale unterrichtet hatten. So wunderte sie sich auch nicht, als es plötzlich vor der Treppe lang anhaltend scherbelte.

Johns Kollegen aus dem Institut kamen und auch eine Menge Bekannte aus dem Dorf, um mit ihm den Polterabend seiner tapferen Enkelin zu feiern. Der Scherbenberg wuchs und die beiden fegten unentwegt wenigstens den Weg frei.

Karas frische Art beeindruckte Andreas' Freunde, genau, wie die Tatsache, dass sie sich nichts von ihren Schmerzen anmerken ließ. Sie machte auch viele der verrückten Partyspiele mit, so lange John nicht die Bremse zog, weil es der Heilung ihrer lädierten Schulter wenig förderlich war. Die Bezeichnung Traumfrau schien auf sie in jeder Weise zuzutreffen.

Kurz nach Mitternacht endete die Party. Die einen fielen todmüde in Schlafsäcke oder Betten und die anderen räumten noch etwas auf.

Kara fegte die letzten Scherben zusammen, Andreas trug sie in die Mülltonne, John wünschte beiden eine gute letzte Nacht in Freiheit und trollte sich ebenfalls ins Bett.

Andreas salbte nach dem Duschen noch akribisch Karas Abschürfungen ein, die während der Prozedur schon ganz fest einschlief. Er schob die Tube auf den Nachtschrank, zog die Decke übers Bett und schlummerte, an Kara geschmiegt, im nächsten Augenblick ein.

Der Wecker stand auf acht Uhr, also war Zeit genug, in Ruhe mit allen zu frühstücken und sich dann für den großen Augenblick fein zu machen. Mutter Winkler und Emilia kümmerten sich um Kara, als es an der Zimmertür klopfte und eine junge Frau mit einem Rollkoffer eintrat.

„Hallo, guten Morgen! Meine Name ist Margaret und ich bin hier, um die Verletzungen der Braut etwas zu retuschieren."

„Oh ja, bitte", hauchte Kara. Sie befolgte sofort jede Anweisung, um an ihrem schönsten Tag auch schön auszusehen.

Margaret cremte, pinselte und puderte, was das Zeug hielt, bis in Karas Gesicht und an den Händen fast nichts mehr auf das Unglück hindeutete. Dann bat sie Kara, das wundervolle Kleid anzuziehen und widmete sich ihrer Frisur, dem Make-up, Schmuck und Schleier.

„Sie schauen so fragend?"

„Ich möchte gern einen echten Myrtenkranz haben", sagte Kara leise.

„Oh je, ich habe alles Mögliche dabei, nur keine natürlichen Myrten."

„Keine Panik", tröstete Emilia, „Ich hole schnell ein paar blühende Zweige aus dem Garten." Sie übersprang gleich mehrere Stufen, als sie die Treppe hinunter hastete.

„Was ist los?", rief John erschreckt hinterher.

„Der Teufel, wenn ich keine ordentlichen Myrten finde", gab Emilia lachend zurück und rannte in den Garten. Mit Material für drei Kränze kam sie zurück und spurtete die Treppe hinauf. John schaute schmunzelnd hinterher.

Margaret formte den perfekten Kranz für Kara, band ihn mit Draht und Seidenschnur zusammen, um schließlich den Schleier daran zu befestigen.

Mutter Winkler wischte schon jetzt die ersten Tränen der Rührung weg. Dann wurde der Brautstrauß dem Kranz angepasst, indem Margaret in den fließend gebundenen Blumentraum aus blutroten Rosen ebenfalls Myrtenzweige wand. Kara war selig. Beim Hinausgehen steckte Margaret der zukünftigen Schwiegermama ein Puderdöschen zu. „Falls doch noch einmal nachgeholfen werden muss. Viel Spaß und alles, alles Gute!"

Mutter Winkler hatte schon jetzt ein paar Bilder von den vielen Verwandlungsstufen zur makellos wirkenden Haut gemacht. Nun deponierte sie die kleine Kamera in ihrem Handtäschchen, um sie bloß nicht zu vergessen.

Pünktlich zur vereinbarten Zeit klopfte John, um seine wunderschöne Enkelin die Treppe hinunterzuführen, wo schon ein Fotograf lauerte, der für die ganze Trauungszeremonie gebucht war und der Kara eifrig von allen Seiten ablichtete.

Andreas wartete bereits am Standesamt auf seine Braut. Als er ihr aus dem Auto half, bekam er riesengroße Augen. Nicht nur, dass sämtliche Blessuren perfekt überdeckt waren, der Hauch von himmelblauem Lidschatten, rosafarbenem Lippenstift und die schwarz getuschten Wimpern ließen Kara genau so geheimnisvoll erscheinen, wie sie wirklich war. Die bewundernden Blicke seiner Freunde streichelten seine Seele.

Mit stolz geschwellter Brust führte er sie in den Saal, wobei er ganz verstohlen ein paar Tränen wegwischte, weil ihn die Situation überaus berührte. Als sie die Papiere unterschrieb, hielt er den Atem an. In schwungvoller Schönschrift stand Kira Winkler auf dem Papier. Dafür fiel der Kuss so zärtlich aus, dass sogar der Standesbeamte ein seliges Lächeln aufsetzte.

Die glückliche Schwiegermama riss das nächste Päckchen Taschentücher auf und strahlte unter Freudentränen mit der völlig überwältigten Braut um die Wette, die es sogar geschafft hatte, Andreas den Ring über den Finger zu streifen, ohne ihn vor lauter Aufregung fallen zu lassen.

Als sie das Gebäude verließen, warfen viele Zaungäste Reis auf das glückliche Paar, für reichen Kindersegen. Weiße Tauben stiegen auf und rote Herzchenluftballons. Und wie es Andreas nach dem Überfall befürchtet hatte, waren Pressefotografen und Journalisten zur Stelle.

Kara, Fremden gegenüber noch vorsichtiger, als je zuvor, wich keinen Schritt von Andreas' Seite. Flankiert wurden sie von John und Roland, die niemanden heranließen. Andreas stellte sich schließlich, um endlich Ruhe zu haben, der Herausforderung. Er bat die Presseleute, die Privatsphäre zu wahren, weil seine Frau noch sehr unter der Entführung leide. Gegen ein paar Schnappschüsse auf dem Weg zum Gasthof des Ortes hatte er nichts einzuwenden.

Dort bauten Andreas' Freunde rasch einen Sägebock mit Baumstamm auf, an dem die Frischvermählten umgehend bewiesen, dass sie perfekt zueinanderpassten. Und nur Andreas merkte, dass Kara mühsam die Schmerzen in der Schulter unterdrückte.

Für den Nachmittag fuhren sie zurück zum Anwesen Professor Helmbrechts, wo eine dreistöckige Torte auf das Brautpaar wartete. Gewohnt, mit großen Messern umzugehen, zerlegten die beiden das konditorische Kunstwerk in wenigen Augenblicken in handliche Stücke und teilten es an die Feiernden aus. Emilia tauchte auf und Kara zog sie, mit lustigem Blinzeln an John, einfach neben sich auf einen Stuhl.

„Feierabend", schlug sie vor und Großvater John nickte zustimmend.

Indes analysierten Andreas' Freunde auf lustige Weise das Auftreten des Brautpaares. Besonders das Torteschneiden nahmen sie aufs Korn.

„Also, wer bei den beiden die Hosen anhat, wissen wir immer noch nicht", schmunzelte einer. „Sie haben so perfekt hintereinander das Messer angefasst, dass kein eindeutiger Schluss zu treffen ist."

Andreas kicherte. „Habt ihr wirklich erwartet, dass wir uns outen, indem einer über dem anderen anfasst?"

Kara schaute Emilia an und hob kurz eine Augenbraue. Von ihr hatte sie nämlich ganz genau erfahren, was es bedeutete, wenn das Messer wie angefasst wurde und lieber ihre Hand hinter die von Andreas direkt an den Griff gelegt, als sie auf seine zu tun. Denn man sagte, dass der, der seine Hand oben hatte, in einer Ehe führe.

Andreas deutete ihren Blick vollkommen richtig, als er feststellte: „Du hast es gewusst."

„Stimmt genau", lachte Kara. „Emilia hat es mir verraten. Und ich habe lieber dahinter angefasst, weil es sonst gelogen wäre."

Vater Winkler schmunzelte. Kara war so pfiffig, dass keiner auch nur im Traum darauf gekommen wäre, dass sie von übervorgestern stammte, wie er manchmal scherzhaft zu seiner Frau sagte. An der Körpergröße von nur einem Meter und fünfzig hielt sich auch keiner auf, weil es auch in der heutigen Zeit genügend kleinwüchsige Frauen gab, sodass Kara kaum auffiel. Sie waren beileibe nicht das einzige Paar, wo der Mann seine Frau um fast zwei Köpfe überragte.

„Ach, Frau Winkler, ich liebe dich", seufzte Andreas und Kara antwortete: „Ich dich auch, Herr Winkler."

Weil es Kara nach der Entführung noch nicht wieder ganz gut ging, wunderte sich auch niemand, dass der Hochzeitstanz ausfiel. Sie verzichtete auch auf das Nachpudern, weil die Anwesenden ohnehin wussten, wie es unter der Schminke aussah und schon unzählige wirklich schöne Bilder im Kasten waren.

Dafür gab es von den anwesenden Herren wieder eindeutige Pluspunkte. Andreas war ganz froh, dass Kara mit der Sprache noch immer einige Probleme hatte und so wenigstens nicht ständig traurig war, weil es permanent um reichen Kindersegen ging.

Vielleicht brachten Johns Analysen ja ein wenig Licht ins Dunkel, ob überhaupt eine Minimalchance auf ein Kind bestand. Nach mehr als drei Jahren hatte Andreas die Hoffnung eigentlich schon begraben. Aber vielleicht lag es ja auch an ihm.

Er werde John bei passender Gelegenheit schlicht und einfach um einen Test seiner Zeugungsfähigkeit bitten. Ehe er sich noch mehr Gedanken machen konnte, ließ sich Kara auf den Stuhl neben ihm fallen.

„Mir tun die Füße weh", klagte sie.

„Kein Wunder, wo du doch Absätze nicht gewöhnt bist", sagte Andreas und streichelte vorsichtig ihre Wange. „Geht es dir sonst wenigstens gut?"

„Es geht", wiegelte Kara ab und er wusste sofort, dass das genaue Gegenteil der Fall war.

John wurde aufmerksam. „Alles in Ordnung?"

Beide schüttelten den Kopf.

„Das werden wir gleich haben." John holte eine bequeme Gartenliege, die sich komplett verstellen ließ.

Andreas half Kara beim Hinsetzen, dann zog er ihr die Schuhe aus. „Ach du lieber Himmel! Du hast ja ganz dicke Füße! Kein Wunder, dass es dir nicht gut geht."

„Das ist aber wirklich höchste Zeit, dass du ein wenig die Beine hochlegen kannst." John zeigte ihr, wie sie die Liege mit wenigen Handgriffen verstellen konnte, ohne aufstehen zu müssen.

Kara atmete auf und Andreas machte sich nun ernsthafte Sorgen. Wenn sie offen Schwäche zeigte, dann stimmte etwas nicht, und das ganz gewaltig. Anna kramte in ihrer Handtasche und förderte fruchtige Traubenzuckerbonbons zutage.

„Möchtest du so was haben?", fragte sie Kara, ihr die Packung hinhaltend.

„Nein, danke." Kara wehrte ab, obwohl sie sonst für Süßes immer zu begeistern war.

„Oh ha", murmelte Andreas. Nun machte er sich noch mehr Gedanken.

Nach reichlich einer halben Stunde fühlte sich Kara wohler, die Schwellungen waren zurückgegangen und sie stürzte sich wieder mit in den Trubel.

„Sag mal, welche Sprache spricht deine Frau eigentlich?", wollte irgendwann einer von Andreas' Freunden wissen, weil sie bei Englisch sofort den Kopf schüttelte und Deutsch nicht alles verstand.

„Eine eigentlich tote Sprache, der sich wohl nur das kleine Volk dort im Urwald bediente", erwiderte Andreas. „Ich habe den Aufbau nie begriffen und nur ein paar Brocken aufgeschnappt. Ma-ta-hé, zum Beispiel."

„Was heißt das?"

„Andreas ma-ta-hé", sagte Kara plötzlich neben ihnen. „Andreas ist ein Gott. Einer, der mehr kann als Schamanen und Magier – ein Schöpfer."

Sie lächelte ihren Gatten liebevoll an.

Der küsste sie zärtlich. „Nun suchen sie garantiert meinen Heiligenschein."

Die Freunde kicherten amüsiert. Sie konnten sich gut vorstellen, wie jemand reagieren musste, der keinerlei Technik kannte, sein Essen nur einsammelte, wenn die Natur gerade freiwillig etwas hergab und auf einmal mit den wundersamsten Dingen konfrontiert wurde. Allerdings gaben sie auch freimütig zu, sich selber mit dem, was Andreas dort präsentierte, mehr als schwertun zu müssen.

Das Ende vom Lied war, das Andreas Karas Waffen holte und die junge Frau Winkler eine Galavorstellung gab, wie diese zu benutzen waren.

Zehn Pfeile und alle ins Schwarze oder den Ring daneben, nebst einem mit zwei Schlägen enthaupteten

Schwein, das für den Abend am Spieß steckte und über dem Grillfeuer garte. Dabei hatte sie sich noch nicht einmal mit Fett bespritzt, obwohl sie einmal von oben und einmal von unten zuschlagen musste.

„Sonst noch Fragen?", grinste Andreas. „Wer bei uns der Krieger ist, steht zweifelsfrei fest. Die Verbrecher können froh sein, dass kein Messer in Karas Reichweite war, als sie sie verschleppten. Es hätte sonst sicher Schwerverletzte oder gar Tote gegeben."

„Scheint mir auch so", flüsterte einer völlig geschockt.

Andreas trug die Waffen zurück in die Wohnung, wo er sie sofort wieder zugriffsicher gegen Fremde verwahrte. Und jeder verstand spätestens jetzt, warum Andreas leicht panisch reagierte, als sein Frauchen freiwillig auf der Liege geblieben war.

Offensichtlich hatte sie sich beim Sprung aus dem fahrenden Auto doch schwerer verletzt, als sie zugeben wollte.

Gegen ein Uhr morgens endete die Feier. Andreas trug Kara direkt vom Festzelt in die Wohnung. Sein Vater öffnete und schloss die Türen, ehe er mit seiner Frau todmüde ins Bett fiel.

Andreas und Kara widmeten sich stattdessen allen Freuden der Hochzeitsnacht. Andreas stellte fest, dass sie sich von Emilia hatte Bräuche erklären lassen, von denen er nur am Rande gehört hatte.

So trug sie etwas Altes, etwas Neues, etwas Geliehenes, etwas Blaues und einen Glückspfennig im Schuh. Der, in Ermangelung wirklicher Pfennige, ein Eurocent war und unter der Schnalle klemmte.

Das goldene Armband war eindeutig geliehen, das Kleid neu. Alt, weil schon einmal vor Wochen getragen, waren die Seidenstrümpfe. Und blau? Andreas überlegte, was wohl, außer dem Lidschatten blau sein konnte, wenn Kara blütenweiße Kleidung trug. Dann entdeckte er das himmelblaue Strumpfband ... Und nicht nur das, die Dessous kannte er auch noch nicht und so nahm er sich sehr viel Zeit, schon allein für die wundervolle Verpackung.

Kara war selig, weil ihr die Überraschung so gut gelungen war, Andreas richtig Spaß an der Sache hatte und die Nacht der Nächte am Ende ihrem Namen alle Ehre machte. Völlig verausgabt schliefen sie irgendwann eng umschlungen ein. Wenigstens hatte sich keiner irgendwelche Scherze ausgedacht, mit zu nachtschlafener Zeit Wecker stellen oder Wohnung umräumen.

Andreas machte sich auch gar nichts daraus, erst halb neun aus dem Bett zu kriechen. Neun Uhr sollte es das gemeinsame Frühstück im Festzelt geben, und bis dahin war noch genug Zeit. Kara streckte sich gähnend unter der Decke. Andreas beugte sich ihr hinunter für den Gutenmorgenkuss.

„Soll ich dich unter die Dusche tragen oder schaffst du es auf zwei Beinen?"

Kara gähnte noch einmal herzhaft. „Eher auf allen vieren", lachte sie vergnügt und ließ sich von ihm aus dem Bett helfen. Das warme Wasser löste einige der kleinen nervenden Grinde auf, die breitflächig Karas Arme und die Wangen überzogen. Andreas tupfte vorsichtig ihre Haut trocken und trug Salbe auf, ehe sich neue Krusten bilden konnten. Kara betrachtete sich seufzend im Spiegel. Wie gern hätte sie heute genau so schön wie zur Hochzeit ausgesehen.

„Für mich bist du auch so die schönste Frau der Welt", erklärte Andreas sehr ernst und zauberte Kara ein Lächeln ins Gesicht.

Zu Jeans und T-Shirt, was sie heute trug, flocht er ihr wieder einen jener kunstvollen Zöpfe, die seine Mutter so bewunderte.

Vor dem Haus kam ihnen Lizzy entgegen. Kara nahm das Kätzchen auf dem Arm mit ins Zelt. Emilia, die schon die ersten Gäste bewirtete, schaute ihr neugierig entgegen.

„Das ist nicht mein Frühstück", erklärte Kara mit einem Blinzeln, worauf die anderen in helles Lachen ausbrachen.

„Sonst würde ich dich auch ab sofort Alf nennen", witzelte Emilia und brachte Kara Kakao.

Kara kicherte amüsiert. Über Alf von Melmac und seine Vorliebe für Katzensaft, hatte Emilia schon oft erzählt. Dabei hatte sie Alf kurzerhand auf eine ferne Insel versetzt, zu der man nicht schwimmen konnte, damit es Kara einigermaßen erfassen konnte, was Außerirdische sind.

Nach dem Frühstück saß Andreas mit seinen alten Freunden zusammen, die noch vor dem Mittag die Heimreise eintreten wollten, und Kara ging mit ihren Schwiegereltern spazieren, um ihnen die Schönheiten der hiesigen Landschaft zu zeigen. Andreas wusste, dass sein Vater mit Adleraugen über Kara wachen würde und hatte nichts dagegen gehabt, dass sie das Anwesen verließen.

John saß in seinem Arbeitszimmer und brütete vor sich hin. Er hatte ursprünglich nicht vorgehabt, all das, was einmal Kira gehörte, Kara zu überlassen.

„Ach, verdammt", stöhnte er schließlich. „Ich habe sie als Enkelin adoptiert und keinen Grund, sie nicht in allen Punkten so zu behandeln." Mit sicherem Griff zog er einen Briefumschlag aus dem Schreibtisch, in dem zwei Geldkarten steckten. „Kira wird nicht mehr lebendig und das junge Volk kann es gebrauchen. Vielleicht bin ich ja sentimental, aber ich mag die beiden. Durch sie habe ich wieder so etwas wie eine Familie." John schaute aus dem Fenster, hinüber zu dem kleinen Weg, der genau neben der Straße zu seinem Grundstück führte.

Er freute sich ehrlichen Herzens für Kara, die, zwischen ihren Schwiegereltern eingehenkelt, ein glückliches Lächeln auf den Lippen hatte. Auf dem schmalen Weg waren die drei ganz eng zusammengerückt und amüsierten sich prächtig. Kara musste man einfach gern haben.

Andreas und seine Freunde waren auf der anderen Seite der Villa damit beschäftigt, die vielen Spuren des zweitägigen Trubels verschwinden zu lassen. John schüttelte ungläubig den Kopf. Er hatte fest geplant, eine Firma damit zu beauftragen, und freute sich riesig, dass ihm diese Geldausgabe erspart blieb. Auch auf der Wiese waren die Löcher der Zeltheringe schon verfüllt und nur das niedergedrückte Gras sagte, dass hier Ungewöhnliches stattgefunden hatte.

Eine Stunde später verabschiedeten sich die Männer mit festen Umarmungen von den jungen Winklers. „Passt immer gut auf euch auf und lasst von euch hören."

„Machen wir", versprach Andreas. „Wir bleiben in Kontakt."

Als die drei Fahrzeuge hinter der nächsten Biegung verschwanden, schloss er das Tor.

„Wir begeben uns gleich morgen früh in die Spur", erklärte Vater Winkler und lud schon die Tasche mit der Festkleidung in den Kofferraum.

Emilia kam mit einem Beutel aus einem Nebengebäude. „Ah, perfektes Timing!", freute sie sich, ihn Kara in die Hand drückend. „Du musst nur noch die Zweige in die Erde spießen und anschließend die Plastiktüte verschließen. Dann heißt es: Warten."

Fragende Gesichter von Andreas und seinen Eltern.

„Meine Myrte aus dem Brautkranz soll Wurzeln bekommen und ein großer Strauch werden", verriet Kara. „Das bringt Glück."

„An ihr wird es wohl auch nie liegen, wenn wir mal nicht glücklich sind", sagte Andreas lächelnd. "Sie tut wirklich alles, was in ihrer Macht steht."

Sein Vater klopfte ihm auf die Schulter. „Sie denkt über dich genau so."

„Wie lange dauert das Bewurzeln eigentlich?", fragte Mutter Winkler.

Andreas überlegte kurz. „Etwa vier Wochen, bei diesen Temperaturen und unter Folie. Aber sechs bis zehn Wochen wären auch durchaus normal."

„Hoffentlich klappt es", seufzte Mutter Winkler.

Andreas nickte zuversichtlich. „Der Strauß stand die ganze Zeit im Wasser und den Kranz hat Kara nachts noch in eine Schüssel mit etwas Wasser gelegt. „Einer der Zweige spielt ganz sicher mit. Kara, die ja von einem Naturvolk stammt, ist da sehr gewissenhaft. Bei ihnen kann ein kleines Ritual über Wohl und Wehe einer ganzen Sippe entscheiden."

Mutter zupfte sich am Ohr. „Sie passt sich so chamäleonartig schnell an, dass ich immer wieder vergesse, wie sie bis vor Kurzem gelebt hat."

„Oh je, bei Chamäleon fällt mir ein, dass sich ihre blauen Flecke jetzt in allen Schattierungen grün und gelb färben", berichtete Andreas. „Aber wenigstens wird sie im Gesicht keine Narben zurückbehalten. Die Salbe ist ein echtes Wundermittelchen und ich habe sie nie zu würdigen gewusst."

„Kara dafür umso mehr", schmunzelte Mutter Winkler. „Sie ist jetzt schon in Sorge, weil das gute Mittelchen bald alle ist."

„Sie weiß doch, dass sie hier jederzeit neue bekommen kann", warf Andreas ein.

„Das schon, aber sie weiß auch, dass man dafür wieder Geld eintauschen muss. In ihrer Welt waren Wunder teuer und nun meint sie, dass die Salbe für dich unerschwinglich sein könnte."

Andreas schmunzelte. „Na, jetzt, wo sich die Finanzen langsam erholen, dürfte der Lohn gerade noch so für eine Tube reichen. Es ist immer noch ziemlich schwierig, Kara den Wert in Geld beizubringen. Ist ja auch kein Wunder! Da hat unsereiner schon zu tun."

„Oh Mann! Da gebe ich dir vollkommen recht", stöhnte Vater Winkler. „Aber sagt uns Bescheid, wenn wirklich irgendwo die Säge klemmt."

„Eine Bitte hätte ich schon. Ich müsste meine Wohnung kündigen und irgendwie den ganzen Krempel hierher holen", sagte Andreas.

„Okay, ich kümmere mich um die Verladung in einen Container und den Transport hierher. Auch eine Firma mit dem Vorrichten zu beauftragen, dürfte nicht der große Akt werden."

„Herzlichen Dank", freute sich Andreas. „Dann schreibe ich noch heute die Mietkündigung für Dezember."

„Alles klar! Nächsten Monat hast du deinen ganzen Besitz hier. Ich werde deine Kumpels anheuern, da sind wir in Nullkommanichts fertig."

Den Abend verbrachten die vier Winklers ganz gemütlich mit John auf der Gartenterrasse, grillten, tranken Wein und sprachen über die nächsten Tage.

„Flitterwochen müssen aufgrund klammer Kassen und frischem Arbeitsvertrag ausfallen", blinzelte Andreas zu Kara hinüber.

„Es gibt bestimmt schlimmere Sachen", entgegnete sie. „Wenn wir unbedingt für etwas Geld tauschen müssen, dann für ein Auto. Damit kann man später wegfahren."

„Wird noch ein Weilchen dauern", sagte Andreas. „Möbelcontainer und Maler sind jetzt wichtiger."

„Ein bisschen kommt doch sicher von der Kaution zurück", warf Mutter Winkler ein.

Andreas kicherte. „Davon bekommt man bestenfalls ein Tretauto."

John erklärte Kara sofort, was darunter zu verstehen sei.

„Oh weh", seufzte Kara. „Und ich kann nicht einmal helfen beim Tauschen."

John stand auf. „Vielleicht kannst du es doch."

Er ging ins Haus und die anderen schauten ihm erstaunt nach. Als er nach wenigen Augenblicken wiederkam, trug er einen Ordner unter dem Arm.

„Jetzt, wo wir so schön allein sind", sagte er, den Ordner öffnend, „möchte ich noch etwas Dringendes erledigen." Nahm den Umschlag heraus, ließ die Geldkarten in seine Hand gleiten, schaute Kara an und hielt sie ihr hin. „Das gehörte einmal der anderen Kira. Ich möchte, dass du es bekommst – als Hochzeitsgeschenk sozusagen.

Auf diesem Konto dürfte genug Geld sein, damit ihr euch ein Auto kaufen könnt. Ich bin ein alter Mann und es hätte mir sehr wehgetan, das Geld meiner Enkelin zu erben."

„Aber das kannst du doch nicht machen", flüsterte Andreas, während Kara sehr betreten zu Boden schaute.

„Und wie ich kann. Ich habe Kara mit allen Rechten als meine Enkelin anerkannt. Mit allen wohlgemerkt. Ihr beide seid meine ganze Familie und immer für mich da, wenn ich kleine und große Sonderwünsche habe."

Kara und Andreas fielen John zugleich um den Hals. Er drückte sie fest an sich.

„Andreas wird dir helfen, an das Geld heranzukommen. Alles, was wirklich wichtig ist, steht hier in diesen Papieren. Morgen fahren wir alle gemeinsam auf die Bank, lassen den neuen Namen eintragen und am besten Andreas gleich als Zugriffsberechtigten, damit ja nichts schief geht."

Andreas bekam am nächsten Tag riesengroße Augen, als er die aktuellen Kontendaten in den Händen hielt. Kara war eine sehr wohlhabende Frau und John grinste amüsiert.

Drei Tage später nutzte Kara zum ersten Mal im Leben ihre Geldkarte, indem sie Andreas einen Mittelklassewagen mit viel Platz im Kofferraum spendierte. Stolz erzählte sie John davon und der freute sich, dass Andreas trotz reicher Frau ganz auf dem Teppich blieb.

Als drei Wochen später der versprochene Container angeliefert wurde, in dem Andreas' ganze Habe verstaut war, kam Kara nicht mehr aus dem Staunen heraus. Nun wurden die Zimmer umgeräumt und es zog eine richtig behagliche Atmosphäre ein.

Kara hatte alsbald einen Lieblingssessel, in welchem sie mit angezogenen Knien stundenlang hocken und lesen konnte, falls es regnete und die Gartenarbeit ausfiel. Nun, wo es langsam herbstlich wurde, kam das immer öfter vor. Bevor die Temperaturen ganz in den Keller fielen, fuhren sie zum Großeinkauf für Winterbekleidung nach London, wo Kara auch endlich den ungeheuren Trubel einer Großstadt erleben konnte.

Am Nachmittag besuchten sie noch den Zoo und Kara blieb fast die Luft weg. Da konnte sie so viele Tiere sehen, die ihr bekannt vorkamen. Bei den Großkatzen blieb sie fasziniert stehen.

„Die sind nicht so groß wie bei uns, aber ohne Stäbe dazwischen möchte ich sie auch nicht treffen."

Bei den Nashörnern stellte sie fest: „Die sind ja ganz nackt und auch viel kleiner."

Mammuts schien sie nie gesehen zu haben, denn von den Elefanten zeigte sie sich sehr beeindruckt. An das Bärengehege trat sie nur sehr zögerlich, zumal der Grizzly nicht viel kleiner war, als die Artgenossen, denen man sie zum Fraß vorgeworfen hatte.

Andreas war ziemlich sicher, dass sie die ganze Nacht vom Zoobesuch träumen werde, jetzt, wo sie mit eigenen Augen gesehen hatte, dass es die vielen Tiere aus den Fernsehsendungen wirklich gab. Sie hatte nun auch genug Fragen, zu denen sie in Andreas' vielen Büchern nach Antworten suchte.

John hatte auch tausend Fragen. Er analysierte nämlich gerade eines der Riesenhirsch-Felle. Andreas sichtete Daten, wertete aus und fotografierte unter dem Elektronenmikroskop.

Des einen Freud, des anderen Leid

John zog das Fell eines Hirschkalbes hervor. „Mal schauen, was uns der Nachwuchs zu erzählen hat."

„Das war das Stichwort", seufzte Andreas. „Sag mal, John, kannst du bei Gelegenheit mit checken lassen, was meine Spermien zu diesem Thema sagen? Kara redet nicht darüber, nur ist sie schon völlig verzweifelt, weil sich bei uns kein Nachwuchs einstellt. Nun sind es ja fast vier Jahre, seit wir uns kennen.

Es hat auch keinen Sinn, ihr über Gene, Tod und Teufel Vorträge halten zu wollen. Wo Mann und Frau sind, muss es auch Kinder geben, sagt ihre Weltanschauung und sie hält allein sich für schuldig, dass es einfach nicht klappt."

John schaute Andreas überrascht an, nickte aber. „Kann ich machen. Wäre mir ganz lieb, wenn wir das mit der Computertomografie verbinden können, die wir mit Kara vorhaben. Dann würde einen Teil sogar eure Krankenversicherung übernehmen, weil ich es als notwendig, wegen einer Anomalie, deklarieren kann, ohne lügen zu müssen."

„Du redest mit Kara und ich mache die Termine fest. Auch wenn du tausendprozentig weißt, dass sie nicht schwanger ist, ich will es von einer Spezialistin schwarz auf weiß haben, damit wir uns nicht irgendwann Vorwürfe machen müssen."

John brachte Andreas und Kara persönlich ins Krankenhaus, wo sämtliche Untersuchungen vorgenommen werden sollten. Als promovierter Humanmediziner wollte er sowieso alles selber mit überwachen, um schnell eingreifen zu können, falls ein Detail nicht in die geplante Richtung lief.

Die Chefärztin der Gynäkologie empfing die drei. „Sie sind also hier, um eine Schwangerschaft auszuschließen", stellte sie fest, als sie Karas Anamnesebogen durchgelesen hatte.

„Mir wäre es lieber, wenn Sie eine feststellen würden", seufzte Andreas, Karas Hand streichelnd.

Die Ärztin schmunzelte. „Na, dann bin ich sicher, dass das Untersuchungsergebnis mindestens einem von Ihnen von vornherein nicht gefallen wird."

Andreas hatte Kara ganz genau erklärt, was mit ihr geschehen würde, aber auch, dass John und er sehr genau aufpassen werden, dass ihr niemand Böses tat. Logisch, dass Kara, die vielen fremden Dinge in dem weißen, kalt wirkenden Raum Angst einjagten. Zitternd nahm sie auf dem Untersuchungsstuhl Platz. Andreas hielt ihre Hand und John nickte beruhigend.

„Sie wollen die anschließende Tomografie wegen der anatomischen Anomalien machen lassen?", fragte die Ärztin nebenbei.

Die Männer wechselten einen raschen, ungläubigen Blick. Anatomisch?

„Ja, das ist einer der Gründe", antwortet John geistesgegenwärtig. „Sind sie denn so gravierend?"

„Eigentlich nicht, aber ich habe das so noch nie gesehen", erwiderte die Ärztin, ihm zwei, drei winzige Unterschiede zum heutigen Menschen zeigend. „Fest steht, Sie sollten Ihr Vorhaben verschieben. Ihre Patientin ist mindestens in der neunten Woche schwanger." Sie druckte das Ultraschallbild aus.

Andreas stieß einen Freudenschrei aus, dass John die Ohren klangen.

„Soll sie hier weiterbetreut werden, um Missbildungen auszuschließen?", raunte die Ärztin Professor Helmbrechts ins Ohr.

„Nein, sie wird nun in einer Privatklinik untergebracht", stellte der Professor sofort klar und nahm die ausgedruckten Ergebnisse in Empfang.

Er hatte Mühe, nach außen völlig ruhig zu bleiben. Rasch verließen sie das Klinikgelände. Auf einem freien Flecken, etwas außerhalb der Stadt hielt John an.

„Was ist mit mir?", fragte Kara verunsichert, weil Andreas sie schon auf der ganzen Fahrt fest im Arm gehalten hatte.

Nun küsste er sie zärtlich mit strahlenden Augen. „Wir beide bekommen ein Baby."

„Wirklich?" Sie schaute ihn ungläubig an.

„Ganz wirklich", antworteten beide Männer zugleich und John fügte lachend hinzu: „Herzlichen Glückwunsch!" Er umarmte beide freudig.

Kara kuschelte sich an Andreas' Schulter, schloss die Augen und seufzte: „Endlich. Ich bin sehr glücklich."

„Frag mal, wer noch!", rief der werdende Papa. „Das heißt aber auch, dass John dich nun immer wieder einmal in den Arm pieken muss, um Blut zu nehmen."

Kara winkte ab. So schlimm war das nicht gewesen und mit Andreas hatte John das schließlich auch gemacht. „Und dieses Tomo?", fragte sie plötzlich.

„Irgendwann später einmal", erklärte John. „Das hat jetzt viel, viel Zeit."

„Bist du nun traurig?"

John streichelte Karas Hand. „Nein. Ich freue mich mit euch auf das Baby."

Kara rollten dicke Freudentränen über die Wangen. Bis jetzt hatte sie felsenfest geglaubt, schuld zu sein, dass kein Nachwuchs kam, selbst wenn ihr Andreas immer wieder erklärte, dass das durchaus normal sein könnte, bei der Verbindung von Mitgliedern derart unterschiedlicher Sippen. Für Kara hatte einzig seine überdurchschnittliche Potenz gezählt und damit musste es doch klappen!

Andreas wunderte sich nur, warum er es nicht selber gemerkt hatte, dass sich endlich Familienzuwachs einstellen wollte. Möglich, dass der Stress der letzten Wochen sein Zeitgefühl völlig ruiniert hatte. Plötzlich maß man wieder an der Uhr die Zeit, statt an Sonne und Mond und viele Dinge gingen für ihn einfach im Alltag unter.

Er schwor sich hoch und heilig, wieder mehr auf die Befindlichkeiten seiner Frau zu achten. Kara klagte selten und wenn, dann hatte sie handfeste Gründe.

Im Augenblick lächelte sie selig vor sich hin. Sie musste sich um das Wohlergehen ihres Babys keine Sorgen machen. Hier gab es genug zu essen und keine wilden Tiere, die es stehlen konnten. Dass es böse Menschen gab, wusste allerdings auch niemand besser als sie. Aber sie hatte Andreas, John und viele andere, die mit aufpassen würden – eben eine große zusammengehörende Gemeinschaft, die ihre Mitglieder nicht einfach im Stich ließ. Zu Emilia, Johns Haushälterin, hatte Kara schon lange eine feste Freundschaft aufgebaut.

Am Anfang hatte sie ziemliche Mühe gehabt, zu begreifen, dass Emilia ausschließlich da war, um John mit allem zu versorgen, was sonst eine Frau tat, mit der ein Mann fest lebte, außer mit ihm Sex zu haben. Emilia sprach inzwischen auch recht gut Deutsch und so erklärte sie Kara, dass es ihr Job war, dies alles zu tun, eben weil John keine Ehefrau hatte und, dass sie dafür bezahlt wurde.

Erst als der Satz gefallen war: Ich arbeite für John, hatte es bei Kara klick gemacht. Andreas arbeitete ja auch für John und bekam dafür Geld, das er für Essen und all die schönen Dinge eintauschen konnte, die sie hier in der Wohnung umgaben.

Inzwischen hatte sie auch begriffen, dass alles irgendjemandem gehörte, der Geld dafür fordern konnte. Alles logisch. Unlogisch aber, warum der liebenswerte John keine Frau hatte. Also fragte sie, ganz unter Frauen, Emilia danach.

„Das weiß ich auch nicht", seufzte die und hob ratlos die Schultern.

Kara kam ins Grübeln. In ihrer Sippe hatten sich alte Männer auch junge Frauen genommen. Nur alte Frauen bekamen nie junge Männer ab … Vielleicht war es hier ja anders herum? Kurzhand trug sie ihre Gedankengänge Andreas vor und war erstaunt, dass der, genau wie Emilia, die Schultern hob.

„Danach musst du John wohl selber fragen", riet er.

Kara schob die Unterlippe vor. „Dann schimpft er mit mir, weil ich neugierig bin."

Andreas schüttelte amüsiert den Kopf. „Hat John schon mal mit dir geschimpft?"

„Nein. Ich war noch nie neugierig."

„Du traust dich nicht!", stichelte Andreas.

„Stimmt", seufzte Kara.

„Aber wissen möchtest du es schon recht gern?"

„Hm."

„John kommt gerade nach Hause."

Kara seufzte noch einmal.

Ein paar Tage später fasste sie sich schließlich ein Herz. „John", sie dehnte den Namen, „warum hast du keine Frau?"

„Weiß nicht …", murmelte er überrascht und nachdenklich.

„Wie???" Kara schaute ihn verdattert an.

„Hab nie wirklich darüber nachgedacht und du bist die Erste, die mich überhaupt danach fragt."

Kara nagte auf der Unterlippe. „Hier muss man ja auch keine haben."

„Du meinst, weil man alles kaufen kann?"

Kara nickte zaghaft.

John nickte auch. „Na ja, könnte schon sein, dass das ein Grund ist."

„Kann man auch Sex kaufen?", fragte Kara vorsichtig und erwartete, dass er sie auslachen würde.

„Auch das kann man kaufen", erwiderte John zu ihrer größten Verblüffung. „Aber Sex ohne Liebe macht keinen Spaß."

Das leuchtete Kara ein. Schließlich hatte sie sich auch mit Beißen und Kratzen gegen den Mann gewehrt, der sie verschleppt hatte. Und wenn sie so darüber nachdachte, dann wäre sie lieber verhungert, als Sex bei ihm gegen Essen zu tauschen.

Andreas kam ins Zimmer. Er stutzte kurz, weil sich beide ziemlich still gegenübersaßen. „Hat sie dich jetzt verlegen gemacht?"

„Ganz und gar nicht", sagte John. „Sie hat mich zum Nachdenken gebracht und dafür bin ich ihr sehr dankbar. So alt, dass ich auf alles verzichten muss, bin ja wirklich noch nicht." Er lächelte Kara erleichtert an. „Ich sollte mir in der Tat wieder eine Frau suchen."

„Und was wird mit Emilia?", flüsterte Kara, worauf sie beide Männer überrascht musterten.

Bei John hatte die einfache Frage zur Folge, dass er nächtelang wach lag. Zum einen, weil Kara aussprach, was sie dachte und wie sie die Sache als nüchtern denkender Mensch eben sah. Zum anderen, weil er sich gerade darum sorgte, was aus Emilia werden würde. Sie war auch schon fast fünfzig. Genau genommen lebte sie fast ihr ganzes Leben mit ihm unter einem Dach. Mit sechzehn hatte sie die Dienststellung angetreten und war seitdem als guter Geist für seine Familie und nach dem Unglück für ihn allein Tag und Nacht da gewesen.

Sie hatte nie um Urlaub gebeten, war nie ausgegangen, nie krank gewesen und nie ins Gerede der Nachbarn gekommen. Sie hatte den Lohn genommen, den er freiwillig zahlte und niemals gemurrt. Mit den Winklers verstand sie sich wortlos. Sie war richtig aufgelebt, seit mit Kara noch eine Frau im Haus war, mit der sie sich hin und wieder unterhalten konnte.

Gerade eben räumte sie das Abendbrotgeschirr ab. „Wünschen Sie heute roten oder weißen Wein zur Abendunterhaltung?", fragte sie.

„Welchen trinken Sie am liebsten?", antwortete John mit einer Gegenfrage.

„Lieblichen Weißwein", entgegnete Emilia lächelnd und entschwebte mit dem Tablett in die Küche.

John folgte ihr. „Bitte stellen Sie Ihren Lieblingswein, zwei Gläser und Knabbereien in den kleinen Salon."

„Sehr wohl." Emilia beeilte sich, seine Wünsche zu notieren, ehe sie den Abwasch in den Spüler sortierte.

Bestimmt bekommt er Damenbesuch, überlegte sie. Er hat in den letzten Tagen noch mehr Sorgfalt auf sein

Äußeres gelegt, als sonst, und duftet unglaublich gut nach einem neuen Aftershave. Wer mag die beneidenswert Glückliche sein? Jemand hier aus dem Ort? Oder gar aus der Stadt?

Ein Blick auf die Uhr, John hasste Unpünktlichkeit. Auf die Minute genau stellte sie zwei weiße Weinsorten, Gläser und verschiedene Snacks bereit. Beim Hinausgehen traf sie mit ihm in der Tür zusammen.

„Emilia, ich weiß zwar, dass Sie Feierabend haben – wäre es trotzdem möglich, dass Sie sich ein wenig Zeit für mich nehmen könnten?"

„Ja, natürlich", versicherte sie sofort. „Klingeln Sie, wenn Sie mich brauchen."

Über Johns Gesicht huschte ein Lächeln, dann drückte er den Knopf der Botenklingel.

Emilia zuckte überrascht zusammen und versuchte in seinen Augen zu lesen, die amüsiert blitzten, wie sie es noch nie bei ihm bemerkt hatte.

„Ich brauche Sie wirklich, Emilia", erklärte er. „Nehmen Sie Platz."

Regelrecht verschüchtert setzte sie sich auf die Kante des Sessels. John schien es nicht zu bemerken, öffnete stattdessen eine Flasche und schenkte ein. Er hob sein Glas und schmunzelte, als sie, sehr zögerlich, nach dem Zweiten fasste.

„Ich möchte auf Ihr Wohl trinken", sagte John. „Auf viele Jahre wundervoller Zusammenarbeit, in der Hoffnung, dass noch unzählige solcher Jahre hinzukommen."

Emilia stieß erstaunt mit ihm an.

„Sie wissen, dass ich nie viele Worte mache. Stünden von Ihrer Seite ernste Gründe dagegen, diese Jahre nicht als meine Dienstmagd zu verbringen, sondern als meine Lebensgefährtin, mit dem Bonus vielleicht einmal angetrautes Weib zu werden?"

Sie schaffte es gerade noch, das Glas auf dem Tisch abzusetzen, dann kippte sie ohnmächtig um.

„Du lieber Gott! Das habe ich nicht gewollt!" John war mit einem Satz bei ihr. „Ich liebe Sie", flüsterte er, als sie in seinen Armen die Augen wieder aufschlug.

Statt einer verbalen Antwort schmiegte sich Emilia einfach an Johns Brust. Und der sagte sich, jetzt oder nie, und küsste sie zärtlich. „Kara hat mir die Augen geöffnet, was Sie für mich wirklich bedeuten", verriet John. „Sie sieht alles aus einem völlig anderen Blickwinkel und sie hat recht.

Ich habe es stets verdrängt, dass Sie die Frau sind, die mein Leben wirklich lebenswert macht, nachdem meine ganze Familie ausgelöscht wurde." Er lächelte zufrieden. „Emilia, ich liebe Sie … nein, dich, wirklich sehr. Du musst auch keine Angst haben, dass du nun finanziell schlechtergestellt wirst. Du wirst weiterhin dein Geld erhalten, nur dass es sich jetzt Unterhalt nennen wird.

Du musst auch nicht mehr genau nach der Uhr leben. Ich möchte nur pünktlich meine Mahlzeiten haben. Wenn du dich ein Stündchen mit Kara in den Garten setzen möchtest, dann machst du es einfach. Okay?"

„Okay." Emilia genoss das Gefühl von Geborgenheit in seinem Arm. Der Altersunterschied von fast 17 Jahren wäre für sie nie ein Kriterium gewesen, John einen Korb auf seinen Antrag zu geben. John war ein fast schon mustergültiger Gentleman – gut aussehend, sehr gepflegt, immer stilsicher und korrekt gekleidet, manchmal etwas pedantisch aber sein Wort hatte überall Gewicht.

Seit der Ankunft von Andreas und Kara glänzte er zudem durch witzige und geistreiche Bemerkungen, die ihn noch sympathischer machten. Emilia wäre nicht einmal im Traum darauf gekommen, dass seine auffälligen Bemühungen der letzten Tage ihr gegolten hatten. Auch, wie er sie heute um Mitternacht in ihr Zimmer brachte, imponierte ihr.

„Ich möchte nicht, dass wir beide morgen ein schlechtes Gewissen haben", flüsterte er. „Wenn du das erste Mal bei und mit mir schläfst, soll es aus freien Stücken sein und nicht, weil du durch meine Schuld unter Alkoholeinfluss stehst. Ich wünsche dir schöne Träume, mein Schatz!"

„Die wünsche ich dir auch", erwiderte Emilia, sich noch einmal ganz fest ankuschelnd.

Als John die Tür hinter sich schloss, stellte sie gähnend den Wecker, duschte und wäre fast noch währenddessen eingeschlafen.

Der Piepton riss sie am nächsten Morgen aus dem Tiefschlaf. Sie quälte sich leicht verkatert aus dem Bett. Das kalte Wasser, mit welchem sie ihr Gesicht spülte, vertrieb schnell die letzten Spuren einer langen Nacht. Emilia schaute in den Spiegel. Plötzlich wurde ihr klar, dass der vergangene Abend kein Traum gewesen war. Sie nickte sich selber zu und ihr Spiegelbild schien zu flüstern: Mach schnell! John braucht dich!

„Schon fast unterwegs", schmunzelte sie, griff nach der weißen Servierschürze und eilte in die Küche. Als der Kaffee durch den Filter lief, räumte sie rasch im kleinen Salon auf, lüftete und deckte den Frühstückstisch.

Pünktlich, wie ein Präzisionsuhrwerk, erschien John und rief fröhlich: „Guten Morgen!"

Mit dem strahlendsten Lächeln erwiderte Emilia den Gruß.

„Hier fehlt was!", beanstandete John den Tisch.

„Oh, tut mir leid!" Emilia überflog das Gedeck. Es stand alles bereit.

John begann schallend zu lachen. „Auf deinem Platz ist gähnende Leere. Macht der Gewohnheit?"

Sie nickte und holte sich Geschirr und Besteck. John schenkte Kaffee aus, was sonst immer ihre Aufgabe gewesen war.

„Du wirkst etwas konfus."

„Das bin ich auch", seufzte sie. „Es ist wie im Märchen."

„Ich werde Andreas sagen, dass wir heute ab Mittag freimachen. Wir könnten auf der Terrasse grillen …"

Emilia nickte begeistert. Fleisch war da, Würste auch, ebenso die Zutaten für verschiedene Salate.

„Ach, da kommt er gerade!" John hatte die Schritte auf der Treppe gehört. Er öffnete die Tür. „Wie gerufen! Kommt rein!"

Die Neuankömmlinge wünschten einen guten Morgen.

„Wir beide haben beschlossen, heute ab Mittag mit euch zu grillen. Natürlich nur, wenn ihr nicht schon anderweitig geplant habt." John zog Emilia an sich. Andreas hob überrascht die Augenbrauen und Kara machte „Oh".

Emilia blinzelte ihr zu, worauf Kara Andreas am Arm rüttelte. „Siehst du? Nun hat John eine Frau und Emilia ist glücklich."

„Und Kara ist schuld!", lachte John.

„Ja, ja, ja! Kara ist gerne schuld, wenn alle glücklich sind!"

Andreas nahm sie in den Arm, streichelte ihren Bauch. „Willst du mit runter ins Labor oder lieber Emilia helfen?"

„Emilia helfen!", nickte Kara heftig.

„Bis später!" Die Männer begaben sich an die Arbeit und die Frauen verschwanden in der Küche.

Emilia begann, die Marinade für die Steaks vorzubereiten, Kara schnitt mit dem Wiegemesser Kräuter und beobachtete mit Adleraugen, was Emilia machte, besonders, als sie die Zutaten für die verschiedenen Salate zusammenstellte.

„Ich freue mich auf das Grillen", verriet Emilia mit strahlenden Augen.

„Das verstehe ich sehr gut", antwortete Kara. „Du warst ja nie mit dabei, weil du immer gearbeitet hast. Jetzt hast du bestimmt auch abends frei."

„Ganz bestimmt", schmunzelte Emilia. „Da werde ich ein wenig häkeln und stricken. Ich kenne jemanden, da kommt bald ein Baby auf die Welt, das bestimmt kleine Schuhchen und Jäckchen braucht."

„Oh", seufzte Kara. „Darf ich das auch lernen? Andreas hat im Wald mal von so was gesprochen."

„Aber sicher! Ich bringe es dir bei."

Kara hob plötzlich den Kopf. „Wo macht man im Winter eigentlich das Feuer an, damit es im Haus warm wird?" Schließlich gab es weder einen Kamin noch eine Feuerstelle im Haus. Mit dem Backofen würde man ganz sicher nicht heizen.

Emilia lachte fröhlich. „Komm mit, das zeige ich dir sofort. Auf dem Rückweg nehmen wir gleich den Servierwagen mit hinaus. Heute ist schönes Wetter, da heizen uns die Wärmestrahler auf der Terrasse ordentlich ein und wir können draußen grillen."

Sie führte Kara ins erstbeste Zimmer. „Siehst du die weißen Platten da in der Wand? Da fließt, wenn es kalt ist, sehr heißes Wasser durch und heizt das Zimmer."

„Aha! Ich dachte, das wäre etwas, das mit den Fenstern darüber zu tun hätte", schmunzelte Kara. Dann folgte sie Emilia in den Keller.

„Und hier in dem großen roten Metallkasten brennt das Feuer, das alles warm macht – das Wasser aus dem Wasserhahn und das Wasser zum Heizen. Dort draußen, das riesige graue Ding ist ein Öltank. Da kommt zwei Mal im Jahr ein Tankauto und füllt ihn. Mit dem Öl kann man überhaupt erst das Feuer machen, damit es schön warm ist."

Kara staunte. „Das kostet sicher sehr viel Geld."

„Ja, das tut es. Deswegen darf man auch kein Wasser verschwenden und nur so viel heizen, dass es angenehm, aber nicht heiß ist."

„Das verstehe ich", murmelte Kara.

Andreas hatte die Geräusche gehört und kam nachschauen.

„Alles in Ordnung", sagte Emilia sofort. „Ich erkläre Kara nur gerade, wo das warme Wasser herkommt und wie es gemacht wird, dass bei Kälte das Haus schön warm ist."

Beim Grillen war Kara sehr still und die Männer schauten die Frauen fragend an. Emilia zuckte unwissend mit den Schultern. Kara biss sich wieder einmal auf die Unterlippe.

„Worüber denkst du nach", fragte Andreas erstaunt.

„Über das warme Wasser, das Öl und wie teuer das ist", gab Kara zur Antwort.

Andreas begann zu lachen. „Alles klar! Hab begriffen, worüber du wirklich grübelst. Du duschst weder zu oft noch zu lange. Ich hätte es dir doch gesagt, wenn es falsch gewesen wäre."

„Ja. Ja, das stimmt", nickte Kara und entspannte sich wieder.

„Noch eine gute Nachricht", schmunzelte John. „Wir haben vorhin gerade wieder deine Blutwerte untersucht und es ist alles in bester Ordnung."

„Schön", freute sich Kara, ihren Bauch streichelnd, dem man noch nicht ansah, dass endlich ein lang gehegter Wunsch in Erfüllung gegangen war. In ihrer alten Welt hatte es niemanden interessiert, ob während einer Schwangerschaft alles in Ordnung war. Das wurde erst ein Thema, wenn das Kind geboren wurde. Allerdings wusste sie auch, dass Mutter und Kind diesen Tag manchmal nicht überlebten, und war sehr dankbar, dass sich John, der Heiler, so um sie kümmerte.

Kara zählte täglich mehr Gründe auf, weshalb ihr das neue Leben viel besser gefiel. Zwar fehlten ihr manchmal die Urwaldriesen und den englischen Rasen fand sie ziemlich albern, aber dafür wurde sie durch die Wildblumenwiese am großen Fischteich und den wundervollen Kräutergarten entschädigt.

Im Augenblick saß sie, an Andreas gekuschelt unter dem großen Strahler und blinzelte John zu, der gerade Emilia genau so in seine Arme zog.

„Machen wir einfach für heute Feierabend, Andreas", schlug er vor. „Ich habe soeben andere Beschäftigungen ins Auge gefasst, als noch vier Stunden im Labor zu hocken."

Andreas nickte schmunzelnd, Kara kicherte und Emilia wurde feuerrot. Dabei machte ihr Herz vor Aufregung einen Riesensprung. John grinste jungenhaft, weil er das erste Mal in seinem ganzen Leben, seine sonstige Zurückhaltung glattweg vergessen hatte.

Um sich seine Ungeduld nicht anmerken zu lassen, half er beim Aufräumen des Grillplatzes, während die Frauen die Lebensmittel in den Kühlschrank brachten und das Geschirr in den Spüler.

Die Winklers befanden eine zusätzliche Kuschelstunde ebenfalls für dringend nötig und huschten rasch die Treppe hinauf. John spähte zur Küchentür herein und wartete auf Emilia, die deutlich mehr Farbe in den Wangen hatte, als im Normalfall.

„Die Klingel ist abgestellt, der Anrufbeantworter in Aktion", flüsterte er blinzelnd, „Weise mich jetzt bitte nicht zurück."

„Das wäre das Allerletzte, was ich täte", gab Emilia genau so leise zurück und schmiegte sich an Johns Brust.

Er zog seine Wohnungstür hinter ihr zu und drehte sogar den Schlüssel herum. Mit der Fernbedienung schloss er die Lamellen der Jalousien.

Dann nahm er Emilia in die Arme, um sie so leidenschaftlich zu küssen, dass sie weiche Knie bekam. Der Reißverschluss ihres Kleides schien nur darauf gewartet zu haben, geöffnet zu werden, dann glitt es auch schon über ihre Schultern. Johns Lippen folgten dem Stoff langsam.

„Das solltest du lieber selber tun", schlug er vor, als seine Fingerspitzen die dünne Strumpfhose berührten.

Emilia beeilte sich, seinem Wunsch zu entsprechen. Er schlüpfte in dieser Zeit komplett aus seiner Kleidung, um Emilia sofort auf seinen Schoß zu ziehen, wo er an Spitzen-BH und Tanga selber Hand anlegte. Die Tatsache, dass sie nur solch winzige Höschen trug, heizte ihm gewaltig ein. Er konnte sich nicht einmal mehr auf ein Vorspiel konzentrieren und kam sofort äußerst heftig zur Sache.

„Tut mir leid. Mir sind die Sicherungen durchgebrannt", hauchte er ihr ins Ohr. „Ich schwöre, dass du auch auf deine Kosten kommen wirst."

Emilia lächelte mit geschlossenen Augen. Sie hatte die wilde Leidenschaft, des sonst so kühlen Denkers, sehr genossen und nur ein winziger Moment hatte gefehlt, um sie mit ihm zugleich in einen Glücksrausch zu versetzen.

Statt einer verbalen Antwort presste sie ihn fest an und in sich, um Sekunden später zum Höhepunkt zu gelangen. John kostete dieses Gefühl, sie doch noch befriedigt zu haben, in vollen Zügen aus.

Es war so unglaublich lange her, als er das letzte Mal solch erfüllenden Sex gehabt hatte. Emilia schmiegte sich, neben ihm liegend eng an und ließ ihre Fingerspitzen über seine Brust gleiten. Er streichelte ihren Rücken und genoss die stumme Zweisamkeit. Irgendwann begannen seine Hände fast von allein ihren Körper zu erkunden und hielten nur manchmal inne, weil die ihren gerade eine Stelle seines Körpers berührten, die mit sehr viel Gefühl reagierte.

Emilia merkte schnell, womit sie John am meisten begeistern konnte und nutzte das geschickt, um ihn noch einmal in Hochstimmung zu bringen und selbst genießen zu können. Bedauernd streifte ihr Blick seine Armbanduhr. Sie würde sich sehr beeilen müssen, um pünktlich den Nachmittagskaffee auf den Tisch bringen zu können.

John bemerkte das wohl, winkte ab und hielt sie weiter fest im Arm. Bis schließlich sein Magen zu knurren begann, der es gewohnt war, pünktlichst zum Nachmittag ein Häppchen zu bekommen.

John atmete tief durch. „Ich liebe dich und freue mich schon auf heute Abend."

„Dieser Satz hätte glatt von mir stammen können", blinzelte Emilia und zog sich rasch an.

John schaltete das Handy wieder ein, welches sofort eine SMS anzeigte.

„Wer nervt?", murmelte John mit lustigem Grinsen. „Aha! Na, aber klar doch!" Er wandte sich Emilia zu. „Keine Hatz, wir sind bei den Winklers zum Kaffee eingeladen." Er zog sich ganz gemächlich weiter an. „Ich werde dann gleich Andreas bitten, uns beim Räumen zu helfen, damit du deine persönlichen Dinge heute noch hier in die Wohnung bekommst."

Prof. Dr. John Helmbrecht

Emilia machte das Bett, lüftete und war pünktlich fertig, um auch noch ihrer Frisur den letzten Schliff zu geben. John reichte ihr den Arm und führte sie die Treppe hinauf, wo Kara und Andreas an einem liebevoll gedeckten Tisch in der urgemütlich eingerichteten Sitzecke aufwarteten.

„Ihr seht glücklich aus", stellte Andreas lächelnd fest.

Emilia und John warfen sich einen verliebten Blick zu.

„Sind wir", verriet John und streichelte ihre Hand.

„Wann hast du eigentlich deine Frau verloren?", fragte Andreas.

John lachte auf. „Verloren ist gut! Ich war nie verheiratet! Und die Mutter meines Sohnes hat mich mitsamt Säugling sitzen lassen, da war er gerade vier Tage alt."

„Wie???" Die Frauen und Andreas glaubten, sich verhört zu haben.

Die Winklers schauten Emilia an.

Die hob die Hände. „Ich bin vor rund 34 Jahren bei John in Dienst getreten, da war sein Sohn gerade zwölf Jahre alt. Und ich nicht viel älter", fügte sie schmunzelnd hinzu."

„Sie war ein Glücksgriff. Niemand konnte sich so gut auf einen Pubertierenden einstellen, wie Emilia. Ihr Wort hatte bei Andrew Gewicht", erzählte John. „Ich weiß bis heute nicht, wie sie es hinbekommen hat."

„Oh je! Willst du das wirklich wissen?", seufzte Emilia.

„Ein bisschen neugierig bin ich schon. Ich lebe mit dir seit so vielen Jahren unter einem Dach, habe dich immer und zu vollem Recht als Vertrauensperson behandelt und weiß, genau genommen, außer Alter, Namen und Geburtsort, nichts über dich."

„Hä?", machte Andreas und riss die Augen auf.

„Nicht einmal, warum ein wirklich hübsches Mädchen aus einer Stadt, die fast 80 Kilometer entfernt ist, plötzlich in so einer abgelegenen Gegend Arbeit suchte", fügte John noch hinzu. „Sie sah so verzweifelt aus, dass ich spontan ja gesagt und es nie bereut habe."

Emilia sah in erwartungsvolle Gesichter und überlegte ziemlich lange, wie sie beginnen sollte. Mit einer hilflosen Handbewegung wischte sie alle Zweifel weg.

„Meine Eltern sind streng katholisch", begann sie schließlich. „Sie haben mich eines Tages mit einem jungen Mann in ziemlich eindeutiger Stellung erwischt und rausgeworfen. Also habe ich versucht, mich weit weg zu verstecken und bin zu Fuß bis hierher gewandert.

Unterwegs habe ich bei Bauern geholfen, um etwas zu Essen und ein Dach für eine Nacht über dem Kopf zu haben. Überall fragte ich erfolglos nach einer dauerhaften Anstellung. Alle schüttelten nur die Köpfe.

Dann kam ich hier in die Gegend und beinahe jeder sagte: Geh mal zu Helmbrecht fragen. Auf die Gegenfrage, wer das sei, kam fast immer die Antwort: Ein Wissenschaftler, der mit seinem Sohn allein in einer Villa wohnt, wo es nicht ganz geheuer sein soll. Er zahlt aber gut.

Nicht geheuer hin oder her, ich hatte keine Wahl und gute Bezahlung war ein Anreiz für jemanden, der nur das besaß, was er in einem kleinen Rucksack stecken hatte.

Ich rechnete mit einem alten Mann und war ziemlich erstaunt, dass der, den ich im ersten Augenblick für den Sohn hielt, der Besitzer des Anwesens war. Er hörte sich mein Anliegen an, betrachtete mich von Kopf bis Fuß und meinte: Versuchen wir es, ich kann eine gute Fee im Haus gebrauchen.

Na, ja und seitdem bin ich hier. Mich auf Andrews Sorgen einzustellen, war also nicht wirklich ein Problem. Er fragte, besonders wenn es um Mädchen ging, lieber mich, die ich nur vier Jahre älter war, um Rat, als seinen Vater.

Wenn er Dummheiten angestellt hatte, nahm ich die Strafe oft auf mich, weil er es meist aus Tollpatschigkeit und nicht mit Absicht getan hatte. So hat er eben einmal beim Rutschen auf dem Treppengeländer das Gleichwicht verloren, fiel vorzeitig herunter und in eine sündhaft teure Porzellanvase."

„Die ich dir dann zur Hälfte vom Lohn abgezogen habe, weil du erzählt hast, du hättest sie beim Putzen umgeworfen", sinnierte John. „Ich schätze, das Glashaus ging auch auf seine Kappe und nicht darauf, dass du mit der Gartenhacke zu weit ausgeholt hast."

„Richtig", schmunzelte Emilia. „Das hat er mit seinem Moped getötet, als er die Kontrolle verlor."

John schlug die Hände vor das Gesicht und schaute durch die gespreizten Finger.

„Du musst kein schlechtes Gewissen haben. Andrew hat mir die Unkosten doppelt zurückerstattet, als seine Anwaltskanzlei gut ins Laufen gekommen war."

„Und keiner von euch hat je einen Ton verlauten lassen", staunte John.

Emilia nickte, wischte eine Träne weg und sagte: „Das war unser Schwur. Andrew hatte mich gebeten, solange er lebe, dir nie davon zu erzählen. Als hätte er es geahnt, dass irgendwann so Schreckliches passieren würde."

John drückte sie fest an sich. „Ich glaube, auch wenn ich Wissenschaftler bin, an ein Schicksal. Das habe ich auch Andreas so gesagt.

Uns hat das Schicksal allen kräftig in die Suppe gespuckt und nun scheint es uns dafür entschädigen zu wollen. Ich habe damals, als blutjunger Student, eine Tochter aus sehr begütertem Haus geschwängert.

Sie hat kurzerhand ein Pseudo-Praktikum im Ausland gemacht, damit ihre Familie keinen Wind von der Sache bekam, das Kleine dort geboren und mir buchstäblich, ohne dass ich überhaupt von der Schwangerschaft gewusst hatte, eine Kinderüberraschung beschert. Sie tauchte auf, drückte mir das Baby mitsamt den Papieren in die Hand. Das ist deins. Stieg ins Auto und verschwand.

Ich hatte ganze fünf Minuten, um zu begreifen, dass ich plötzlich Vater war. Ich bewohnte nur ein Zimmer am äußersten Stadtrand von London und mühte mich sehr, ein Neugeborenes und mein Studium unter einen Hut zu bekommen.

Meinen alten Herrschaften wollte ich es auch nicht beichten. Wenigstens mangelte es mir nicht an Geld, Andrew mit allem zu versorgen, was er brauchte, um gut gedeihen zu können.

Er war auch ein ruhiges Baby und so störte es niemanden, wenn der Kinderwagen hinter mir im Hörsaal stand. Glücklicherweise beeindruckte es genau die richtigen Leute, wie ich junger Kerl mit all dem fertig wurde und man bot mir einen Job im Institut an, wo ich mich, Stück für Stück, bis zum wissenschaftlichen Leiter hocharbeitete und es schließlich sogar privat übernahm.

Von seiner Mutter habe ich nie wieder gehört, bestenfalls in der Zeitung gelesen, wenn sie wieder einmal eine mondäne Party gab. Welcher Teufel mich geritten hatte, überhaupt mit ihr ins Bett zu gehen, weiß ich bis heute nicht."

„Hat sie dir wenigstens Unterhalt für den Kleinen gezahlt?", fragte Andreas.

„Fehlanzeige." John machte eine wegwerfende Handbewegung. „Ich habe ihn schon in sehr jungen Jahren über seinen Ursprung aufgeklärt und er hielt es wie ich – lass sie in ihrer, ach so heilen, Welt und gehe deinen eigenen Weg. Dabei hätte er, als Rechtsanwalt, ohne Mühe alle Register ziehen können. Er hatte offensichtlich keine Eigenschaften seiner Mutter geerbt.

Als er auf einer ziemlich heißen Studentenparty ungeplantes Leben in die Welt setzte, hatte er den Anstand, das Mädchen und später ihre Tochter zu versorgen.

Und weil sie merkte, dass er es wirklich aus tiefstem Herzen ehrlich meint, hat sie ihn schließlich geheiratet." John machte eine Pause und nahm einen großen Schluck Kaffee. „Als die drei nicht mehr aus dem Urlaub zurückkehrten und ich irgendwann die Überreste zu Grabe tragen musste, dachte ich, die ganze Welt bricht zusammen. Nur die Hoffnung, vielleicht eines Tages Kira lebend wiederzufinden, hielt mich aufrecht.

Na, und dann kamt ihr. Schlagartig war mir klar, dass Kira wirklich tot ist und jemand anders dazu ausersehen war, neue Kraft in mein Dasein zu bringen.

Wenn ich Emilia nicht verärgere, dann habe ich vielleicht sogar in absehbarer Zeit eine Ehefrau, die diesen ehrenvollen Titel auch verdient und", er dehnte das Wort genüsslich, „ein Urenkelchen von euch, das wirklich in einer richtigen Familie aufwachsen kann."

Er blinzelte Kara zu. „Das ist das erste Kind seit langem, das hier wirklich ersehnt und erwartet wird und auf das sich alle freuen. Vielleicht ist damit nun auch der unselige Fluch von mir genommen, stets um irgendetwas und irgendwen trauern zu müssen."

„Hoffen wir nur, dass das Zeittor nun auch auf immer verschlossen bleibt", seufzte Andreas. Er streichelte Karas Bauch und begann zu lächeln. „Oh, das erste Mal, dass ich spüren kann, wie sich mein Baby bewegt."

Kara nickte begeistert. Seit ein paar Tagen konnte sie es schon fühlen, dass wirklich neue Leben heranwuchs. Und nun konnte endlich auch Andreas teilhaben, indem er die Tritte winziger Füße wahrnahm.

John zog Emilia auf seinen Schoß. „Was meinst du? Sollten wir nicht heiraten, bevor die Feierei für Kara zu beschwerlich wird?"

Emilia strahlte ihn an. „Dann bleibt uns nicht viel Zeit."

„Sagen wir – in vier Wochen? Oder drei Wochen? Drei. Drei klingt gut. Alle guten Dinge sind drei."

„Alles, was du willst!", jubelte Emilia und küsste John so stürmisch, dass der fast in die Polster gedrückt wurde.

„Wenn das keine Leidenschaft ist, dann weiß ich auch nicht", lachte Andreas.

Kara rieb sich die Hände.

Auf die Frage, ob Andreas nach dem Kaffee beim Räumen helfen würde, bekam John ein heftiges Nicken. Kara packte mit Emilia zusammen und die Männer trugen alles in Johns Wohnung.

Emilia, bestens mit allem vertraut, was sich in Johns Schränken befand, schuf schnell den nötigen Stauraum, um ihre Sachen mit unterzubringen. Sie zog auch noch ein frisches Laken über das Bett, weil das alte während der Mittagsunruhe doch sehr gelitten hatte.

Mit leisem Lächeln legte sie ein weißes Saunatuch quer ins Bett, um abends nicht gleich wieder verräterische Spuren an der Bettwäsche zu haben.

Die Abendgestaltung verlief bei beiden Paaren so, wie es die Nachmittagsunterhaltung vorprogrammiert hatte. Andreas beobachtete eine kleine Ewigkeit die Turnübungen seines Nachwuchses, ehe er sich brandheißem Kuschelsex mit Kara hingab. Immer darauf bedacht, besonders vorsichtig zu sein.

John stimmte sich mit Emilia ab, was jeder bisher gern am Abend getan hatte, um sich nicht gegenseitig zu nerven. So saßen sie nach dem Abendessen bei einer guten Flasche Wein nebeneinander auf dem Sofa, wobei John las und Emilia strickte, um auch wirklich die versprochenen Babysachen pünktlich fertigzubekommen.

John schmunzelte über das monotone Nadelklappern, was er nach ein paar Augenblicken aber schon völlig ausblendete. Emilia atmete auf. Diese Fähigkeit hatte nicht jeder. Nach zwei Stunden klappte er das Buch zu. Sie legte sofort ihr Strickwerk ins Körbchen.

„Lass es ruhig hier stehen", schlug John vor. „Dann sieht es wenigstens sofort ganz anheimelnd nach Frau im Haus aus."

Emilia freute sich riesig, denn Johns Wohnung strahlte eine fast schon sterile Ordnung aus.

„Bin ich durch das Labor so gewöhnt", verriet er, „was aber nicht heißt, dass es mir wirklich gut tut. Wenn du meinst, dass etwas umgestaltet werden sollte, dann tu es einfach. Ich melde mich schon, wenn es mir missfällt. Ach, und sage mir bitte auch sofort, wenn dir irgendetwas gehörig auf den Zeiger geht oder wenn du dir etwas wünschst.

Ich habe für heute nur noch zwei Wünsche: Mit dir zu duschen und dann ausgiebig das zu genießen, was uns beiden mehr als ein halbes Leben lang entgangen ist."

Emilia blinzelte und begann die Knöpfe ihrer Bluse ganz langsam zu öffnen. Johns Interesse stieg mit jeder Sekunde und er hätte fast vergessen, dass er sich auch noch ausziehen musste. Im Augenblick hätte er lieber die Richtung eingeschlagen, in der das Schlafzimmer lag, aber Emilia war schon auf dem Weg zum Bad.

John konnte es kaum erwarten, diese Rundungen zu streicheln, die sich aufreizend vor ihm im Rhythmus der Schritte wiegten. Jedes Pfund an dem vollschlanken Körper saß an genau der richtigen Stelle.

Kaum hatte sich die Tür der Duschkabine geschlossen und die sanften Wasserstrahlen drangen aus den vielen Düsen an den Wänden, glitten Johns Hände auch schon über Emilias Körper. Wie zufällig stieß sie mit dem Ellenbogen die Seife von der Ablage. Beim Aufheben huschten ihre Lippen über seinen Penis.

John gab sich nicht die Mühe, das lustvolle Aufseufzen zu unterdrücken. Emilia versuchte, ohne hinzusehen, die Seife auf ihren Platz zurückzulegen, wobei sie ihr unabsichtlich wieder entschlüpfte.

„Vergiss die Seife", flüsterte John, die völlig unverhofften Freuden mit jeder Faser seines Körpers bis zum Ende genießend. Es war das erste Mal, dass er aufrichtig bedauerte, schon etwas betagter zu sein und sich nicht auf der Stelle in gleicher Weise revanchieren zu können. „Ich glaube, wir sollten dringend trockeneres Territorium aufsuchen", schlug er vor, und begann Emilias Haut genüsslich zu frottieren.

Verfluchtes Alter! Wenn er gekonnt hätte, dann hätte er sie jetzt ins Schlafzimmer getragen. So zog er sie rasch an der Hand hinter sich her, um ihr sofort den gleichen Genuss zu bereiten. Es störte ihn nicht einmal, dass sie vergessen hatten, das Fenster zu schließen. Kara und Andreas würden sicher nicht in Ohnmacht fallen, weil Emilias lustvolles Stöhnen etwas lauter wurde, als John endgültig alle Register zog. Aber die Winklers schliefen schon. Emilia legte in dem Moment den Schmusegang ein, als John gerade kapitulieren wollte. Die Eroberin hatte ihn derart gefangen genommen, dass er ernsthaft überlegte, wie er so viele Jahre so blind gewesen sein konnte.

Emilia war nicht ein, sondern das Geschenk. In Haushaltdingen hatte er es von Anfang an gewusst. Was sie ihm nun noch im Bett präsentierte, verleitete ihn zu allen Superlativen, derer er mächtig war. Sie war auch noch genau so hübsch wie damals, als sie zaghaft an seiner Tür geklingelt hatte, nur, dass ein paar Fältchen und einzelne graue Haare dazugekommen waren.

Er küsste sie noch einmal zärtlich. „Schlaf gut, mein Liebling."

„Es war wunderschön. Gute Nacht." Emilia schmiegte sich mit glücklichem Lächeln an und schlief einen Wimpernschlag darauf ein.

Der unwiderstehliche Duft von frischen Brötchen und Kaffee weckte John am nächsten Morgen.

„Ach du lieber Himmel, fast verschlafen!" Er sprang aus dem Bett und eilte ins Bad. Der blumige Hauch von Emilias Deo schwebte noch in der Luft und zauberte einen behaglichen Zug um seine Mundwinkel. Nach der Rasur noch ein kritischer Blick in den Spiegel, dann nickte John zufrieden. Er fühlte sich so wohl in seiner Haut, wie schon lange nicht mehr.

Bevor er sich an den Tisch setzte, hauchte er Emilia einen Gutenmorgenkuss auf die Lippen. Während der zweiten Tasse Kaffee sprach er mit ihr den Tagesplan durch und fragte ganz plötzlich: „Verhütest du eigentlich?"

Emilia schüttelte ganz langsam den Kopf. „Dazu bestand nie eine Notwendigkeit."

John schmunzelte. „Wie stehen die Wetten?"

„50 : 50", gab sie lächelnd zur Antwort. „Nun steht zur Auswahl, ob du deinen Einsatz in den Dafür- oder den Dagegen-Topf werfen möchtest."

„In Anbetracht des Umstandes, dass ich eine Wahl habe, hoffe ich doch sehr auf das Los im ersten Topf." Er streichelte ihre Hand. „Lieber ein spätes Glück, als gar keins."

„Ob du den ultimativen Volltreffer gelandet hast, kannst du übernächste Woche erfahren", erklärte sie mit lustigem Blinzeln.

„Übernächste Woche", überlegte John laut, „das heißt, dass jetzt genau der richtige Zeitpunkt ist, sich täglich zu bemühen, damit ..." „Löwe müsste man sein", lachte er dann.

Emilia stutzte, dann fiel sie in das Gelächter ein. „Meinst du nicht, dass 40 Mal am Tag etwas übertrieben ist?"

„Geringfügig", kicherte John. Dann schaute er auf die Uhr. „Jetzt sollte ich mich erst einmal zum Labor bewegen, ehe Andreas eine Vermisstenmeldung aufgibt."

Emilia schaute ihm amüsiert hinterher.

Andreas brach während der Arbeit immer wieder in schallendes Lachen aus. John gab hin und wieder Kommentare, die ganz sicher nichts mit Fachsprache zu tun hatten.

„Ganz ohne Zweifel hattet ihr eine sehr heiße lange Nacht", konstatierte er schließlich. „Emilia tut dir eindeutig gut."

„Es war die heißeste Nacht meines ganzes Lebens", gab John freimütig zu. Seine funkelnden Augen bestätigen das. „Ich habe mir nie Gedanken übers Alter gemacht, aber jetzt wünschte ich, ich wäre zehn Jahre jünger."

„Dann sollten wir bei unseren Forschungen schnell den Jungbrunnen entdecken", schlug Andreas scherzhaft vor.

John winkte schmunzelnd ab. „Meiner heißt Emilia. Ich müsste nur etwas intensiver Sport machen, um lange in Form zu bleiben, die ganzen Annehmlichkeiten ordentlich genießen zu können und sie diesbezüglich stets bei bester Laune zu halten."

„Gute Idee! Wir könnten uns doch eine gemeinsame Folterkammer einrichten."

„Das ist es! Dann muss ich mich wenigstens nicht allein schinden." John grinste vergnügt. „Und ehe ich es vergesse – könnte sein, dass ich in den nächsten Tagen mittags etwas später von der Pause komme. Ich bin nämlich keine 20 mehr."

Andreas konnte sehr wohl eins und eins zusammenzählen. „Wie hoch stehen die Chancen?"

„Bei 50 Prozent, hat sie gesagt", verriet John.

Andreas hob beide Daumen. „Willst du dann nicht lieber gleich in den nächsten Tagen mittags Feierabend machen?"

Kopfschütteln. „Das würde meinen Rhythmus nur völlig durcheinander bringen und das möchte ich weder Emilia noch mir antun." John klopfte Andreas dankbar die Schulter. „Bei diesem Thema fällt mir aber noch ein, was ich dich schon seit Tagen fragen wollte – wärest du bereit, in recht absehbarer Zeit, mein Institut zu übernehmen?"

Überraschtes Schweigen, dann ein kaum merkliches Nicken. „Grundsätzlich hätte ich nichts dagegen."

„Aber?"

„Als Diplombotaniker dürfte ich für einige kaum als kompetent genug gelten."

„Das wäre allerdings ein Punkt, über den wir detaillierter sprechen sollten."

„Du willst mir also schonend beibringen, dass ich dringend aufstocken sollte."

John zog eine Leidensmiene. „Ja, so kann man das durchaus nennen."

Andreas schloss die Augen. Was ihm John hier anbot, war die erste Sprosse zu einer Karriereleiter, die ziem-

lich hoch werden konnte, wenn man fleißig genug war.
„Einverstanden."

„Ich wusste, dass ich mich auf dich verlassen kann! Du bist doch mit meilenweitem Abstand der Einzige, zu dem ich 100 Prozent Vertrauen habe. Alle Unkosten gehen auf mich und ich werde auch dafür sorgen, dass Kara und euer Baby nicht darunter leiden müssen.

Wie ich dein Frauchen kenne, wird sie auch etwas Handfestes lernen wollen, um in dieser Welt wirklich bestehen zu können. Vielleicht arbeitet ihr ja eines Tages auch zusammen an großen Projekten. Ihr traue ich so was durchaus zu. Ich, für meinen Teil, möchte spätestens in vier Jahren einfach mein Glück mit Emilia genießen, so lange ich das noch kann."

Andreas seufzte. „Kann ich voll verstehen. Ich verdränge immer, wie alt du bist, weil man es dir weder ansieht, noch anmerkt."

„Ich spüre es ja auch nur im Bett ganz deutlich, dass das Durchhaltevermögen stark abgenommen hat", grinste John.

Andreas grinste zurück. „Womit wir wieder beim Ausgangsthema wären."

Das Telefon klingelte und John schaltete im Bruchteil einer Sekunde auf den geschäftsmäßigen Ton um. Seinem Gesichtsausdruck und den Worten war weder zu entnehmen, mit wem er sprach noch worüber. Als er aufgelegt hatte, blieb er noch einige Sekunden wie erstarrt sitzen.

„Man hat den Camaro in Spanien gefunden und, anhand von Haaren, Blutflecken und Fingerabdrücken im Kofferraum, die eindeutig Kara zugeordnet werden können, zweifelsfrei identifiziert", sagte er dann. „Vom

Besitzer und seinem Kumpan fehlt weiterhin jede Spur."

Andreas schüttelte den Kopf. „Ich hätte so beinahe jedes Land in Betracht gezogen, nur Spanien nicht. Was wollen die denn dort?"

„Ich weiß es nicht." John hob resigniert die Hände. „Vielleicht sind sie ja gerade deswegen dort untergetaucht, weil sie im Normalfall kein Mensch da suchen würde. Möglich, dass wir es auch nie erfahren."

„Wäre mir das Liebste", murmelte Andreas. „Ich will mit Kara einfach nur in Ruhe gelassen werden."

„Hast du ihr schon gesagt, dass sie mit einem Jungen schwanger ist?"

„Nein." Andreas nahm das Blatt mit der Analyse zur Hand. Das Ergebnis war eindeutig. „Ich sage es ihr heute. Sie wird einen Luftsprung machen."

So geschah es dann auch, aber anders, als sich Andreas das vorgestellt hatte.

Als die Männer aus dem Labor kamen, standen die Frauen vor der Treppe und diskutierten über Wollfarben.

„Ich werde etwas Neutrales in Beige und Grün stricken", sagte Emilia soeben. „Das passt für Jungen und für Mädchen."

„Nimm am besten Blau", blinzelte Andreas.

Emilia bekam große Augen und Kara überlegte. „Aber das ist doch für Jungen. Und wenn es nun ein Mädchen wird?"

„Wird es nicht, mein Schatz." Andreas wedelte mit dem Blatt Papier.

Kara riss es ihm hastig aus der Hand. Einzig das Datum interessierte sie, weil sie mit dem Rest nicht viel anfangen konnte. „Du hast es vorgestern schon gewusst???"

Andreas nickte fast verschüchtert.

„Und wir zermartern uns hier die Köpfe, damit die Farbe stimmt!", rief Kara in gut gespielter Verzweiflung.

„Männer", murmelte Emilia, und es schien aus ihrem tiefsten Inneren zu kommen, worauf die beiden Herren in wieherndes Gelächter ausbrachen.

Andreas legte Kara den Arm um die Taille. „Kann ich es wiedergutmachen?"

„Ich denke schon", schmunzelte sie und blinzelte Emilia zu.

Andreas winkte von der ersten Stufe der Treppe noch einmal über die Schulter. „Guten Appetit!"

„Na aber immer doch!", kicherte John, zog Emilia genau so in seine Arme und raunte ihr ins Ohr: „Am meisten freue ich mich auf den Nachtisch."

Emilia rann ein wohliger Schauer über den Rücken. Es war eher Zufall gewesen, dass sie eine kräftige Vorsuppe mit Sellerie gekocht hatte. John hatte selbigen aber sofort erspäht und erschnüffelt.

„Kleine Unterstützung?", kicherte er.

Emilia setzte ein breites Lächeln auf. „Getreu solcher Sprüche, wie: Eier sind für Mami gut, wenn sie der Papi essen tut?"

John schaute sie amüsiert an. „Hätte ich gewusst, dass in dir solches Feuer lodert, dann…"

„…hättest du lieber die Finger davongelassen?"

„Im Gegenteil. Ich hätte sie schon vor Jahren nach dir ausgestreckt, selbst, wenn ich sie mir dabei gehörig verbrannt hätte. Ich frage mich ernsthaft, wie ich es geschafft habe, die ganze Zeit ohne Blindenhund auszukommen."

Emilia lächelte still vor sich hin. Sie hätte sich nichts mehr gewünscht. Nach dem Essen sortierte sie das Geschirr in den Spüler, während John schon sehnsüchtig wartete.

„Du wirst die Pause überziehen", flüsterte sie.

John winkte lächelnd ab. „Andreas dürfte sich kaum wundern."

„In Männergesprächen geklärt?"

„Hm, hm." John schloss mit einem besitzergreifenden Kuss Emilias Mund und gab sich völlig dem Rausch der Gefühle hin.

Kara und Andreas verbrachten nach dem Essen noch eine Viertelstunde auf dem Sofa. Er hielt sie im Arm und erklärte ihr die vielen Daten auf dem Diagramm und woher er so genau wusste, dass sie einen Sohn zur Welt bringen würde.

„Vor kurzem hätte ich noch gesagt: Alles Zauberei", staunte Kara und genoss es, wie Andreas Hand über ihre nackte Haut unter dem weiten Pullover huschte. Der Winzling in ihrem Bauch schien es auch zu mögen und schließlich sogar durch das zärtliche Streicheln einzuschlafen.

„Wie wollen wir ihn nennen? Ich möchte gern einen Namen für ihn, mit dem er hier nicht auffällt."

„Thomas – das ist sowohl im Deutschen als auch im Englischen gebräuchlich", schlug Andreas vor. „Ansonsten ist es eigentlich egal, Winkler fällt in England sowieso auf. John hat ja auch deutsche Vorfahren, denn Helmbrecht dürfte hier kaum noch einer heißen."

Kara rieb ihre Stirn an Andreas Wange. „Ich werde sehr viel lernen müssen, damit er stolz auf seine Mama sein kann."

Andreas seufzte. „Ich werde auch in den nächsten zwei, drei Jahren sehr viel lernen müssen. John will mir das Institut übergeben. Du musste aber keine Angst haben, dass ich mich dann nicht mehr um dich und unser Baby kümmern werde. Wir beide haben doch immer eine Lösung gefunden."

Kara kuschelte sich noch fester an. „Wenn du das sagst, dann glaube ich es auch. Du hast mich niemals belogen."

Andreas schaute auf die Uhr, küsste Kara noch einmal und stand auf. „Auf zur nächsten Runde, sonst muss ich heute nachsitzen."

Die High Society

Emilia holte die Post aus dem Briefkasten, als John ebenfalls ins Labor zurückgekehrt war. Sie sortierte sie ungeöffnet vor und brachte sie ihm sofort.

„Was Gescheites dabei?", witzelte er.

Emilia lachte. „Mein Röntgenblick sagt: Keine Ahnung."

„Wärst du so lieb, uns 15 Uhr einen Kaffee zu bringen?"

„Aber gern doch", versprach Emilia.

John wandte sich den Umschlägen zu. Ein paar Fachzeitschriften, ein Haufen Rechnungen und in dem Stapel, der in weiße Kuverts gehüllt war, zwei Einladungen für jeweils zwei Personen zu einem Abendessen einer Stiftung, die sich mit der Erforschung toter Sprachen beschäftigte.

„Wann?", fragte Andreas, ohne von seiner Arbeit aufzuschauen.

„Samstag in vier Wochen."

„Perfekt", schmunzelte Andreas. „Wir werden beide mit unseren ausnehmend hübschen Gattinnen dort erscheinen, denen wir vorher noch ein Luxusoutfit und einen Schönheitstrip mit Friseurbesuch und Nagelstudio gönnen. Kara ist durchaus fit für große Gesellschaften und es wird Zeit, dass sie in die High Society eingeführt wird."

Johns Miene hatte sich schlagartig aufgehellt, als von Gattinnen die Rede war. „Stimmt ja! Zu dem Zeitpunkt habe ich eine sehr aparte Ehefrau. Na, dann sage ich doch sofort zu, mit vier Personen. Das wird ein Spaß." Er rieb sich breit grinsend die Hände.

Kara half Emilia am Nachmittag, den Kaffee zu servieren.

„Oh, hervorragend! Schön, dass ihr gleich beide da seid!", freute sich John. „Wir haben nämlich interessante Neuigkeiten!" Er berichtete von den Einladungen.

„Ach herrje", murmelte Emilia und Kara seufzte: „Au weia."

„Keine Sorge, wir lassen euch so chic machen, dass allen die Augen aus den Köpfen fallen", tröstete John.

Kara schaute ihn von unten her an. „Ist das etwa was mit Tanzen?"

„Könnte vorkommen."

„Äh … dann sehen wir aber ganz alt aus." Emilia zeigte auf sich und Kara.

„Vor dem Gehopse drücken, kann man sich wohl nicht", fragte nun auch Andreas.

„Nein."

„Engagierst du für uns einen Tanzlehrer oder bringst du es uns selber bei?" Andreas blinzelte John treuherzig an.

„Tanzlehrer." John griff zum Telefon und die drei anderen rissen die Augen auf. Als er wieder auflegte, grinste er vergnügt. „Intensivkurs ab morgen, die Lehrer kommen ins Haus. Meine Herrschaften, es geht rund!"

John und Emilia hatten in diesen vier Wochen volles Programm, schon dadurch, dass sie die Hochzeit vorbereiten mussten. Kurzerhand verordnete John allen drei Tage Sonderurlaub und zu viert fuhren sie nach London, um alle nötigen Einkäufe zu tätigen, wobei sie diesmal ausschließlich die Edelboutiquen ansteuerten.

Kara konnte die Geldbeträge gar nicht fassen und ließ ausschließlich Andreas agieren. Am Ende besaß sie ein königsblaues Abendkleid, das hervorragend zu ihrem hellen Haar passte und den Babybauch dezent betonte.

„Kann ruhig jeder auf den ersten Blick sehen, wie glücklich ich über unseren Nachwuchs bin", schmunzelte Andreas.

John beriet Emilia selber. Stilsicher fand er ein bordeauxrotes Kleid. „Du siehst absolut umwerfend aus", flüsterte er.

Als Brautkleid schlug er ihr ein cremefarbenes Etuikleid vor und Emilia verliebte sich schon beim Anprobieren in den Traum aus Seide und Spitze. Die passenden Schuhe waren nicht so schnell zu finden, denn in diesem Geschäft herrschten ausschließlich Stilettos und High Heels vor, die beide Damen nicht tragen wollten und die die Männer auch strikt abgelehnt hätten.

Erst am sehr späten Abend kehrten sie mit Tragetaschen vollgepackt nach Hause zurück. Das Mittagessen und den 16 Uhr Kaffee hatten sie in London eingenommen. Andreas fragte hin und wieder, wie sich Kara fühle.

„Wie erschlagen, von den vielen Menschen", hatte sie lachend geantwortet. „Aber es macht Spaß."

„Sie stammt von einem Naturvolk, da ist eine Schwangerschaft etwas Normales und nicht eine halbe Krankheit, wie in der heutigen Zeit, für die man sich auffällig schonen muss", hatte ihn John beruhigt.

„Hast ja recht." Andreas hob hilflos die Hände. „Ich vergesse es vor lauter Glück immer wieder."

„Wenn Emilia wirklich schwanger werden sollte, dann liegt der Fall allerdings ganz anders", seufzte John. „In dem Alter muss immer mit Komplikationen gerechnet werden."

„Zumal sie ja auch noch eine Erstgebärende wäre", fügte Andreas hinzu.

„Verkauft ihr gerade ein Bärenfell, obwohl ihr noch nicht einmal wisst, ob überhaupt ein Bär im Wald ist", sagte Emilia hinter ihnen.

Die Männer begannen zu kichern. „So ähnlich."

John legte ihr den Arm um die Taille. „Ich gebe mir ja schon redliche Mühe, den Bär zu locken, damit ich ihn fangen kann. In drei Tagen wäre der rechnerisch früheste Termin, an dem man einen Erfolg im Blut nachweisen könnte."

„Dann tu es doch, ehe du vor lauter Ungeduld noch an den Nägeln zu kauen beginnst", schmunzelte Emilia und küsste ihn auf die Nasenspitze.

Kara nickte dazu heftig.

Selbst, wenn John todmüde gewesen wäre, er hätte den Abend nicht ohne Sex ausklingen lassen. Der Gedanke an die bevorstehende Hochzeit und alles, was sie in den nächsten Wochen vorhatten, trieb ihn zu außergewöhnlichen Leistungen.

„Wer weiß, wann ich wieder so intensiv genießen kann", erklärte John unumwunden. „Wenn ich auch nur den kleinsten Hinweis auf eine Schwangerschaft finde, dann ist Kuscheln angesagt, statt wilder Spiele."

„Und du sagst, Andreas sei überbesorgt!"

„Keiner versteht ihn besser, als ich."

Emilia lächelte. „Das ist eine unübersehbare Tatsache, dass ihr beide euch auch gesucht und gefunden habt."

„Von dir und Kara ganz zu schweigen", lachte John.

Am dritten Morgen fragte Emilia noch im Bett: „Erst Blutprobe oder erst essen?"

John rieb sich mit beiden Händen das Gesicht. „Ich weiß nicht, ob es gut ist, wenn wir uns so unter Druck setzen. Wollen wir nicht doch bis nächste Woche warten? Da müsstest du doch im Ernstfall von ganz allein merken, ob sich große Dinge tun, wenn ich mich recht erinnere."

„Es war ja nur ein Vorschlag", wiegelte Emilia ab.

„Tu ich's, tu ich's nicht, tu ich's …"

„Und du meinst, das hilft? Willst du Blütenblätter zupfen?" Emilia schwang die Beine aus dem Bett. „Noch steht das Angebot."

„Ich tu's", murmelte John. „Ich mache mich sonst wirklich noch selber verrückt. Ab ins Labor!"

Der markerschütternde Schrei eine halbe Stunde später, ließ Andreas wie von einer Stahlfeder getrieben vom Stuhl aufspringen und in den Keller rennen.

In der Annahme es habe sich ein Unfall ereignet, riss er die Tür auf und stand vor zwei Menschen, die sich in namenlosem Glück in den Armen lagen, lachten und weinten. Auf dem Tisch lag ein Blatt Papier mit dem Hinweis auf ausreichend hohe hCG-Konzentration, um zweifelsfrei eine Schwangerschaft bestätigen zu können.

„Das nennt man schnelle Brüter", witzelte er, den beiden herzlich gratulierend.

„Oder: Je oller umso doller", feixte John. „Ich bin völlig von der Rolle."

„Kommt am besten zu uns hoch frühstücken, ihr seht beide aus, als ob ihr es jetzt nicht auf die Reihe kriegt."

Kara deckte in Windeseile zwei Plätze zusätzlich ein und setzte neuen Kaffee an.

„Für mich bitte Kräutertee!", rief Emilia ihr nachlaufend. „Jetzt habe ich auch Verbot für alles Mögliche."

„Ist bestimmt auch gut so. Ich habe es nie bereut, stets auf Andreas gehört zu haben", pflichtete Kara bei. „Es ist immer schwer, auf etwas verzichten zu müssen. Das Einzige, ohne das ich nicht mehr leben kann, ist Andreas."

„Ich glaube, mir geht es mit John genau so", seufzte Emilia.

Zehn Tage später fand die Hochzeit der glücklichen Verliebten statt. Der Kreis der Gäste war doch etwas größer geworden und so fanden sich nach einer ergreifenden Trauung fast einhundert Personen im Gasthof des kleinen Ortes ein. Kollegen aus dem Institut, Geschäftspartner und auch die Obrigkeit der Gemeinde gab sich die Ehre.

Während sich die einen ehrlichen Herzens mit Emilia freuten, überlegten die anderen, womit es ihr wohl doch noch gelungen sein könnte, den schwerreichen und für sein Alter gut aussehenden Single um den Finger zu wickeln .

Um die Schwangerschaft noch ein paar Tage geheim zu halten, hatte es John geschickt arrangiert, dass sie ausschließlich alkoholfreien Sekt bekam. Das Gerede der Leute hätte ihn nicht gestört – ganz im Gegenteil. Er freute sich nur unbändig darauf, die Bombe erst zum großen Wissenschaftler-Ball platzen zu lassen, dass er nicht nur frisch vermählt, sondern auf geradem Wege war, noch einmal Vater zu werden.

In winzigen Sternchen fiel der erste Schnee, glitzerte im Licht der Partylampen und mit Einbruch der Dunkelheit gab John die Tanzfläche frei. Die strahlende Braut konnte sich kaum vor Tanzpartnern retten. John amüsierte sich, wie die Herren sowohl bei ihr, als auch bei Kara Schlange standen, die ja zur eigenen Hochzeit nicht getanzt hatte.

„Und kein Mensch merkt, dass das für beide Neuland ist", raunte er Andreas ins Ohr, der ebenso leise erwiderte: „Absolut perfekte Generalprobe für nächste Woche."

Kara konnte inzwischen auch auf Englisch Small Talk halten, wenn es um ganz banale Dinge ging und nutzte dies natürlich ganz rege.

„Ihre Frau ist ein hinreißendes Geschöpf", erklärte der betagte Bürgermeister völlig begeistert Andreas gegenüber. „Sehr beeindruckend, wenn man weiß, was sie durchlebt hat. Gibt es denn schon Neuigkeiten, ob die Verbrecher gefasst wurden?"

„Bisher nicht." Andreas schaute zu Kara hinüber, die gerade mit John Walzer tanzte, während Emilia eine Runde mit dessen Kollegen über das Parkett wirbelte.

Kurz nach Mitternacht endete die Feier. Andreas chauffierte Kara und das frisch vermählte Paar nach Hause. Die eiskristallüberzuckerten Straßen hatten es in sich und er fuhr mitunter nur Schritttempo, um heil ans Ziel zu kommen. Auch die Freitreppe war spiegelglatt.

Andreas, der wusste, wo das Streusalz stand, legte rasch noch Hand an, um morgens keine bösen Überraschungen zu erleben. Er heftete auch von innen noch einen Zettel an die Tür, dass er ab sofort den Winterdienst übernehme.

Emilia konnte man das auf keinen Fall zumuten. Darauf, dass John keinen Hausmeister einstellen sollte, hatten sich die Männer schon lange geeinigt. Gemeinsam wollten sie irgendwie die riesige Villa im Griff behalten, zumal Andreas' handwerkliche Fähigkeiten

John schon des Öfteren zu Lobeshymnen hingerissen hatten.

Also stand Andreas ganz einfach eine halbe Stunde eher auf, streute Salz und kehrte den wenigen Schnee von den Wegen, in der Hoffnung, dass es bei diesen Tagesmengen bleiben würde.

Für den großen Auftritt beim Abend der Wissenschaftler ließ John sowohl eine Wellnessspezialistin als auch die Kosmetikerin und die Hairstylistin direkt ins Haus kommen und die beiden Frauen einen ganzen Nachmittag mit allen erdenklichen Annehmlichkeiten verwöhnen.

Andreas ernannte sich scherzhaft zum Küchenchef, der zur richtigen Zeit Tee und Kaffee, nebst verschiedenen Sorten Gebäck servierte.

„Wird, glaube ich, Zeit, dass ich auch wieder mehr selber in die Hand nehme", seufzte John. „Seit Emilia hier ist, habe ich wegen jeder Kleinigkeit nach ihr geklingelt."

„Dafür hat der arbeitende Chef ja auch eine Haushälterin", bekräftigte Andreas.

„Ist wohl wahr. Aber nun hat der arbeitende Chef eine Ehefrau und die muss er ja nun wirklich nicht herumkommandieren, weil es für sie keine Möglichkeit gibt, einfach zu kündigen, wenn sie die Nase voll hat." John grinste breit. „Ich werde mich auch stark hüten, genau an dem Ast zu sägen, auf dem sich mein ganz großes Glück gerade ein Nest gebaut hat."

„Auch verständlich", schmunzelte Andreas.

John klopfte ihm auf die Schulter. „Dass du der mustergültige Ehemann bist, beteuert nicht nur Kara immer wieder, das pfeifen hier sogar schon sämtlich Spatzen von den Dächern."

„Ach herrje!", feixte Andreas. „Das ist Softie-Orden verdächtig." Er blinzelte vergnügt. „Was sagt eigentlich das Wetter?"

John spähte aus der Tür. „Trocken und windstill. Perfekt, um die Frisuren unserer Traumfrauen zu schonen."

Diesmal grinste Andreas amüsiert, der den gleichen Gedanken hatte. Einige Minuten später bekamen beide tellergroße Augen, als ihnen ihre Frauen perfekt gestylt gegenüber traten – Nagellack und Make-up aufs i-Tüpfelchen zur Abendrobe abgestimmt, atemberaubend mondäne Hochsteckfrisuren und ein strahlendes Lächeln, das alles in den Schatten stellte.

„Wow", flüsterte John, beide von allen Seiten betrachtend.

Andreas lachte. „Das erste Mal, dass ich ihn sprachlos erlebe."

„Da sind wir schon zwei", schmunzelte Emilia.

Drei Stunden später blieb auch anderen die Luft weg, als die Ehepaare Helmbrecht und Winkler den Saal betraten. Besonders die verstummten, die vorab die hässlichsten Vermutungen über das unscheinbare Frauchen aus dem Dschungel und das graue Heimchen vom Herd ins Rennen geworfen hatten.

Emilia und Kara unterhielten sich den ganzen Abend lang prächtig, vor allem mit den unzähligen Herren, deren Gattinnen sie die Schau gestohlen hatten.

Nur John zog von einem Wimpernschlag zum anderen ein finsteres Gesicht. Andreas stand mit dem Rücken zur Tür und konnte nicht sehen, wer derartig den Missmut seines Freundes und Gönners erregt hatte. Also schaute er ihn fragend an.

„Die Mutter meines verstorbenen Sohnes ist soeben eingeschwebt", stieß John düster hervor. „Damit habe ich allerdings nicht gerechnet."

„Diplomatische Verwicklungen?"

„Kann sie sich nicht leisten. Ich werde die Frauen auf alberne Fragen vorbereiten." John verließ für einen Moment mit beiden fast unbemerkt den Raum.

Als er wiederkam, lächelte er wie eine Sphinx. Emilia und Kara kamen etwas später, sich angeregt unterhaltend, als sei nie etwas Außergewöhnliches geschehen. Andreas beobachtete von nun an eher unbewusst die Szenerie.

Zwei der Sprachforscher tauschten sich über ihre Forschungsergebnisse aus. Kara blieb abrupt stehen. Das waren soeben sehr bekannte Wörter gewesen, wenn auch etwas ungewöhnlich ausgesprochen. Sie lauschte.

Plötzlich sagte sie: „Sie begehen einen Fehler. Das Blutopfer nimmt nicht der Anführer vor. Der Satz lautet: Das Blut wird dem Anführer geopfert." Sie wiederholte den Satz mit Betonung in ihrer Sprache. Die Männer fuhren herum, die zierliche Blondine mit offenen Mündern musternd.

„Diese Sprache ist nicht völlig tot. Ich habe mich ihrer in den letzten Jahren fast ausschließlich bedient", lachte Kara und schlenderte weiter.

Andreas reichte ihr den Arm.

„Du, das ist tatsächlich die Kleine aus dem Urwald", flüsterte der eine dem anderen ins Ohr und saß auf dem Sprung, um noch ein paar Worte mit Kara zu wechseln. Andreas blinzelte ihr kaum merklich zu.

Johns Exflamme schien bemüht zu sein, ihm nur nicht zu nahe zu kommen. Inzwischen hatte sie auch schon herausgefunden, dass die aparte Dame an seiner Seite den Status einer Ehefrau trug und die kleine hübsche Blonde seine Enkelin sein musste, von der sie in der Zeitung gelesen hatte.

Unter dem Strich würde diese quasi mit ihrem Urenkel schwanger sein und daraus konnte man doch sicher Kapital schlagen, wenn sonst ziemlich nervenaufreibende Ruhe im Wald der Klatschblätter herrschte.

Also pirschte sie sich an Kara heran, als diese mit den Linguisten sprach. „Könnte es sein, meine Teuerste, dass wir ein klein wenig verwandt sind?"

Kara musterte die Frau wie eine Ware, die man ihr zum Kauf angeboten hatte, so, dass dieser recht unbehaglich zumute wurde. „Das halte ich für ausgeschlossen", sagte sie schließlich kühl.

„Sie sind doch die Enkelin von Professor Doktor John Helmbrecht?"

„Ja. Unklar jedoch, was Sie mit mir zu tun haben."

„Sie sind die Tochter seines Sohnes?"

Jetzt schrillten bei Kara alle Alarmglocken. „Ich bin das Kind, das er mit seiner Frau großgezogen hat." Sie wandte sich wieder ihren Gesprächspartnern zu.

Andreas, der ganz in der Nähe große Ohren gemacht hatte, unterrichtete John, der sich zufrieden die Hände rieb. Kara war ein Goldstück erster Güte.

„Sie sind nicht das leibliche Kind?", fragte die Fremde völlig entgeistert Kara.

„Ich? Keineswegs! Selbst wenn ich mich in dieser Familie sehr gut behütet fühle. Kein Helmbrecht hätte jemals ein Kind in Not im Stich gelassen, wie es bei anderen üblich zu sein scheint."

Die Frau wurde leichenblass und rannte aus dem Saal. Kara zuckte mit den Schultern, hob die Augenbrauen.

„Tz, weg ist sie. Wo waren wir gerade stehen geblieben, meine Herren?"

John verschluckte sich vor Lachen fast am Champagner. Als sich die ersten Paare auf dem Parkett versammelten, war auch seine Ex wieder da – etwas farblos im Gesicht und ziemlich auf der Hut, Kara nicht irgendwelche Vorlagen zu liefern, die diese in glatte Torschüsse verwandeln konnte.

Offensichtlich wusste die junge Frau sehr genau über die Familiengeschichte Bescheid und von wem, wenn nicht von John. Und dieser bekam noch eine ungeahnte Chance, der Rabenmutter seines Sohnes einen Tiefschlag zu versetzen.

Einer, der inzwischen ziemlich alkoholisierten, Herren, mit dem sich Kara über ihre Sprache unterhalten hatte, bat die Liveband über das Mikrofon, als Dankeschön an die werdenden Mütter, einen langsamen Walzer zu spielen.

Unter dem donnernden Applaus der Anwesenden betraten vier Paare die Tanzfläche. Der junge Mann, der noch immer das Mikro hielt, machte beim Anblick der Helmbrechts wenig gentlemanlike: „Boh eh!", worauf schallendes Gelächter aus dem Saal antwortete.

John deutete ihm gegenüber mit breitestem Grinsen eine Verbeugung an, sicher, dass für reichlich Gesprächsstoff in den folgenden Stunden und auch Wochen gesorgt war. Seine Ex hatte vor Schreck ihr Glas fallen lassen und sich von oben bis unten mit Rotwein übergossen.

John sah es nur aus den Augenwinkeln und hatte Mühe, sich ein schadenfrohes Kichern zu verbeißen. Außerdem gab er mit seiner Gattin und den Winklers die perfekte Vorstellung, indem sie zwei fliegende Partnerwechsel in den Walzer einbauten, mit gleichzeitiger Änderung der Tanzrichtung.

Der Abend hatte die nächste kleine Sensation, mit stürmischem Applaus für die Akteure. Kara und Emilia tauschten ein glückliches Lächeln, ehe sie Hand in Hand das Parkett verließen. Ihre Männer folgten ihnen mit stolz geschwellter Brust.

Im Hause Helmbrecht, wo viele eine Zweckehe vermutet hatten, verstanden sich alle wirklich so super, wie es auch in den Zeitungsinterviews zu den Hochzeiten angeklungen war. Mrs. Helmbrecht hatten nicht nur auf dem Papier den Status einer Gattin, sie lebte ihn auch.

Die junge Frau Winkler ließ auch keinerlei Zweifel daran, dass sie die Frau ihres Großvaters aufrichtig mochte und umgekehrt.

Am nächsten Morgen überschlugen sich die Zeitungen mit entsprechenden Meldungen. Die beiden Paare werteten die Morgenlektüre gleich bei einem gemeinsamen Frühstück aus. Besser hätte der Abend nicht laufen können.

Andreas schaute John auf einmal mit großen Augen an. „Weißt du, dass mir erst gestern der Sinn deiner Worte von einer Vorsehung so richtig klar geworden ist? Ich hatte es bis dahin irgendwie verdrängt, dass dein Sohn Andrew hieß. Kara und Andreas wären wirklich zu viele Zufälle auf einmal gewesen."

„Eben." John lehnte sich behaglich zurück. „Kira/Kara, Andrew/Andreas, es wird sicher ein tieferer Sinn dahinterstecken. Auch, dass sich ein Portal in meinem Vorgarten befindet, gehört dazu. Wo oder wie ist der Schlüssel? Kann man es steuern? Fragen über Fragen!"

„Fazit: Forschungsmaterial ohne Ende."

„Unbestritten", schmunzelte John. „Vielleicht wendet sich unser Nachwuchs auch einmal der Wissenschaft zu. Möglich, dass ihnen etwas gelingt, was uns noch verborgen bleibt."

Andreas streichelte liebevoll Karas Bauch, in dem Thomas gerade wieder Turnübungen vollführte. Emilia und John beobachteten das besonders interessiert.

„Ich freue mich riesig auf den Tag, wo ich das erste Mal so etwas Wundervolles spüren kann", gab Emilia lächelnd bekannt.

„Na frag mal, wer sich da noch mitfreut", rief John. „Und da beide die Gene ihrer Eltern haben, werden sie sicher auch gute Spielkameraden. Dass wir es ihnen vermitteln, was es heißt, sich felsenfest aufeinander verlassen zu können, das steht außer Frage. Im Frühjahr bauen wir ihnen auf der Wiese ein Spielparadies mit Sandkasten, Rutsche, Schaukel, Wippe, Baumhaus …"

Die Frauen kicherten amüsiert.

„Stopp, stopp, stopp!", lachte Andreas. „Lass die beiden doch erst mal ganz in Ruhe auf die Welt kommen!"

„Auch wahr", schmunzelte John. „Aber dann legen wir los!"

Alles Weitere ging im schallenden Gelächter unter, in welches er schließlich mit einstimmte.

Familienzuwachs

Ein paar Monate später wurde John mitten in der Nacht vom Dauerton der Türklingel aus dem Schlaf gerissen.

„Großer Gott! Was ist denn jetzt kaputt?", murmelte er, eilig in die Pantoffeln schlüpfend.

Draußen stand Andreas. „Du musst sofort kommen!", rief er, als die Tür gerade einen Spalt offen war. „Unser Baby will auf die Welt."

„Gemach, gemach", beruhigte ihn John. „In welchen Abständen kommen denn die Wehen?"

„Na, so zehn Minuten – ungefähr", entgegnete Andreas. „Die Fruchtblase ist aber noch nicht geplatzt."

„Ganz ruhig bleiben, ich bin in wenigen Augenblicken bei euch."

Andreas nickte erleichtert und rannte die Treppe hinauf, um seiner Frau beizustehen.

„Du bist überbesorgt", schmunzelte Kara, obwohl ihr die Wehen langsam ernsthaft zu schaffen machten. „Bei uns sind die Frauen allein in den Wald gegangen und irgendwann mit einem Baby auf dem Arm zurückgekommen."

„Oder auch nicht", führte ihr Andreas vor Augen.

Kara stöhnte. „Okay, okay, ich bin doch auch wirklich dankbar, dass ihr euch solche Sorgen macht."

John erschien wirklich nach wenigen Sekunden. Er hatte in einer Tasche ein komplettes Hebammenbesteck dabei, in der Hoffnung, es nicht einsetzen zu müssen.

Andreas bereitete inzwischen alles so vor, wie er es mit Kara und John abgesprochen hatte. Kara, die Andreas aus der 15.000 Jahre entfernten Urzeit mitgebracht hatte, bestand darauf, das Baby in der Hocke zur Welt zu bringen und sich bestenfalls an etwas festzuhalten.

Also polsterte Andreas mit mehreren Lagen Saunatüchern den Bereich zwischen dem Türrahmen der Schlafzimmertür, in welchem er auch in der richtigen Höhe eine Reckstange verspannte, an der sich Kara festhalten konnte.

John maß nur pro forma Blutdruck, um Andreas zu beruhigen. Er war ziemlich sicher, dass Kara instinktiv das Richtige tun würde. Sie war aus völlig anderem Holz geschnitzt als die heutigen Frauen und hielt ein immenses Maß an Schmerzen aus, ehe sie sich überhaupt etwas anmerken ließ.

Andreas kam nicht einmal mehr richtig zum Nachdenken, da lag sein schreiender Sohn schon vor Kara auf dem Boden und die junge Mutter wartete darauf, dass sich die Nachgeburt ablösen werde. Augenblicke später durchtrennte Andreas mit vor Aufregung zitternden Händen die Nabelschnur und John gratulierte ihm zu einem strammen Sohn, an dem alles an den richtigen Stellen saß.

Der stolze Papa wickelte den Kleinen erst einmal in wärmende Tücher, um Kara beim Waschen helfen zu können. Langsam beruhigte sich auch sein rasender Pulsschlag und so badete er schließlich auch noch sein Baby, ehe er ihm ein Hemdchen und Windelhöschen anzog.

John hatte inzwischen die Nachgeburt in einen Edelstahleimer gepackt, die Tücher ins Bad getragen und sah noch einmal nach der kleinen Familie. „Den Papierkram machen wir morgen", erklärte er. „Ich muss jetzt noch schnell die genetischen Schätze ins Labor bringen und kühlen." Er verabschiedete sich und eilte mit dem Eimer in den Keller, wo die Arbeitsräume lagen.

Andreas hielt Frau und Kind im Arm, lächelte selig vor sich hin und hätte die ganze Welt umarmen mögen. Er half Kara, Thomas anzulegen.

„Also, Hunger hat er", schmunzelte die junge Mutter. „Auch, wenn es nur wenige Tropfen waren."

Papa brachte ihn ins Bettchen, das an Karas Seite stand, dann steckte er die Wäsche in die Maschine, um schließlich auch wieder unter seine Decke zu kriechen.

Kara war schon ganz fest eingeschlafen. Die Strapazen der Geburt hatten sie doch mehr mitgenommen, als sie zugegeben hätte.

Dafür wurde Andreas irgendwann vom Duft frischer Brötchen geweckt. Kara werkelte in der Küche und hatte Thomas im Stubenwagen neben sich stehen.

„Erzähle mir nicht, dass ich mich schonen müsste!", lachte sie. „Wenn es zu viel wird, lege ich mich von ganz allein hin. Mit dem Kleinen durch einen Sumpf wandern und Beeren suchen zu müssen, das wäre Stress."

Kaum saßen sie am Tisch, tauchte Emilia auf. „Huch, ich wollte gerade helfen, aber hier scheint schon wieder Alltag zu herrschen. Alles Gute für euch drei!"

„Nimm Platz", bat Kara und holte ein Gedeck für sie.

Andreas zückte das Handy und beorderte auch noch John zum gemeinsamen Frühstück. Der erschien mit strahlendem Lächeln. „Ist das schön! Endlich kommt wieder richtig volles Leben in diese Gemäuer." Er streichelte Emilias Babybauch.

Kara blinzelte in ihren Stubenwagen. „Siehst du, Thomas, in ein paar Wochen hast du einen süßen Spielkameraden."

„Eine Kameradin", lachte John. „Damit es nicht so eintönig wird."

„Na, das ist ja interessant", staunte Andreas. „Habt ihr schon einen Namen ausgesucht?"

„Amy", antworteten die Helmbrechts synchron.

„Thomas und Amy – gefällt mir", sinnierte Kara laut. „Wenn Thomas nach seinem Papa gerät, dann rettet er Amy aus jeder Gefahr." Sie lächelte Andreas liebevoll an. Nicht jeder Mann hätte sein eigenes Leben gewagt, um sie einem schrecklichen Tod zu entreißen. „Es ist schön, einen Beschützer zu haben."

Amy wurde viereinhalb Monate später geboren. John war in heller Aufregung, denn Emilia war Erstgebärende mit 50. So leicht wie Kara, hatte sie es ganz und gar nicht, aber mit Johns Hilfe und einer entkrampfenden Spritze, brachte sie ihr Töchterchen auf natürlichem Wege und ohne nennenswerte Komplikationen zur Welt.

Kara war sofort zur Stelle und kümmerte sich mit um Mutter und Kind. John atmete auf. Er war zwar promovierter Humanmediziner, aber Geburtshilfe fiel normalerweise nicht in sein Ressort.

Kara hatte darauf bestanden, nur ihn bei der Entbindung sehen zu wollen, und Emilia fühlte sich ebenfalls nur wirklich gut behandelt, wenn er es tat. Außerdem hatte er sich, schon wegen Kara, um die sich unzählige Geheimnisse rankten, akribisch in die Materie eingearbeitet und wusste genau, wann was zu tun war.

Emilia brauchte etwas länger, um sich wieder richtig zu erholen, und John las ihr jeden Wunsch von den Augen ab. Stolz badete und windelte er sein Töchterchen.

Oft übernahmen die Männer mit den Kinderwagen den Mittagsspaziergang, um den Frauen eine kleine Auszeit zu gönnen, die die beiden auch nutzten, indem sie sich auf Gartenliegen in den Schatten zurückzogen und schliefen.

Andreas beobachtete die Entwicklung seines Sohnes besonders freudig, denn der Kleine stand den Kindern anderer Eltern in nichts nach.

Ganz im Gegenteil, er lernte einige Dinge sogar schneller als diese. Papa achtete auch sehr darauf, dass Thomas zweisprachig erzogen wurde, wodurch Kara gleich mit Englisch lernte.

Irgendwann bemerkte er zufällig, dass sein Sohn sogar noch Mutters Sprache mit verinnerlichte und sich manchmal wunderte, dass ihn Papa dann nicht verstand.

Thomas schien das alles nichts auszumachen. Er plapperte munter drauflos. Amy, mit der er täglich viele Stunden zusammen spielte, lernte über diesen Weg ebenfalls die anderen beiden Sprachen mit, obwohl zu Hause nur Englisch gesprochen wurde.

Gentleman Thomas teilte auch freiwillig all seine Spielsachen mit Amy, die er schließlich spätestens am Abend zurückbekam. Bei schönem Wetter schliefen die Kleinen aneinandergekuschelt auf einer Liege im Garten.

Wenn Amy weinte, kam Thomas schnell angekrabbelt und, als er irgendwann laufen konnte, angerannt, um sie zu trösten, indem er ihr seinen Lieblingsplüschbären in die Arme drückte.

John brachte aus der Stadt für seine Tochter genau den gleichen Bären mit, der aber mit völliger Missachtung gestraft wurde, weil es ja nicht Thomas' Bär war.

„Nichts zu machen", schmunzelte Emilia und verschenkte das Spieltier weiter. „Es kann nur einen geben."

„Klingt nach Highlander", witzelte Andreas.

Sogar Kara mochte das Bärchen sehr, obwohl sie die lebenden Vorbilder nun wirklich nicht leiden konnte.

Zu Thomas' erstem Geburtstag kamen Oma und Opa aus Deutschland, die sich riesig freuten, ihre drei Lieben endlich wieder einmal in die Arme schließen zu können und nicht nur auf dem Monitor zu sehen.

Kara bot alles auf, was sie in der Zwischenzeit gelernt hatte. Andreas war der Stolz auf seine ungewöhnliche Frau, überdeutlich anzusehen.

Logisch, dass die glücklichen Großeltern ihren Enkel besonders beobachteten, um herauszufinden, ob er sich irgendwie von Gleichaltrigen unterschied.

„Ah, ein kleiner Nasenmensch", lachte Oma Anna, wenn Thomas seine Stupsnase witternd in die Luft hob und auf jedes Geruchsmolekül zu reagieren schien. „Wenn das alles ist, was geringfügig anders funktioniert, dann kann wohl jeder damit leben."

„Stimmt." Andreas nahm seinen quietschvergnügten Filius schmunzelnd auf den Arm.

Opa Roland grinste amüsiert, denn Thomas begann, seinen Papa wegen eines neuen Aftershaves auffällig zu beschnüffeln.

Andreas grinste zurück. „Uns fällt es kaum auf, weil es Alltag ist. Amy begrüßt er immer durch intensives Beriechen."

„John hat schon gesagt, wenn er irgendwann bellt, sollen wir uns nicht wundern", schmunzelte Kara, worauf Vater Winkler in dröhnendes Gelächter ausbrach. „Aber in unserer Sippe haben es alle so gemacht", fügte sie schulterzuckend hinzu.

Anna Winkler nickte. „Ist doch auch vollkommen in Ordnung. Er kann Amy eben besonders gut riechen, wie es heute noch umgangssprachlich heißt."

Dass das den Tatsachen entsprach, demonstrierte Thomas jedes Mal, wenn seine kleine Freundin auftauchte. Er lief Emilia und ihrer Tochter entgegen, schnupperte beide an, um Amy schließlich seinen Teddy zu überlassen.

Außerdem ging er immer äußerst behutsam mit seiner kleinen Freundin um, die gerade erst zu Krabbeln angefangen hatte und sich hin und wieder allein aufsetzte. Dann setzte er sich ihr meist gegenüber und klatschte begeistert in die Hände. Amy war auch, nach Mama und Papa das Wort, welches er am liebsten gebrauchte.

Ein paar Monate später war er bereits der starke Mann an ihrer Seite, indem er sie festhielt, als sie erste Laufübungen machte. Zwar purzelten beide dabei oft genug übereinander, was der dicken Freundschaft keinen Abbruch tat.

Kara, die inzwischen Privatunterricht in allem bekam, was man bei einem gebildeten Menschen voraussetzte, bewegte sich völlig sicher durch den Alltag. Sie wickelte einfache Geschäfte selber ab und arbeitete tatsächlich immer wieder im Labor mit, wie es John prophezeit hatte.

Als Thomas groß genug war, um mit ihm problemlos auf Reisen gehen zu können, flog Andreas mit seiner Familie nach München zu seinen Eltern. Kara war aufgeregt wie nie zuvor, als sie das Flugzeug betrat. Dann klebte sie förmlich am Fenster, um keine einzige

Sekunde des grandiosen Erlebnisses zu verpassen. Andreas kümmerte sich amüsiert um Thomas, der es schließlich aufgegeben hatte, seine Mama anzusprechen.

Vater Winkler wartete schon auf die drei. Er war sofort im Bilde, als er Karas Gesicht sah. Sie würde sicher noch ein paar Stunden brauchen, um all das wirklich zu verkraften. Thomas nahm von seinem Opa Besitz und Papa konnte Mama umsorgen, die von der ganzen Situation völlig erdrückt wurde.

Am nächsten Morgen hatte sie sich endlich gefangen und nahm ihre Umgebung wieder richtig wahr. Natürlich fragte sie ihren Schwiegereltern sofort wieder Löcher in den Bauch, zu allem, was ihr irgendwo vor die Augen kam.

Roland schlug kurzerhand vor, alle namhaften Museen zu besuchen, um Karas Wissensdurst zu stillen. So landeten sie auch irgendwann im Bereich für Früh- und Vorgeschichte.

Kara staunte. Hier lagen tatsächlich Werkzeuge, wie sie sie selbst in ihrem alten Leben benutzt hatte. Auch die Einrichtung der Höhlen und einfachen Zeltbehausungen stimmte. Ihre Augen glänzten.

„Möchtest du noch einmal dorthin?", fragte Anna leise und bekam ein sehr heftiges Kopfschütteln zur Antwort.

„Nein! Nie wieder!" Kara lief sogar ein leichter Schauer über den Rücken und auf den Armen bildete sich eine Gänsehaut.

Andreas zog sie schützend an sich.

In einem anderen Raum war ein Skelett in seinem Grab zu sehen. In Hockerstellung, genau, wie man es ausgegraben hatte. Kara blieb abrupt stehen, streckte ganz langsam den Zeigefinger aus.

„Ist das echt?", hauchte sie.

Roland bejahte.

Kara wurde leichenblass. „Ich will hier weg. Bitte, bitte."

Andreas führe sie rasch in einen anderen Saal, wobei sich Kara ständig umdrehte. Dass man allen Leuten Werkzeuge zeigte, die man selbst gar nicht hergestellt hatte, empfand sie als normal. Tote zu präsentieren war der Tabubruch schlechthin.

Schließlich hatten die Sippenmitglieder diese Menschen bestattet, damit sie unbehelligt ihren Frieden finden konnten. Niemand hatte das Recht, sie einfach aus ihren Gräbern zu reißen.

Roland suchte auf dem Plan den schnellsten Weg, um aus den Räumen zu kommen, die unzählige Gebeine und Mumien aller Jahrhunderte enthielten.

Auf einer Bank vor dem Gebäude zog Kara die Stirn in Falten. Die Sache mit Vergangenheit und Zukunft passte zwar noch immer nicht wirklich in ihr Denkschema, ließ sie aber auch nicht los.

„Wenn ich bei meiner Sippe geblieben und gestorben wäre, hätte man mich dann auch wieder ausgegraben und hier in einen Glaskasten gesperrt?"

Andreas hob erstaunt den Kopf. Es war das erste Mal, dass sie die Zusammenhänge zu begreifen schien. „Wenn man dich gefunden hätte, sicher."

„Ich will so was nicht", hauchte Kara, sich fest an ihren Mann klammernd.

Er streichelte sie tröstend. Den langen Rest des Tages war Kara sehr schweigsam.

Abends, als Thomas schlief, ließ sie sich ganz genau erklären, was in dieser neuen Zeit geschah, wenn Menschen starben. Roland Winkler beschrieb ihr detailliert jede Bestattungsart, die ihm einfiel.

„Verbrennen?", fragte sie irritiert. „Aber dann bleibt doch nichts mehr übrig!"

„Man kann aber auch nichts mehr ausgraben", hielt ihr Andreas vor Augen.

„Hm." Kara rieb sich die Nasenspitze. „Ihr habt aber gesagt, dass die Knochen nach vielen Jahren allein zerfallen, dann ist auch alles weg."

„Stimmt. Nur hast heute ja selber erlebt, dass manchmal die Toten nicht zu Erde werden. Manche Leute lassen sich nach ihrem Tod sogar mit Chemikalien behandeln, eben damit sie nicht zerfallen", erklärte Anna.

Kara seufzte. „Das ist alles so kompliziert. Mir tut der Kopf weh, weil ich es nicht verstehe. Darüber denke ich erst wieder nach, wenn ich alt bin." Sie sprach das Thema auch nicht wieder an.

Ein anderes unangenehmes Thema ließ sich nicht so einfach beiseiteschieben. Andreas bekam noch in München einen Anruf, dass die spanische Polizei Bruno Camarque festgenommen habe, als er sich anschickte, mit falschen Papieren das Land zu verlassen.

In einem zweiten Videogespräch erfuhr Andreas auch, welch brisantes Material man im Besitz des Verbrechers gefunden hatte – die Pläne zu einem Gerät, mit dem man Raum und Zeit manipulieren konnte.

Sofort informierte er John, der buchstäblich aus allen Wolken fiel. „Das war in meinem persönlichen Safe und mehrfach gesichert", stammelte der nur, ehe er sich, kalkig grau im Gesicht, mühsam an die Tischkante klammerte.

„Wie weit wart ihr in praxi?"

„Wir sind schon beim Bau des Generators."

„Im Ernst?" Andreas riss erstaunt die Augen auf. Er wusste, wie oft John in den letzten Monaten mit Riley, einem befreundeten Physiker, zusammengearbeitet hatte. Aber zu diesem Projekt hatten beide wie die Gräber geschwiegen.

„Es ist Rileys Erfindung", erklärte John auch sofort. „Ich bin nur unterstützend und beratend tätig. Wir wollen versuchen, damit das Portal in meinem Garten endgültig zu schließen."

„Genau das wäre meine nächste Frage gewesen", schmunzelte Andreas. „Wir kommen in drei Tagen wieder nach Hause. Thomas vermisst Amy. Dann können wir ganz in Ruhe reden. Wie hat Emilia auf Brunos Gefangennahme reagiert?"

„Sie möchte ihn am liebsten in Ketten in einem Steinbruch irgendwo in der Wüste sehen."

„Kann ich verstehen. Kara würde ihn als Bärenfutter enden lassen, wenn sie könnte. Also haltet eure Erfindung gut unter Verschluss", fügte Andreas blinzelnd hinzu.

„Das werden wir. Großes Ehrenwort!" John winkte noch einmal in die Kamera und Andreas schloss das Programm.

„Was passiert nun?", fragte Kara.

„Man wird den Verbrecher verurteilen und einige Jahre ins Gefängnis schicken", erklärte Andreas.

„Und danach?"

Andreas hob die Schultern. „Das kann heute noch keiner sagen. Ich werde aber immer gut auf dich und Thomas aufpassen."

„Das weiß ich", strahlte Kara und kuschelte sich mit Thomas in Andreas' Arme. „Wer mich vor einem Bären beschützend konnte, wird auch mit bösen Menschen fertig. Wenn du bei mir bist, dann habe ich auch vor dem, was einmal sein wird, keine Angst."

Andreas hauchte ihr einen Kuss auf die Stirn. „Sehr gut, dann lassen wir die Zukunft ganz einfach herankommen und machen das Beste draus."

Wird fortgesetzt.

Weitere spannende Serien

Die Magier von Tarronn
Band 1 - 5

Die Nebelwald-Saga

Band 1: Der Nebelwald
Band 2: Die Schlacht um Wildforest
Band 3: Unter dem Banner des
        Gefleckten Drachen

Die Aurëus-Saga

Band 1: Der Spiegel des Aurëus
Band 2: Das Geheimnis des Aurëus
Band 3: Die Urenkelin des Aurëus
Band 4: Die Drachen des Aurëus

... Sex & Abenteuer - Reiseromane

Band 1: Asphalt, Sex & Abenteuer
Band 2: Burgen, Sex & Abenteuer
Band 3: Sehnsucht, Sex & Abenteuer
Band 4: Träume, Sex & Abenteuer
Band 5: Verlangen, Sex & Abenteuer

Die Sagenerzählerin

Band 1: Die Sagenerzählerin
Band 2: Die Sagenerzählerin und der
Bronzeschmied
Band 3: Die Tochter der Sagenerzäh-
lerin

Nick & Lynn

Band 1: Sommer in Sirmione
Band 2: Heisser Herbst in Sirmione

Der Nixen-Clan

Band 1: Adaia
Band 2: Die Meermänner von Tuvalu
Band 3: Alarmstufe rot
Band 4: Im Reich des Lóng

Noch viel mehr Bücher unter:

www.reni-dammrich-geschichtenzauber.de